SHERLOCK HOLMES
福尔摩斯探案集

冒险史

〔英国〕亚瑟·柯南·道尔 著
隗静秋 译

译林出版社

目　录

波希米亚丑闻

夏洛克·福尔摩斯始终称呼艾琳·艾德勒为“那位女士”。我很少听见他用其他称呼提到她。在他眼里，她总是那么独树一帜，让所有其他的女性黯然失色。这倒并不是说他对她有什么类似于爱情的感情。因为他对于冷静和完美的苛求已经达到了相当高的程度，相对于他那严谨求实、理性沉稳的头脑来说，所有的情感，尤其是爱情，都是跟他完全不兼容的。在我看来，他简直就是上帝认真制作出来的一台专门用于推理和观察的最完美的机器；但是在感情的世界里，他却常常迷失自己的方向。他从来不说软绵绵的情话，更不用说什么用于调情或者勾引女孩子的花言巧语了。而观察家对于这种温柔的情话却是赞赏的——因为它总是能够最直接和完整地揭示出人们的动机和行为。但是对于一个经验丰富的理论家来说，这种感情上的问题对于他进行细致严谨的判断无疑是会造成干扰的，使得他无法专心于他所研究的问题，而得出与事实有所出入的结果。即使是他的高精仪器设备中落入了灰尘，或者是他的高倍放大镜镜头产生了裂纹，都远远不及在他的头脑中植入感情因素而产生的扰乱作用的百分之一。但是在这其中，却有这么一个女人，她就是已故的艾琳·艾德勒，只有她还能在福尔摩斯的头脑中被记忆很长一段时间。

最近很少和福尔摩斯见面。自打我结婚后，就和他很少有往来了。

我的甜蜜幸福和第一次感到自己成为挑起家庭重担的人以及由此而产生的种种家庭乐趣，吸引了我的全部注意力。可是福尔摩斯，他却依然自由成性，厌恶社会上的一切繁文缛节，所以他依然住在那所坐落在贝克街的房子里，整天与书相伴。他有那么一段时间需要服用可卡因维持体力，另一段时间又充满了干劲儿，就这样循环交替下去。他时而处于由药物引起的昏昏欲睡的状态，时而处于由自身所散发出的那种旺盛的精力状态中。不过他始终一如既往地醉心于研究犯罪行为，并用他那卓越的才能和非凡的观察力去找那些线索和破解那些难解之谜，而这些谜往往是官方警察对案情束手无策而放弃的。我不时隐隐约约地听到一些关于他活动的情况：关于他应到敖德萨去办理特雷波夫暗杀案，关于他侦破亭可马里的阿特金森兄弟的罕见惨案，以及关于他为荷兰皇家完成的一项非常出色的使命等等。这些情况，我和其他读者一样，仅仅是从报纸上读到的。除此之外，关于我的老友和伙伴的其他情况我就知道得不多了。

一八八八年三月二十日的晚上，我在出诊回来的途中（此时我已再次重操旧业），正好经过贝克街。那所房子的大门，至今还令我记忆深刻。在我的心中，我总是将其与我所追求的东西，以及与“血字的研究”一案中的神秘事件，联系在一起。当我路过大门时，我突然产生了与福尔摩斯促膝而谈的强烈愿望，想了解他那非凡的智力目前正活跃于什么问题。他的几间屋子里全都灯火通明。我抬头望去，看见映在窗帘上的他那精瘦高挑的黑色侧影两次掠过。他的头低垂于胸前，两手紧握在背后，迅速而又急切地在屋里来回踱着步。我对他的各种精神状态和生活习惯都极为熟悉，所以对于我来说，他的姿态和举止本身就告诉我那是怎么一回事——他正在工作中。他一定是刚从服药后的睡梦中清醒过来，正醉心于追查某些新问题的线索。我按了按门铃，然后被引到一间屋子里——我以前是常常在这间屋子里出没的。

他的情绪有些低调，这是极少的情况，但是很显然，他看到我时还是很高兴的。他虽然一言不发，可是目光亲切，指着一张扶手椅让我就坐，然后把他的雪茄烟盒扔给了我，并指着放在角落里的酒精瓶和小型煤气炉向我示意。他站在壁炉前，用他那独特的内省的神态打量着我。

“你很适合结婚，”他说，“华生，我想自从我们上次见面以来，你至少胖了七磅多。”

“七磅。”我回答说。

“事实上，我肯定是七磅多。华生，我确定是七磅多一点。据我的观察，你又开业行医了吧？可是你过去没告诉过我你打算重操旧业啊。”

“这你怎么知道的呢？”

“当然是通过我的眼睛和大脑共同做出来的推断和结论。我还知道，你最近被大雨淋过一次，而且家里有一位笨手笨脚的和长得粗枝大叶的侍女。”

“我亲爱的福尔摩斯，”我说，“这怎么可能？你要是活在几世纪以前，一定会被人们用火刑给烧死的。的确如此，星期四的时候我步行去过一趟乡下，回家时被雨淋得通透。可是我已经换了衣服，真无法想象你是怎样知道的。至于玛丽·珍，她简直是无可救药了，我的妻子已经把她打发走了。但是这件事我也不知道你是怎样推断出来的。”

他嘻嘻地笑了起来，搓着他那双颀长而清瘦的手。

“这些事本身显而易见，”他说，“我的眼睛告诉我，在你左脚那只鞋的里侧，也就是炉火刚好照到的地方，上面有六道差不多平行的裂痕。看得出来，这些裂痕是由于有人为了去掉沾在鞋跟上的泥疙瘩，粗心大意地顺着鞋跟刮泥时造成的。因此，你瞧，我就这样得出了双重推断：你曾经在恶劣的天气里出去过，你穿的皮靴上出现的极其难看的裂痕是伦敦年轻而缺少经验的女佣所为。至于你开业行医嘛，那是因为要是一位先生走进来的时候，身上散发出一种碘酒的气味，他的右手食指上有硝酸银的黑色斑点，他的大礼帽右侧面鼓起一块，表明他曾将听诊器藏在这里，要是这样我还不知道他肯定是医药界的一位积极分子的话，那我真是太愚蠢了。”

他解释推理的时候总是一副不费吹灰之力的样子，这不禁让我哑然失笑起来。“每次当你讲你推理的依据的时候，”我说，“事情仿佛总是变得非常轻而易举，几乎简单到了无以复加的程度，听起来就好像我自己也能推理，在你解释清楚所有推论的依据之前，我对你推测下一步的情况总是感到困惑不解。但事实上，我们的洞察力又是不相上下的。”

“的确如此，”他点燃了一根香烟，全身舒展地倚靠在扶手椅上，回答道，“然而，你是在看而不是在观察。这二者之间并不难看出差距。举个例子，你常看到从下面大厅到这间屋子之间的阶梯吧？”

“经常看到。”

“看到多少次了？”

“嗯，至少有上百次了吧。”

“那么你说说看，有多少级阶梯呢？”

“多少阶梯？这我可说不上来。”

“那就对啦！因为你没有观察，而只是看嘛。这正好是我们俩产生直接差距的地方。你瞧，我知道一共有十七级阶梯。因为我不仅看而且观察了。顺便说一下，由于你对一些小问题感兴趣，加上你也善于把我的一两个微不足道的经验记录下来，所以，你对这个东西或许会产生兴趣的。”他把一直放在他桌子上的一张粉红色的厚厚的便条纸扔了过来，“这是最近一班邮差送来的，你可以大声读出来。”

这张便条上没有签署日期，也没有签名和地址。便条上写道：

> 某君将于今晚七时三刻登门拜访，有至为重要之事宜请教于阁下。阁下最近为欧洲一王室出力效劳表明，委托阁下承办难于言喻之大事，足可信赖。此种传述，广播四方，我等稔知。届时望阁下勿外出。来客若戴面具，请勿介意是幸。

“这确实是件很神秘的事，”我说，“你推测这是怎么回事呢？”

“我现在还没有什么头绪。在我们没有获得任何事实支持的前提下就去妄自论断，那是极端的错误行为。这样就会造成有人不知不觉地以事实牵强附会地来顺应自己的武断想法，而不是以客观的理论去顺应事实。但是现在只有这么一张便条，你看是否能从中推断出些什么来？”

我仔细地检查笔迹和这张写着字的纸。“写这张条子的人应该非常有钱，”我说着，尽力模仿我伙伴的推理口吻，“这种纸买一打至少半克朗。纸质特别结实，而且很耐用。”

"特别——这个词用得很好，正是这样，"福尔摩斯说，"这根本不是一张产自英国的纸。你举起来对着亮光照照看。"

我这样做了。在那纸质的纹理中看到了一个大写的"E"和一个小写的"g"，一个大写的"P"，一个大写的"G"和一个小写的"t"交织在一起。

"你认为这是什么意思？"福尔摩斯问道。

"毫无疑问是制造者的名字，更确切地说，是他名字的代表字母。"

"完全错误。大'G'和小't'代表的是'Gesellschaet'，也就是德文中的'公司'一词。就像我们的'Co.'这样一个惯用的缩写词一样。此外，'P'代表的是'Papie'——'纸'。现在就只剩下'E'和'g'了。让我们翻一下《大陆地名词典》。"他从书架上拿下一本很厚的棕色书皮的书。"'EglowEglonitz'——就是这，它是一个使用德语的国家中的某个地名——也就是在波希米亚，与卡尔斯巴德的距离很近。以瓦伦斯坦死在这里而闻名，同时也以这里有很多玻璃工厂和造纸厂而著称。哈哈，老兄，你了解这其中的含义了吗？"他的眼睛闪闪发亮，嘴里得意地喷出一大口蓝色的香烟烟雾。

"这种纸是在波希米亚制造的。"我说。

"非常正确。同时，写这张纸条的应该是德国人。让我们一起来分析一下这个句子的结构——'此种传述，广播四方，我等稔知'，法国人或俄国人是不会这样造句的，只有德国人才这样乱用动词。因此，现在需要查明的是这位用波希米亚纸写字、不能以自己的真面目见人而要戴面具的德国人到底有什么事。瞧，要是我没有搞错的话，他来了，他将解释我们所有的疑团。”

就在他说话间，响起了一阵清脆的马蹄声和马车轮子摩擦路边镶边石的轧轧声，接着有人猛拉门铃。福尔摩斯吹了一下口哨。

“听声响是辆马车。”他说。“确实，”他接着说，并朝窗外望了一眼，“一辆可爱的小马车和一对漂亮的马，每匹马价值一百五十畿尼。华生，要是这个案子不出什么问题的话，那可是要赚钱喽。”

“我想我最好回避一下，福尔摩斯。”

“别把自己当外人，华生，你就待在这里。如果没有你做我的包斯威尔[①]，我会拿不准主意的。这个案子看起来很有意思，错过它那就太遗憾了。”

“可是你的委托人……”

“不用理会他。我可能需要你的帮助，他或许同样也需要。等他进来了，你就坐在那张扶手椅子里，华生，全神贯注地看着我们吧。”

我们听到一阵缓慢而沉重的脚步声。先是在楼梯上，然后

① 包斯威尔是英国著名文学家约翰生的一名得力助手。——译者注

在过道上，到了门口戛然而止。接着响起叩门声，声音响亮而又神气。

“请进！”福尔摩斯说。

一个人走了进来，他的身材不低于六英尺六英寸，虎背熊腰，四肢劲健。他的衣着光鲜，不过那富丽堂皇的装束，在英国这地方难免显得有些庸俗。他的袖子和双排纽扣的上衣前襟开叉处都镶着宽阔的羔皮镶边，肩上披的深蓝色大氅用猩红色的丝绸做衬里，领口别着一枚饰针，饰针上镶嵌着一颗火焰形的绿宝石。脚上是一双高到小腿肚的皮靴，靴口上镶着深棕色毛皮，这就使得人们对于他整个粗俗奢华的外表的印象上更加深刻。他手里拿着一顶大檐帽，脸的上半部戴着一只黑色的盖过颧骨的掩盖面具。他显然刚刚整理过面具，因为进屋时，他的手仍然停留在面具上。从脸的下半部来看，他下垂的下嘴唇厚厚的，下巴又长又直，显示出一种近乎顽固的果断，像是一位性格坚强的人。

“你看了我写的便条了吗？”他以一种低沉、沙哑的声音问道，话语中透露出浓浓的德国口音，“在便条里面，我提到了我要过来拜访你的。”他的视线在我们两个人之间打转，好像拿不准该跟谁说话似的。

“坐吧，这位是我的朋友兼同事——华生医生。”福尔摩斯说道，“他是我办案的得力助手。请问，您怎么称呼？”

“你就叫我冯·克拉姆伯爵吧。我是一个波希米亚贵族。我希望这位先生——你的朋友，是位值得尊敬，同时懂分寸的人，这样，我就可以把这件极为重要的事情说给他听。否则，我只想跟你一个人谈。”

我听到这里，站起身来准备走，可是福尔摩斯却抓住我的手，把我按回我坐的扶手椅里。“要么当着我们两个一起谈，要么就不谈，”他说，“你在我面前说的事情也完全可以跟我的这位绅士朋友说。”

伯爵耸了耸他那宽宽的肩膀。“那么我们开始吧，”他说，“首先我希望你们两位同时保证在两年内绝对对我说的事情守口如瓶，两年之后这事就无关紧要了。目前来说，它的重要性甚至可以影响整个欧洲的历史进程。”

“我保证。”福尔摩斯答道。

“我也保证。”我回答道。

“这面具你们不介意吧，”我们这位不速之客继续说，“派我来的人不希望你们知道他派来的代理人是谁，因此我可以坦然地说，我刚才所说的名字并不是我自己真正的名字。”

“这我明白。”福尔摩斯冷漠地答道。

“目前的境况比较微妙。我们需要采取一切可能的预防措施，尽力阻止事态发展成一个无法逆转的丑闻，否则的话，会严重损害一个欧洲王室。确切地说，这件事牵涉的是伟大的奥姆施泰因家——波希米亚世袭国王。”

“这我也明白。”福尔摩斯不耐烦地说着，随即就坐到椅子里面，眯起了眼睛。

在很多人的心目中，福尔摩斯肯定被刻画成一个在整个欧洲分析问题最透彻的推理者和精力最充沛的侦探，而在我们的来客来看，这个形象与眼前这个倦怠的、懒洋洋的形象是如此格格不入。他不禁用一种明显的惊讶目光扫了一眼福尔摩斯。福尔摩斯慢悠悠地睁开双眼，望着这个身材高大的委托人，脸上写满了不耐烦的表情。

“要是陛下愿意屈尊具体阐明案情的话，”他说，“那我才可以更好地为您效劳。”

这人猛地从椅子上跳了起来，并开始在房子里踱来踱去，看上去好像激动得无以复加。接着，他带着一种绝望的姿态，把脸上的面具扯掉扔到地下。“你说得对，”他喊道，“我就是国王，我为什么要隐瞒呢？”

“嗯，就是啊！”福尔摩斯喃喃地说，“陛下还没开口，我就知道我是要跟卡斯尔—费尔施泰因大公、波希米亚的世袭国王——威廉·戈特赖希·西吉斯蒙德·冯·奥姆施泰因交谈的。”

“但是你应该理解，”我们这个怪异的来客再次坐下来，用手摸着他的前额说道，“你应该能够理解我是不方便亲自现身这种地方的。何况这件事是如此微妙，意味着如果我把它告诉任何一个侦探的话，那么我将不得不受其摆布。我正是为了征求你的意见才特意从布拉格跑这么一趟的。”

“那么，言归正传吧。”福尔摩斯说，然后又把眼睛合上了。

“简单地说，就是这样：大约五年前，我到华沙做一个长期访问，其间我认识了很有名气的女冒险家艾琳·艾德勒。相信你是知道这个名字的。”

“华生，麻烦你去我的资料库中找一下艾琳·艾德勒这个人。”福尔摩斯仿佛自言自语一般，连眼睛都没睁一下。多年来，这已经成为他的一个例行习惯了，就是把他搜集到的许多人和事的资料贴上签条归档以备随时翻查。因此，不管我们平常说起什么人或者是提到什么事情，他总是能够很快地在他的资料库中找到相对应的内容，这为我们提供了很大的方便。我很快就找到了关于艾琳·艾德勒的资料，就在一个犹太法学博士和一个曾经写过关于深海鱼类专题论文的参谋官的历史资料中间。

“给我看看，”福尔摩斯说，“嗯！一八五八年生于新泽西州，女低音——哦！意大利歌剧院——嗯！华沙帝国歌剧院首席女歌手——就是她！从歌剧舞台隐退——哈！住在伦敦——一点儿不错！根据我搜集到的资料显示，陛下和这位年轻女人有过瓜葛。您给她写过几封信，也许正是这些信使你担心会让自己受到牵连，所以你现在急于把那些信找回来。”

“确实如此。但是，要怎么……”

“您曾经和她秘密结过婚吗？”

“没有。”

“没有其他的法律文件或证明吗？”

“没有。”

“那我就不明白了，陛下。如果这位女人想通过信件来达到敲诈或者是用于其他什么目的的话，她怎么能够证明这些信是真的呢？”

“有我的字迹在上面。”

“很有可能是伪造的。”

“那是我私人的信笺。”

“偷的。”

“上面有我的私人印鉴。”

“仿造的。”

“还有我的照片。”

“买的。”

“我们两人都在这张照片里哩。”

“噢，天哪！那就糟了。陛下的生活也的确有点不检点了。”

“我当时肯定是疯了——精神错乱。”

“是您自己给自己造成了现在这样尴尬的局面。”

“当时我还是个王储，很年轻。即使现在我也只不过三十岁。”

“必须把这张照片找回来。”

“我们已经试过，但是都失败了。”

“陛下如果出钱的话，他们一定会把照片卖给你的。”

“她一定不会卖的。”

“那么就偷吧。”

“我们尝试过五次了。有两次是我出钱雇小偷潜入了她的房间，一次是在旅行途中调换了她的行李，还有两次甚至对她进行了拦路抢劫，可是都一无所获。”

“关于照片的线索一点儿发现都没有吗？”

“任何蛛丝马迹都没有。”福尔摩斯笑了，说道：“这只不过是一个微不足道的问题。”

“但是对我来说，却是个后患无穷的问题。”国王用责备的口气回了他一句。

“后患无穷？的确如此。那她打算用这照片达成什么目的呢？”

“把我毁掉。”

“怎么说？”

“我快结婚了。”

“我听说了。”

“我将和斯堪的纳维亚国王的二公主克洛蒂尔德·洛特曼·冯·札克斯迈宁根结婚，你可能知道她的家规很严格，她自己就是一个严肃敏感的人。只要我的行为让她有一丝一毫的疑虑，这桩婚事就会鸡飞蛋打的。”

“那么艾琳·艾德勒做了什么呢？”

“她放出话说要把照片送给他们，而她也是会那样做的人，我知道她是会那样做的人。你可能不知道，她的个性很固执，甚至倔强。她既有最娇艳的富有女性特征的脸蛋，又有最强硬的似男人般的心。如果我和另一个女人结为连理，她是会不顾一切什么都做的。”

“您确定到目前为止她还没有把照片送出去吗？”

“我确定。”

“为什么？”

“因为她说过，我们公开宣布结婚之日，就是她送出照片之时，也就是下星期一。”

“噢，也就是说还有三天时间。”福尔摩斯边说边打了个哈欠，“那太巧了，因为我现在手头上还有一两个比较重要的案件没有完结。很显然，陛下暂时是会留在伦敦吧？”

“当然，我就住在兰厄姆旅馆，登记的名字是冯·克拉姆伯爵。”

“一旦事情有进展，我会给你写信让你知晓的。”

“那太好了，我都迫不及待了。”

“另外，费用方面的事情呢？”

“随你方便就好。”

“毫无限制吗？”

“我这么说吧，只要能得到那张照片，拿我领土中的一个省去交换我都求之不得。”

“那眼前呢？”福尔摩斯问道。

只见国王从他的大氅下面掏出一个看上去很沉重的羚羊皮袋，将它放在桌面上。“这是三百镑金币和七百镑钞票。”他说。

福尔摩斯随手扯了笔记本上面的一张纸，随随便便地划拉两下，当作收条递给了国王。“那位小姐住在哪里呢？”他问道。

“圣约翰伍德，塞彭泰恩大街，布里翁尼府第。”

福尔摩斯记了下来。“另外一个问题，”他说道，“照片是六英寸大小吗？”

“是的。”

“那么，再见，我尊贵的陛下，相信不久之后，你就会听到我们带给您的好消息的。”

“华生，再见。”他又转过来对我说。这时王室四轮马车往街心方向驶去。“如果你乐意的话，我希望你明天下午三点到这来一趟，我想就这件事情跟你交流一下看法。”福尔摩斯老练地说道。

下午三点整的时候，我抵达贝克大街，福尔摩斯并不在家。女房东告诉我，他在早晨八点多一点的时候就出去了。虽然没有他的任何消息，我还是在壁炉旁坐下，打算无论等到什么时候都坚持下去，因为这个案子已经吊起了我的胃口。虽然这案子并不像我曾经记录过的那两件罪案那么残忍和不可思议，可是，这案子的性质及其委托人地位的高贵，本身就形成了案件的独特之处。的确如此，抛开我朋友正在调查的案子的性质，他快速而专业地掌握所面临的境况的能力，他那种生而有之的敏锐的观察力和判断力，以及他解决扑朔迷离的问题的快捷而迅速的方法，所有的这一切都值得我好好地学习和效仿。在我的印象中，他总是保持着各种各样的胜利者的姿态，而我几乎没见过他有过失败的时候。

大概四点钟的时候，门被打开了，进来的是一个醉得一塌糊涂的马夫。他看起来狼狈不堪，络腮胡须，面红耳赤，衣衫不仅邋遢而且到处破破烂烂。尽管我对我朋友高超惊人的化装术已经司空见惯，但是我还是要经过再三打量过后才敢肯定马夫是他装扮的。他点了点头示意了一下就到卧室里去了。不到五分钟，他就穿着寻常的花呢衣服，再次风度翩翩地登场了。他将双手插在口袋中，双脚尽情地舒展开来，然后自己一个人在那傻笑了好一阵子。

“噢，跟你说一件真实的事情！”他突然的喊叫声呛到了喉咙，又一个人笑起来，一直到笑得浑身无力地躺在椅子上才罢休。

“到底发生什么了？”

“真是太有趣了。你绝对猜不到我早上都经历了些什么，或者你绝对不知道所有一切究竟有什么样的结论。”

“我当然想不到。也许你一直在监视艾琳·艾德勒小姐的生活起居，应该是到她住的地方去了吧？”

“一点儿不错，但是发现的结果却相当出乎我的意料，让我慢慢跟你说明这些情况吧。今天早晨八点刚过我就出去了，化装成了一个失业的马夫。要知道，马夫与马夫之间有一种惺惺相惜、同命相怜的好感。如果你能跟他们打成一片的话，你就可以打听到你想打听的一切，我一下子就找到了布里翁尼府第。那是一幢精致小巧的别墅，后面带个花园。楼房是两层的，门朝着马路开，门是锁着的。右边是起居室，很宽敞，内部装修很奢华，窗户类似于那种落地窗，但是窗闩却是那种不费吹灰之力就能打开的。没有什么特别的地方，只是从马车房的房顶伸手就可以够到窗户。我围着别墅走了一圈，从不同的方位都查看了下，但没什么收获。

“于是我就顺着街道走，果然不出我所料，我发现在靠着花园墙的巷子里有一排马房。我帮助那里的马夫刷洗马匹，他们付给了我两个便士、一杯混装的酒、两个塞满板烟丝的烟斗作为酬劳，并且说了许多关于艾德勒小姐的情况，这些情况都是我求之不得的。当然，他们还附带提了周围另外六七个人的情况，这些人是跟我无关的，但我还是勉强听了下去。”

“那么关于艾琳·艾德勒，你现在了解多少了呢？”我问道。

“噢，她征服了她身边许许多多的男人。她可能是这个世界上最艳丽的女人了，在塞彭泰恩大街的马房，这是人人皆知的定论。

“她一直过着很稳定的生活：在音乐会上演唱，每天早晨五点钟出去，晚上七点钟回家吃东西。没有演唱的时候，她一般深居简出。她只有一个固定的男伴，关系自然不错。这个男人皮肤偏黑，外表俊俏，性格看上去也很阳光。他每天都会来看她，有时是一次，但经常是两次。他就是戈弗雷·诺顿先生，住在坦普尔。你现在明白跟一个马夫推心置腹有多么大的好处了吧？这些马车夫经常为他赶车，经常从塞彭泰恩大街马房把他送回家，因此对他的事也是知道得非常清楚。我听完他们说的一切，便又开始在布里翁尼府第附近周游起来，详细策划着我的行动方案。

“这个戈弗雷·诺顿在整个事件中是举足轻重的，这很明显，他是一个律师。这听起来有一定的威胁性。他们之间是什么关系？他经常造访她有什么目的？她是他的委托人，朋友，还是情妇？如果是他的委托人，那么她很可能已经把照片交给他收藏了。如果是他的情妇，这么做的可能性就不大。但只有先弄清这个问题我才知道是应该继续在布里翁尼府第附近做周密的调查，还是应该把注意力转到坦普尔的那位先生的住宅里面。这是必须加以周密策划的要点之所在，这扩展了我的调查范围。也许这些只言片语的情节会增添你的厌烦和不安，但是如果你想要全场把控要点的话，是有必要知道一些我的徘徊与矛盾的。”

“我正全神贯注地听着呢！”我回答道。

“当我心里正在盘算着相互的利害关系时，猛地发现一辆双轮马车停在了布里翁尼府第的门前，跳出来一位绅士，他看上去非常标致，黝黑的皮肤，鹰钩鼻，小胡子，一看就知道是马夫说的那个人。他仿佛有什么要事，唤车夫在外候着。他从替他开门的女仆面前闪身而过，看得出他是在这里出入的常客。

“他进屋子里大约半个小时。透过起居室的窗户，我若隐若现地看见他在房里踱着步，高兴地舞动着手臂，好像一副很激动的样子。至于她，我什么都看不到。过了一阵子他走了出来，看上去比刚才还着急一些。上马车时，他看了看从口袋里掏出的金表，很着急地喊道：‘火速前进，先到摄政街格罗斯·汉基旅馆，然后前往埃颇丰尔路圣莫尼卡教堂。如果我二十分钟之内能到那里，这半个畿尼就是你的了。’

“他们很快离开了。我正在为是否要跟着他去那些地方而感到犹豫不决的时候，忽地又看到了一辆四轮马车从巷子里跑了出来，看上去小巧精致一些。赶车的马夫上衣的扣子都还没来得及完全扣上，领带也戴歪了，马具上的金属头箍也都没有完全系好，看上去是临时受命的样子。车还没完全停稳当，就见她飞奔出大门迅速地钻进了车厢。就在这片刻间，我仅仅只是瞄了她一眼，但我已经能很肯定地判断出她是个十分有魅力的女人，漂亮的容颜足以令大多数男人拜倒在她的石榴裙下。

“‘约翰，圣莫尼卡教堂，’她喊道，‘要是你二十分钟之内能把我送到那里的话，我就赏给你半镑金币。’

“华生，不言而喻，这是千载难逢的好机会。我正权衡是应当尽快尾随上去呢，还是应当攀在车后时，正好路过一辆出租马车。赶车人对那少得可怜的车费犹豫再三，但我在他还没有完全回绝之前就跳进去。‘圣莫尼卡教堂，’我说，‘要是我二十分钟之内能赶到的话，我就再给你加半镑金币。’那时已经十一点三十五分了，对于接下来即将要发生的事情，我们已经心里有数了。

“我的马车夫突然像是飞了起来。我觉得我从未坐过赶得这么快的车，但等我到那里的时候，他们那两辆马车已经到了有一会儿了，因为等我下车的时候，看到那辆出租马车和那辆四轮马车都已经靠在门前，那几匹马正在呼呼地喘着气。我把车钱交了，就疾步往教堂走去。那里只有三个人，包括我跟踪的那两个人和一个穿着白色法衣、好像正在劝告他们什么的牧师，除此之外，就没有别的什么人了。他们三个人围绕着圣坛。我就把自己装得像是一个无所事事的到教堂来闲逛的浪子一样，沿着教堂两侧的通道随意地往前走。让我没有想到的是，不知道突然发生了什么，圣坛边的那三个人突然全部转了过来看着我。戈弗雷·诺顿甚至还很快地朝我这边跑了过来。

“‘谢天谢地！’他喊道，‘感谢有你。来！来！’

“‘究竟怎么了？’我问道。

“‘来，兄弟，来，占用三分钟，要不然仪式就该不合法了。’

“我就这样半推半就地上了圣坛。在我还没完全弄清楚我站的位置之前，我发觉自己仿佛不受控制了，对我耳边说低低的话语的人喃喃地说着什么，我正在为自己尚不清楚的事情作证。换句话说，就是帮助未婚女子艾琳·艾德勒和单身汉戈弗雷·诺顿完满地成婚。这一切简直发生得太快太突然了。接着男方走到我身边来向我致谢，女方也走到我身边来向我致谢，而牧师则站在对面露出了满意的微笑。这是我至今为止从来没有碰到过的事情，简直就是荒诞滑稽，而且每次一想到这件事情，我就控制不住地想大笑出来。看来是因为他们的结婚程序不够合法，牧师是在没有证婚人的情况下，断然拒绝给他们完婚，幸亏当时我突然出现在现场，不然新郎只怕要到大街上去拉一个傧相过来了。新娘给了我一镑金币以示感谢，我决定把它挂表链上，作为此次经历的永久纪念。”

“这真是一件超乎人们想象的事情，”我说道，“接下来呢？”

“唉，我意识到我原本的计划已经跟不上事态的变化了。眼下这一对应该很快就会离开这里，因此我必须尽快做出新的决定。他们在教堂门口分手了。他们要各自乘车返回自己的住处。‘和往常一样，我五点钟坐车到公园去。’她跟他分手时说道，或者也可以说是我听到的。他们的车驶向了不同的方向，而我自己也就同时去做了一些另外的安排。”

“你做了什么？”

“我买了一些卤牛肉和一杯啤酒，”他按了一下电铃，然后答道，“我一直忙得还没顾上吃东西呢，今晚我很可能还有更重要的任务要去完成。与此同时，华生，我非常需要你的合作。”

“我当然是很乐意的。”

“你不怕犯法吗？”

“一点儿也不。”

“也不怕因此而锒铛入狱吗？”

“出于一个伟大的目的，我丝毫不觉得害怕。”

“噢，这目的是确实再伟大不过了。”

“那么，从现在开始我就是你的人了。”

“我早就知道我是可以信任你的。”

“那么你打算怎么做呢？”

“等到特纳太太将饭菜端上来，我就会详细跟你说清楚的。现在，”他如饿虎扑食般地扑向女房东端来的那些简单食品，说道，“我跟你边吃边谈这件事，因为时间已经非常紧迫了。现在快五点钟了，两个小时以内我们必须赶到行动的地方。艾琳小姐，不，是艾琳夫人，应该会在七点钟赶回来，我们那时候要在布里翁尼府第跟她‘偶遇’。”

“然后呢？”

“然后就看我的了，我已经悉心安排接下来将要发生的一切了。现在我必须向你强调一点，那就是，不管发生什么情况，你都一定不要介入。明白吗？”

“什么也不介入？”

“对，什么都别管，到时候会产生一些小小的纠纷，你在一旁看着就好了。等我被送进屋子，这些小纠纷就会结束的。四五分钟以后，起居室的窗户将会打开。你就要在紧挨着开窗的地方密切地注视着。”

“是。”

“你一定要盯着我，我也会一直让自己在你的视野范围之内的。”

“是。”

“我一举手——就像这样——你就把我放你手上让你扔的东西扔进屋子里，同时大喊‘失火了’。听明白了吗？”

“全部听明白了。”

“不会发生什么可怕的事情的，”他从口袋里掏了一根长长的形似雪茄烟的卷筒出来，说道，“这是管子工用的烟火筒，很普通，两端有盖子，能自燃。你只要好好地管着这个东西就可以了。当你拼命喊失火的时候，肯定会有很多人赶来扑火。混乱之中，你到街的那一头等着，我会在十分钟之内过来与你会合。你都听明白了吗？”

“我起先就一直做个旁观者，挨着窗户站着，密切注视你；等我一收到信号，就把这玩意扔进去；然后大喊着火了，并且到马路对面去等你。”

“完全正确。”

“那你就等着瞧吧。”

“简直太棒了，那么现在，我要去为我一会儿的新形象做准备去了。”

福尔摩斯在卧室里忙碌了好一阵子。几分钟之后，他再出来的时候就已变成了一个朴素而且看上去十分和蔼可亲的新教牧师形象了。他戴着宽大的黑帽，裤子松松垮垮，打着白领带，面带富于同情心的微笑，一副举止高贵、仁慈、乐善好施的神情，可能只有约翰·里尔先生[①]能够跟他一较高下了。福尔摩斯的化装不仅仅只是在服装上有了变化，连他的表情、态度，甚至灵魂似乎都跟着新形象一起变了。当他选择成为一位侦探和破案专家的时候，也就意味着舞台上缺少了一位出色的演员，包括科学界也因此少了一位敏锐的推理家。

我们是六点一刻从贝克大街出发的。到达塞彭泰恩大街的时候，离七点钟还有十分钟。时近黄昏，我们一直在布里翁尼府第外面徘徊等待着主人回来，不一会儿，街灯亮了。这所房子与我根据福尔摩斯的简单描述所想象出来的模样相差无几。但是环境却不像我想象的那样安静，而是完全相反，跟附近那些安静的街巷比起来，它实在算是热闹的了。在街道拐角处，站着一群穿得凌乱不堪的人在抽烟谈笑：一个带着脚踏磨轮的磨剪子的人，两个正在同保姆调侃的警卫。此外，还有几个衣着得体、嘴上叼着雪茄烟、看上去吊儿郎当的年轻人。

"瞧，"当我们在房子前面耐心候着的时候，福尔摩斯说道，"他们结了婚倒让事情变得简单明了了。那张照片现在成了双刃剑了。对于她来说，她也会害怕这张照片会被戈弗雷·诺顿看见，一如我们的委托人会怕他的未婚妻看到那张照片一样。可是具体来说，我们要通过怎样的途径才能找到那张照片呢？"

"是的，她会把照片放在哪里呢？"

---

① 约翰·里尔，19世纪中叶到20世纪初英国著名喜剧演员。——译者注

"她随身携带的可能性应该微乎其微。因为那张照片是六英寸的，要想随身携带着的话，衣兜里确实放不下那么大的照片。而且她也明白国王会拦劫和搜查她，类似的事情已经发生过了。因此，我们可以肯定，照片是绝对不会放在她身上的。"

"那么，它又在哪儿呢？"

"在她的银行或者在律师的手上，两者都有可能，但是我又倾向于推翻这两个结论。女人天生就喜欢保密，她们喜欢自己去做一些保密的工作。她会觉得自己压根儿没有任何理由把照片交给别人，她更信得过的是自己的保管能力。但是她却认为要是把照片交给银行或律师，万一事情败露就会产生难以估量的政治影响。除此以外，我们也知道她是决意要在几天之内利用这张照片的。因此照片一定在她随手可以拿得到的地方，一定在她自己的房间里。"

"但是屋子已经被小偷光顾过两次了呀！"

"哼！那是他们不知道怎么去找。"

"可你准备怎么个找法？"

"我根本不用找。"

"然后呢？"

"我要施计让她把照片拿给我看。"

"她才不会听你的呢。"

"在我的安排下，她会的。我听见车轮声了，那是她坐的马车，现在要严格按照我前面的部署行事。"

正说话间，我们看到了顺着弯弯曲曲的街道反射过来的马车侧面上的灯光。只见一辆精致的四轮小马车驶到布里翁尼府第门前停了下来。马车还未停稳，只见一个流浪汉突然冲上前去开车门，想讨点儿赏钱，但是另一个抱有相同想法的人突然蹿到前头，将他奋力地挤开了。于是一场猛烈的争斗随即展开，两个警卫站在了其中一个流浪汉一边，而磨剪刀的则站在了另外那个流浪汉一边。于是，爆发了一场无休止的争吵。后来也不知是哪边先动的手，他们开始扭打在了一起，而刚好在此刻下车的艾琳夫人，立刻就被卷进了一群怒容满面、野蛮争斗的人群当中了。福尔摩斯突然冲到这群人中间保护夫人，然而只见他还没到夫人身边，就听见一声惨叫，他已经倒卧在地上，血汩汩地流了出来。看到此情此景，两个警卫朝一个方向拔腿就跑，那些流浪汉则向另一个方向跑，随即逃之夭夭。此时，那些衣着得体的人开始围了过来，急切地想要看看这位受伤的先生的情况。艾琳·艾德勒——我也开始这样称呼她——慌慌张张地跑上楼梯，但是跑到最高一层台阶的时候她站住了，门厅里的灯光映衬出了她令人赏心悦目的身材轮廓。

“那位可怜的先生伤得严重吗？”她扭过头来问那些人。

“估计他死啦。”有几个声音齐声喊道。

“不，不，还有气呢，”另一声音高叫着，“但是如果还没有人把他送到医院去的话，估计很快就会丧命。”

“他真勇敢，”一个女人说道，“要是没有他在这里，那些流浪汉一定把夫人的钱包啊、表啊一起抢走了。他们是一伙的，而且是一些粗鲁的家伙。啊，他还有呼吸！”

“别让他继续躺在地上了。我们可以把他抬进房里去吗，夫人？”

“抬进去吧，直接抬到卧室里去，那儿的大沙发躺着舒服些。”

“大家往这边来。”

大家小心翼翼地抬着他进了布里翁尼府第，把他放在卧室里。

而我就一直站在靠近窗口的地方目睹着事情的经过。灯都点亮了，但窗帘仍然是开着的，因此我可以清楚地看到福尔摩斯被安置在沙发上的全过程。我不知道他事后是不是会为自己这些手段感到内疚和自责，我只知道如果是我的话，我一定会为自己的所作所为感到羞愧的，因为我看到那位我们合伙算计的美人在照顾患者时所流露出的温柔而亲切的神态。可是假如我现在临时退出，拒绝扮演福尔摩斯交给我的这个角色的任务的话，对于他来讲，肯定是一种相当卑鄙的背叛。于是我狠下心肠，从外套里拿出烟火筒。我对自己说，我们本无意伤害这位美人，只是不想让她去伤害别人罢了。

福尔摩斯就躺靠在长沙发上。我看到他做出那种呼吸很困难的样子，然后一个女仆很快过来将窗户打开了，与此同时我看到他把手举了起来。说时迟，那时快，一看到这个信号，我立刻把烟火筒扔进了屋，并且大声喊道:“失火啦！”喊声刚落，所有在场的人，不管是穿着得体的还是不那么得体的人，是绅士还是马夫、女仆，都惊慌失措地大叫起来："着火啦！"滚滚的浓烟很快弥漫了整个房间，并且从打开的窗户冒了出去。随后，我看见了许多争先恐后逃窜的身影。不久之后，我还听到福尔摩斯在房间里大声喊着要大家放心，那不过是一场虚惊。我快步穿过惊慌失措的人群，来到街道的拐角。用了不到十分钟，我就幸运地跟我的朋友会合了，他扯着我的胳膊，跟我一起远离了这个骚动混乱的现场。刚开始的时候，他一声不吭，只管快速行进，直到我们来到了埃朴威尔路上的一条安静的道路上。

"华生，你干得漂亮极了，"他说道，"没有比这干得更漂亮的了。一切顺利。"

"你弄到照片了吗？"

"我已经知道它在哪儿了。"

"你怎样知道的？"

"还是像刚开始说的那样，是她自己拿给我看的。"

"我还是没什么头绪。"

"我不想装神弄鬼，"他说着笑了起来，"事情其实很简单。你肯定知道街上那些人都是我们的同伙吧？他们全都是我雇来的。"

"我猜大概也是这么回事。"

"然后，等两边争吵起来的时候，我冲上前去，手掌里握着一小块湿的红颜料，然后我假装跌倒在地，同时把手赶紧捂在脸上，造成一个令人可怜的假象。这都是老伎俩了。”

“这个我也看出来了。”

“然后他们叫她把我抬进去。她不得不照大家说的去做。在当时的情况下，除此之外她还能有什么办法？她把我放在卧室里，一如我预料的那间屋子。照片很显然就藏在这间屋子和她的卧室之间，我决定一探究竟。他们把我放在长沙发上，我做出呼吸困难的样子，他们就去把窗户打开，这样就轮到你上场了。”

“这对你有什么用呢？”

“这简直太重要了。当一个女人一想到她的房子着火时，受自己本能的驱使，她会立刻去抢救她最珍贵的东西。人的这种完全不可抗拒的本能，我已经利用过很多次了。在达林顿顶替丑闻案中，我利用了这一点，阿恩沃思城堡案中也用到了：已为人母的女人会立刻想到她的婴孩；未婚女士则首先抢救她的财产。很清楚，这房里的东西对于这位小姐来说，没有比我们要找的那件东西更为重要的了。她的第一反应一定是抢救它，着火的警报放得很迷惑人，喷出的烟雾和惊呼声也足以动摇坚强的神经。她的反应如我设想的那般，那张照片放置在壁龛里，也就是在靠右边门铃的拉索上面有块能挪动的嵌板，在它的后面就是壁龛。她立刻跑到那儿，当她还没完全把照片拿出来的时候我就已经看到了。于是我高声告诉大家这只是一场虚惊的时候，她又把照片重新放了回去。她看了一眼烟火筒，然后就到房子外面去了，之后我就不知道她去哪儿了。当时我正在想是不是马上去把照片拿出来才好，正在我犹豫的时候，马车夫走了进来。他紧密地监视着我，为了保险起见，我必须等待时机再回去取。不然的话，一招不慎，就会前功尽弃的。”

“现在呢？”我问道。

“我们的调查事实上已经差不多了。明天我们把国王一起叫上，如果你愿意的话，就一起去吧。到时候有人会给我们带路，让我们在起居室里等着见夫人；然后我们迅速行动，这样估计她出来的时候不仅发现我们不见了，同时照片也不见了。对于国王陛下来说，能够亲手重新得到那张照片，一定是件让他很满意的事情。”

“那么准备什么时候去呢？”

“早上八点。那时候，趁她还没有起床，我们就有充裕的时间动手。我们必须迅速行动，我担心的是，她因为结婚而改变生活习惯。我现在就去给国王拍电报。”

这时我们已经来到了贝克大街的房门前。当他正在口袋里掏钥匙准备开门的时候，有人经过我们身边打了个招呼：“晚安，福尔摩斯先生。”

这时的人行道上只有稀稀拉拉的几个人，这句话像是刚刚经过这里的那个身材修长、穿着长外套的年轻人说的。

“这声音我听过，”福尔摩斯面露惊讶地望着昏暗的街道，“可是这个人是谁呢？”

那天晚上，我就留在了贝克大街。第二天早晨，当我们正在吃烤面包、喝咖啡的时候，波希米亚国王突然冲了进来。

“你拿到照片了？”他抓住夏洛克·福尔摩斯的双肩，急切地在他脸上搜索着答案。

“还没。”

“那么有希望吗？”

“有希望。”

“那么快点吧，我一刻也不想耽搁了。”

“我们先得去雇辆出租马车。”

“不必了，我的四轮马车就在外面呢。”

“这样省事多了。”我们出门，再次动身前往布里翁尼府第。

“艾琳·艾德勒已经结婚了。”福尔摩斯说道。

“结婚了？什么时候的事？”

“昨天。”

“跟谁？”

“一个叫诺顿的英国律师。”

“但她不可能爱他。”

“我倒希望她爱他。”

“你为什么这样希望呢？”

“因为这样的话，陛下以后就可以高枕无忧了。如果这位女士跟她的丈夫相爱的话，那么她就不会对你留有太多感情了，如果这样的话，那么也就没有了干预陛下生活的理由了。”

“话是这么说。可是……啊，如果她和我门当户对就好了，她一定会是一位了不起的王后呀！”说完他就立即陷入了郁郁寡欢的沉默之中，一直延续到我们在塞彭泰恩大街停下来时。

布里翁尼府第的大门敞开了。一个中年的妇人站在台阶上，她冷漠地看着从四轮马车上下来的我们。“是夏洛克·福尔摩斯先生吧？”她说道。

“我是福尔摩斯。”我的伙伴显然没想到她会这么问，带着诧异和惊愕回答道。

“果然！我的女主人告诉我你肯定会来的。今天早晨她已经跟丈夫一起走了，坐五点十五分的火车从蔡林克罗斯出发到欧洲大陆去了。”

“什么！”夏洛克·福尔摩斯趔趄着退了一步，懊恼和惊异让他的脸色出奇地发白，“你的意思是说她已经离开英国了吗？”

“是啊，一去不复返了。”

“那么照片呢？”国王粗声粗气地问道，“这下完了！”

“我们看看吧。”福尔摩斯推开仆人，快步走进起居室，国王和我紧跟其后。房里的家具七零八落地散放在各个角落，架子都拆了，抽屉也都没关，仿佛她在出门之前翻箱倒柜过一次。福尔摩斯冲到神龛旁边，在门铃的拉索的地方，拉出一扇小门，手伸进去掏出一张照片和一封信。照片上面是艾琳·艾德勒本人身穿晚礼服的样子。

信封上写着：“夏洛克·福尔摩斯先生，仅限本人亲启。”

我的朋友把信拆开，我们三个人一起凑过来看信的内容，信上的落款日期是今天凌晨。信中内容如下：

亲爱的夏洛克·福尔摩斯先生：

你干得漂亮极了。我完全被你唬住了。直到人们喊着火了以前，我都丝毫没有起疑心。但是当我意识到我的所作所为严重地泄露了我自己的秘密时，我就开始将一切联系起来思考了。几个月以前，有人就警告我要防备你了。他告诉我要是国王想雇一位侦探的话，那这个人百分百是你。他们甚至还给了我你的地址。可是尽管这样，你还是让我没管住自己的秘密。甚至在我有所怀疑之后，我仍然觉得难以置信，我无法想象那么一位上了年纪、亲切可人的牧师会怀有歹意。但是，你知道，我自己也是个经验丰富的女演员。我也经常穿着男性服装，我自己也常常女扮男装，并趁机享受它所带来的自由。我派马车夫约翰监视你，然后跑到楼上去换了我平时的男性穿着，当我下楼来的时候，你刚好离开。

随后，我一直尾随着你们来到你家门口，于是，我彻底肯定你就是那位鼎鼎有名的夏洛克·福尔摩斯先生，而我成为你目前最感兴趣的对象了。于是，我相当冒失地去跟你说了声晚安，然后就到坦普尔去看我的丈夫了。

我们俩一致认为被你这样的对手盯着是一件可怕的事情，最好的办法还是“三十六计，走为上策”。因此，在你今天来时将发现这个房子空空如也。至于那张照片，你大可叫你的委托人放心。我已经爱上了一位比他强的人，而这个人也深爱着我。国王可以随心所欲地去做自己的事，而不必顾虑曾经被他伤害过的我会对他采取什么不利措施。我保留那张照片，也不过是保护自己。同时也是保藏一件将能永远保护我，使他不至于在未来的某些时候采取某些手段来伤害我的武器。我现在留下一张他可能愿意收下的照片。

谨此向您——亲爱的夏洛克·福尔摩斯先生致意

艾琳·艾德勒·诺顿敬上

“多么厉害的女人——噢，一个多么厉害的女人啊！”当我们三个人一起念这封信时，波希米亚国王喊道，“我不是告诉过你们，她是多么聪明和机警吗？假如她能当王后，毫无疑问，她会是一个好王后的，可惜她和我的地位相差太远！”

“从我最近的所见所闻，尤其是对这位女士的观察来看，她的水平的确和陛下的水平相差太远，”福尔摩斯用一种十分冷漠的口吻说道，“我很遗憾没能使陛下的事情得到一个更为圆满的结局。”

“亲爱的先生，恰恰相反，”国王说道，“再没有任何结局比这个更为皆大欢喜的了。我知道她是说话算数的。那张照片现在是让我彻底地安下心来了，就好像它已经被烧掉那样再也不会出现了。”

“我很高兴陛下能够这么说。”

“我对你的感激简直无法用言语表达。你开条件吧，要我怎么报答你都行。这只戒指……”他把手上的一颗蛇形的绿宝石戒指，放在手心托过来给福尔摩斯看。

“陛下有一件比这个戒指要值钱得多的东西。”福尔摩斯说道。

“只要你说出来，我什么都答应你！”

“这张照片！”

国王好像一点儿心理准备都没有，只是瞪大眼睛注视着他。

“艾琳的照片！”他喊道，“你要是想要的话，就拿去吧。”

“谢谢陛下。那么这件事就算落幕了，我谨祝您早安。”他对国王伸出来的手不屑一顾，鞠了个躬便转身离去了，我们一起回到了他的寓所。

这就是波希米亚国王险些遭受一桩大丑闻的牵连，而福尔摩斯又是怎样制订杰出计划，最后又是怎样在一个女人的聪明才智面前挫败的完整过程。他过去对女人所谓的智慧常常嗤之以鼻，从那以后我就很少听到他这样的嘲笑了。而当他说到艾琳·艾德勒或提到她那张照片时，他总是用“那位女士”这一尊敬的称呼。

红发会

去年秋季的某日，我拜访了我的朋友夏洛克·福尔摩斯先生。他当时正在和一位老先生深谈着什么，只见这位老先生身形略显矮胖，脸色红润，留着一头红发。我为自己的闯入表示抱歉。正准备抽身退出的时候，福尔摩斯一把将我拉住，把我拉进了房间里，并随手关上了门。

“我亲爱的华生，真是来得早不如来得巧。”他亲切地说道。

“我担心你正忙着呢。”

“你说得对，我的确很忙。”

“既然这样，我到隔壁房间等会儿。”

“没有必要。威尔逊先生，这位先生是我的朋友和助手，他帮助我成功地侦破过许多案子。在处理你的案子的时候，他同样会给我最大的帮助，这一点毋庸置疑。”

那位略显矮胖的红发老先生从椅子里半站起来，微微欠身向我点头致意，但他那肥嘟嘟的小眼睛却带着一丝半信半疑的神情。

“请坐在长靠背椅子上吧。”福尔摩斯说道，说完自己又回到他那张扶手椅上坐下，两手指尖合拢——这是他思考问题时的习惯动作，“亲爱的华生，我知道，你和我一样，不喜欢日常生活中那些平淡乏味、单调无趣的东西，喜欢那些稀奇古怪的东西。你那么热衷于记录我所侦破的案子，这表示你对侦破工作非常感兴趣。请你原谅我这样说，你的做法为我那微不足道的冒险事业增添了不少光彩。”

“我的确对你经手的案子有着浓厚的兴趣。”我回答道。

“你还记得那天在我们讨论玛丽·萨瑟兰小姐所提到的那个简单问题之前，我说过的那番话吧：为了得到新奇的效果和非比寻常的配合，我们就必须深入到生活中去，而生活本身总是比任何大胆的想象更加富有冒险性。”

“恕我直言，我对你的这个说法表示怀疑。”

“是这样吗，华生？但是，你依然得同意我的看法。否则，我会不断地列举事实，直到你的推断无法立足，那个时候你就会承认我是对的了。好了，这位杰贝兹·威尔逊先生真不错，今天一大早就来拜访我，并讲述了一个故事，这个故事可能是很长时间以来我听到过的最离奇古怪的故事了。我曾经跟你说过，最离奇、最独特的事物往往不是与较严重的犯罪而是与较轻微的犯罪有关联，有时甚至让人感到疑惑，是否真的有人犯罪了。就我刚才听到的故事而言，我现在还不能判断这个案子是否是一个犯罪的案例，但是，事情的经过无疑是我所听到过的最离奇的那一类了。威尔逊先生，劳驾你把事情从头再讲一遍。之所以请你从头讲，不仅因为我的朋友华生医生没有听到故事的开头部分，而且还因为这故事太离奇了，所以我渴望从你口中获得每个可能的细节。按理说，当我听到一些稍微能够说明事情经过的细节的时候，我总能想起成百上千个其他类似的案子，并能够用这些案子引导我自己。但这次我不得不承认，这个案子对我来说是十分独特的。”

矮胖的委托人自豪地挺起胸膛，一副洋洋得意、趾高气扬的样子，接着从大衣口袋里掏出一张又脏又皱的旧报纸，将它平铺在膝盖上，向前伸着脑袋看了看上面的广告栏。这时我把这个人仔细地打量了一番，尽力模仿我的朋友，试图从他的服饰和外表看出些什么东西来。

但是，我的一番打量并没有令我收获太多。我们这位客人从外表来看，是一个普普通通的英国商人，胖胖嘟嘟，模样浮夸，动作迟缓。他穿着一条宽松肥大的灰格呢裤子，一件不是很干净的燕尾服，胸前的扣子没有扣上，里面穿着一件褐色马甲，马甲上面挂有一条艾尔伯特式的粗铜链，链子上坠着一个来回摇晃的带有四方孔的金属装饰品。他身旁的椅子上放着一顶磨旧的礼帽和一件褪色的棕色大衣，大衣的丝绒领子皱皱巴巴。总而言之，这个人除了长着一头火红色的头发，带着一脸恼羞成怒和不满的表情外，没有什么让人注目的地方。

夏洛克·福尔摩斯目光很锐利，一眼便看出了我在做什么。当他看到我迷惑的目光时，他面带微笑地摇了摇头："他曾经干过一段时间的体力活，吸鼻烟，是个共济会会员，到过中国，近来写了不少东西。除了这些显而易见的事实以外，我推断不出别的什么了。"

杰贝兹·威尔逊先生一听到这些，突然从他的坐椅上吃惊地直起身子，他的食指仍然压着报纸，但目光已转向了我的朋友。

"我的上帝！福尔摩斯先生，你是怎么知道这一切的？"他问道，"比如，你怎么知道我干过体力活？那是像福音一样千真万确的事情，我一开始就是在船上当木匠的。"

"你的那双手，我亲爱的先生，你的右手比左手大。你使用右手干活，右手的肌肉要比左手的发达。"

"哦，那么吸鼻烟和共济会会员呢？"

"我就不告诉你我是怎么看出来的了，因为我不想贬低了你的智力，何况你还违背了你们团体的严格规定，别了一个弓形指南针模样的别针呢！"

"啊，是的，我把这个忘了。可是写作呢？"

"你右手袖子上有一块五寸长的地方闪闪发光，而左手袖子靠近肘关节的地方打了个整洁的补丁，这是由于经常与桌面摩擦造成的。这难道还不能说明问题吗？"

"哦，那么中国呢？"

“你的右手腕上刺的那条鱼的文身图案只能是在中国做的。我对文身图案稍有研究，甚至还写过有关这方面的文章。能够用细腻的粉红颜料给大小不等的鱼鳞着色的这种绝技，只有中国才能做到。还有，我看见你的表链上挂着一块中国钱币，这使得问题变得更加简单。”

杰贝兹·威尔逊捧腹大笑起来。他说道：“哎，这个我可万万没有想到！我一开始认为你是神机妙算呢，但是看来说穿了也就那么回事。”

“华生，我现在认为，”福尔摩斯说道，“我这样摊开来说真是个失误，要‘大智若愚’。你知道，我的名声本来就那么回事，如果我总是说大实话，很快就会声誉扫地的。威尔逊先生，找到那个广告了吗？”

“是的，我找到了，就在这里。”他一边回答一边用他那粗红的手指指着那广告栏的中间。他说道：“就在这儿，一切都是因它而起。先生，你们自己看看吧。”

我从他手里接过报纸，念道：

红发会：

由于原美国宾夕法尼亚州已故黎巴嫩人伊齐基亚·霍普金斯之遗赠，现有一职位空缺，凡红发会会员皆可申请该职位。每周四英镑薪金，工作仅为挂名而已。凡红发男性，年满二十一岁，身体健康，心智健全者均符合申请条件。应聘者请于周一上午十一点前往舰队街教皇院7号红发会办公室邓肯·罗斯处提出申请。

“这究竟是什么意思？”我读了两遍这则奇怪的广告后，情不自禁地喊道。

福尔摩斯一边咯咯地笑，一边在椅子上扭动着自己的身体，他情绪高涨的时候总是这个样子。“这个广告很奇怪，不是吗？”他说道，“好了，威尔逊先生，你现在就从头开始讲起吧，把有关你的一切、你的家人以及这个广告给你带来的好运，一并讲出来吧。华生，你先把报纸的名称和日期做一下记录。”

“这是一份《纪事年报》，一八九〇年四月二十七日的，正好是两个月以前的。”

“很好。威尔逊先生，请讲吧。”

“哦，夏洛克·福尔摩斯先生，正像我刚才对你说过的，”杰贝兹一边用手擦去他前额上的汗，一边说道，“我在市区附近的科伯格广场开了个小当铺，是个小买卖，近几年生意不好，只能勉强维持生计。以前我还雇用了两个伙计，但是，现在只能雇一个了。本来这个伙计我也雇不起的，幸亏他为了学会做这种买卖，自愿只拿一半的工资。”

“这位热心帮助别人的青年叫什么名字？”夏洛克·福尔摩斯问道。

“他名叫文森特·斯波尔丁。其实他也不年轻，但是究竟有多大我也不清楚。福尔摩斯先生，我的这个伙计真的是精明能干。我很清楚，他本来可以过上很好的日子，赚的钱也要比我付给他的多上一倍。可是，毕竟他干得很满意，我又何必给他太多呢？”

“哦，是真的吗？你能以低于市价的薪金雇到一个这么好的伙计，真是够幸运的了。在这个年代，像你这样幸运的雇主，可真是不常见。我不清楚你的伙计是不是和你的广告一样非比寻常。”

“啊，他也有自己的缺点，”威尔逊先生说道，“他对摄影比任何人都要着迷。他整天拿着相机到处拍，一点儿上进心都没有。他每次一拍完照就一股脑儿地跑到地下室去冲洗，就像兔子钻洞一样快。这是他最大的缺点，不过，总的说来，他算是一个好伙计，没有什么坏心眼。”

“我推测，他现在还是和你在一起吧？”

“是的，先生。除了他，还有一个十四岁的小女孩。这个女孩子负责做饭、清扫房间。我家里就只有这些人，因为我是个单身汉，没有结过婚。先生，我们三个人生活得十分平静和悠闲；我们彼此相依为命，一起还债，生活原本平静无常。

“打破我们平静生活的第一件事就是这个广告。就在八个星期以前的今天，斯波尔丁拿着这张报纸走进办公室说：‘威尔逊先生，我向上帝祈祷，我希望我就是那个红头发的人啊。’

“我问他：‘为什么？’

“他说道：‘为什么？红发会现在又有了一个空缺。哪个人要是得到了这个职位，那他就发了一笔横财。据我所知，空缺的这个职位薪资很高，接受委托的人不知道该拿这笔钱怎么办才好。如果我的头发能变成红色该多好啊，我就可以去享受这个小安乐窝了。’

“我又问他：‘这究竟是怎么一回事呢？’你可知道，福尔摩斯先生，我是个足不出户的人。因为我的买卖都是别人送上门来的，用不着到处奔走，我经常是连续几周都不出家门。所以，我对外面的事情一无所知，能听到点新闻我总是很高兴的。

“‘你难道从来没有听过红发会的事吗？’斯波尔丁瞪大双眼地反问我。

“‘从来没有。’

“‘是吗？怎么会呢，因为你自己就很符合那个职位的条件啊。’

“‘虽然年薪只有二百英镑，但这个工作很轻松，也对自己其他的职业没有影响。’

“哦，你们不难想象，这马上引起了我的兴趣，因为这些年来，我的生意一直不怎么好，这额外的二百英镑对我还是很有吸引力的。

“‘你把事情的详细情况对我说说吧！’我对他说。

“‘好，’他一边把广告递给我一边说道，‘你自己看一看吧，红发会有个职位空缺，这上面还有办理申请手续的地址。据我所知，红发会的创建人是一个叫作伊齐基亚·霍普金斯的美国百万富翁。这个人的行为本身就很古怪。他自己就是红色的头发，而且对所有红头发的人有着深厚的感情。大家在他死后才发现，原来他把他的巨额财产交给了财产托管人并留下遗嘱，要用他遗产的利息为红头发的男子找个悠闲轻松的工作。就我所听说过的，工作薪金很高，而且不用做什么事情。'

"'可是，'我说道，'会有上百万的红头发男子前去申请的。'

"'没有你想的那么多，'他回答道，'你看，实际上范围只限于伦敦人，而且必须是成年男子。这个美国人年轻时在伦敦生活，并且是在这里发迹的，他想为这座古老的城市带来一点儿回报。而且我还听说，要想得到这个职位，应征者的头发就必须是真正发亮的火红色，浅红和深红都不行。好了，威尔逊先生，如果你想申请的话，那就只管去就好了。但是，为了这区区几百英镑，就让你惹上麻烦，也许并不值得。'

"先生们，正如你们所见，我的头发实际上是耀眼的火红色。因此，在我看来，如果为了得到这个职位需要竞争的话，那么我在与任何人的竞争中都会有很大的优势。文森特·斯波尔丁好像非常了解这件事情，因此我认为他或许能够助我一臂之力。于是，我就让他关了店门，立即同我上路。他非常乐意能够休一天假，就这样，我们停业一天，前往广告上登的那个地址。

"福尔摩斯先生，我再也不希望见到那样的场面了。来自东西南北留着红色头发的男子涌到城里，按照那份广告去应聘。舰队街挤满了红头发的人，教皇院看起来就像水果贩那放满红橘的手推车。我怎么都没有想到区区一则广告竟然能招来全国各地这么多人。他们头发的颜色真是多姿多彩——稻草色、柠檬色、橘红色、砖红色、爱尔兰猎狗色、肝色、土褐色。但是，就像斯波尔丁所说的那样，真正留着发亮的火红色头发的人倒没有几个。看到那么多的人都在等着，我感觉没有什么希望，想要放弃。但是，斯波尔丁坚决不肯让我走。他当时是怎么做的，我真的想象不出来，但是他带着我又推又挤地穿过人群，一直来到红发会办公室的阶梯前面。阶梯上有两股人流，有的人满怀希望上楼，有的人愁眉苦脸下楼；我们拼尽全力挤进人群。不到一会儿，我们发现我们已经在办公室里了。”

这个时候，委托人稍稍停了一下，福尔摩斯用力地吸了一下鼻烟，以便能够振作精神，然后说道：“你的这段经历真是太有意思了，请你接着讲下去吧。”

“办公室里基本上没有什么东西，除了几把木椅和一张办公桌。办公桌后面坐着一个头发颜色比我还要鲜红的小个子男人。每个申请职位的人走到他面前，他都会讲几句，然后想方设法在他们身上挑上几处毛病，将他们淘汰。这样看来，想要得到这个职位并非易事。可是轮到我们的时候，这个小个子男人对我的态度要比对其他任何人都要好很多。我们一进去，他就把门关上了，以便可以和我们单独谈话。

“‘这位是杰贝兹·威尔逊先生，’我的伙计说道，‘他自愿填补红发会的职位空缺。’

“‘他担任这个职务简直太适合了，’对方回答道，‘他符合我们所有的条件。我想不起来有谁的红头发能比他的更好。’他往后退了一步，歪着脑袋仔细打量着我的头发，看得我都有些不好意思了，然后向前一个大跨步拉住了我的手，恭喜我获得了这个职位。

“‘如果再迟疑不定那就太不对了，’他说道，‘但是，很抱歉，我不得不保持谨慎，我相信你是不会介意的。’说着，他双手紧紧地揪住我的头发，用力地向上拔，直到我痛得放声大叫，他才放手。放手后他对我说：‘你痛得眼泪都快流出来了。我能察觉到你的头发是真的。可是我还是要十分的谨慎和小心，因为我们曾经被骗过两次，一次是两个带假发的家伙，一次是一个染发的家伙。我给你们讲一讲有关鞋蜡的故事，你们听了一定会感觉到恶心。’说完，他走到窗口扯着嗓子喊道：‘空缺已经有人填补了。’窗外传来一阵大失所望的叹息声，接着，红发人群向着四面八方散去。他们离开以后，红头发的人就只剩下我和那个经理两个人。

“‘我名叫邓肯·罗斯。’他说道，‘我本人就是一个我们高贵施主遗赠基金的受益者。威尔逊先生，你是否已经成婚了？你成家了吗？’

“我回答说我没有。他的脸顿时沉了下来。

“‘哎呀。’他严肃地说道，‘这确实是很严重的事情！我很抱歉听你那么说。当然了，设立这笔基金就是为了维护红头发的人不断繁衍后代。可是你竟然还是个单身汉，这真是太不幸了。’

“福尔摩斯先生，他说的这些话让我感到很难过。我心想这下完了，到手的职位还是弄丢了。可是，他想了一会儿又说没关系。

“‘如果换了别人，’他说道，‘这个缺点可能就是致命的。可是，你有这么出众的头发，我们可以对你网开一面。你什么时候能够来上班？’

“‘哦，这可有点儿麻烦，因为我有一个店铺要照看。’我对他说道。

“‘不要担心，威尔逊先生，我可以替你照看你的店铺。’文森特·斯波尔丁说道。

“‘上班时间是几点到几点？’我问道。

“‘早上十点到下午两点。’

“福尔摩斯先生，当铺的生意大多都在晚上，特别是在周四、周五的晚上，因为再过两天就是发工资的日子了，所以利用早上多赚几个钱对我来说非常合适。而且我知道我的伙计是个好人，他会把店铺照看得很好的。

“‘对我来说非常合适。薪水是多少？’我说道。

“‘每周四英镑。’

“‘那干的是什么工作呢？’

“‘纯粹是挂个名而已。’

“‘你说的挂个名是什么意思？’

“‘嗯，就是在整个上班时间你必须一直待在办公室里，或者至少不能走出这栋大楼；一旦你离开一步，那就等于永远放弃了这个职位。这一点遗嘱上说得非常明白。一旦你在这段时间离开办公室一步，就是违背了遗嘱的规定。’

“‘一天总共不过四个小时，’我说，‘我是不会离开半步的。’

“‘不能以任何理由作为借口，’邓肯·罗斯先生说，‘无论是生病、有事或其他理由都不行。你必须一动不动地待在那里，否则你就会失去这个工作。’

“‘那我要做些什么事情呢？’

“‘你具体的工作是抄写《大不列颠百科全书》，我这里有第一卷。你要自带墨水、笔和吸墨纸，我们只给你提供这张桌子和这把椅子。你明天可以来上班吗？’

“我说：‘没有问题。’

“‘那么，明天见了，杰贝兹·威尔逊先生，让我再一次恭喜你幸运地得到了这个重要职位。’他向我鞠了个躬。我和伙计便离开房间一起回家了。我的运气真的是太好了，把我都乐疯了。

“嗯，我一整天都在思考这件事情。到了晚上，我的情绪又慢慢地低沉了下来，总觉得这件事不太对头，说不定是个大骗局或是个大阴谋，但是我又想不出他们的用意何在。有谁会立下这样的遗嘱，就为了让别人做抄写《大不列颠百科全书》这种简单的工作，而愿意付出那么多钱，这真是太不可思议了。文森特·斯波尔丁用尽一切办法来让我安心。不过在就寝的时候，我自己想通了，无论如何，我决定明天一早去看个究竟。我花了一个便士买了一瓶墨水、一根羽毛笔、七张大页书写纸，然后动身去了教皇院。

“嗯，让我感到惊喜的是，一切安排得都很好。桌椅早就给我摆好了，邓肯·罗斯先生也已经在那里张罗着了，以便我顺利地开始工作。他让我从字母 A 开始抄起，然后就离开了，可是他不时走进来看看我工作进行得是否顺利。下午两点钟的时候，他和我告了别，并夸奖我抄写得真不少。我走出办公室后，他就把门锁上了。

“福尔摩斯先生，就这样，我每天十点钟上班，下午两点下班。到了星期六，邓肯来了，付给我四英镑作为我一星期的工资。第二个星期是这样，第三个星期还是这样。我每天上午十点到那里上班，下午两点下班。后来邓肯·罗斯先生渐渐地就不常来了，有时一上午只来一次，又过了一段时间，干脆就不来了。不过，我还是片刻也不敢离开办公室，因为我不清楚他什么时候会来，而且这个工作很好，对我来说非常适合，我不想丢掉它。

“八个星期就这样过去了。我抄写了‘男修道院院长’、‘射箭术’‘盔甲’‘建筑学’和‘雅典人’等词条；由于我的努力，眼看着就可以开始抄写以字母 B 为首的词条。我花了不少钱购买大页书写纸，我抄写的稿子几乎堆满了一个架子。可是，整件事情突然间全结束了。”

“结束了？”

“是的，先生。就在今天上午。我照例十点钟去上班，但是门已经上了锁，在门的嵌板中间用平头钉钉着一张方形小卡片。就是这张卡片，你们可以自己看。”

他拿出一张便笺大小的白色卡片，上面这样写道：

红发会业已解散。一八九〇年十月九日

我和夏洛克·福尔摩斯看了看这张简短的卡片，又看了看站在后面的威尔逊先生，只见他一脸懊恼的愁容，这件事的确滑稽可笑，我们两个一时没能忍住，哈哈大笑起来。

我们的委托人满面通红，气急败坏地嚷道：“我看不出有什么可笑之处。如果你们只会取笑而不会干别的的话，那我可以到别处去。”

“不，不，”福尔摩斯大声说道，将已经半站起身的威尔逊按回到椅子上，“我真的无论如何也不能放过你这个案子。它太稀奇太古怪了，让人感到耳目一新，但是如果你不介意的话，恕我直言，这件事的确有点滑稽。请问，当你发现门上卡片之后你做了些什么呢？”

“先生，我当时真是惊呆了，我不知道该如何是好。我向办公室附近的街坊邻居们打听，但是，他们似乎也不知道究竟是怎么回事。最后，我去找了房东，他就住在楼下，是个会计。我问他知不知道红发会发生了什么事情。他说，他从来没有听说过有这样一个组织。然后，我问他邓肯·罗斯先生是什么人。他说，这个名字他也从来没有听说过。

“我说道：‘嗯，是住在 4 号的那位先生。’

“‘什么，那个红头发的人？’

“‘是的。’

“他说：‘哦，他名叫威廉·莫里斯，是个律师，因为他的新居还没有弄好，暂时住在我的屋子里。他是昨天搬走的。’

“‘我在哪里能找到他呢？’

“‘哦，在他的新办公室。他的确把他的地址告诉过我。是的，爱德华王街 17 号，就在圣保罗教堂附近。’

“福尔摩斯先生，我立刻动身去了那里，但是，当我找到那个地方之后，发现它是个制造护膝的工厂，厂子里谁也没有听说过有个叫威廉·莫里斯或邓肯·罗斯的人。”

福尔摩斯问道：“那你后来怎么办了呢？”

“我回到我在萨克斯—科伯格广场的家，我接受了我伙计的劝告。但是，他的劝告根本帮不了我的忙。他只是劝我耐心等待，迟早会收到来信，从中得到一点儿消息的。但是，福尔摩斯先生，这些话并不是那么中听。我不愿意白白丢掉这么好的职位。因为我听说你总给穷苦的人解决难题，所以就找你来了。”

“你这样做很明智，你的案子很不寻常，”福尔摩斯先生说道，“我很乐意接受。根据你刚才所说的，我认为它可能牵扯到的问题要比乍看起来严重得多。”

杰贝兹·威尔逊先生说道：“已经够严重的啦！你想想看，我每星期要损失四英镑啊。”

“就你本人来说，我认为你不应该对这个古怪的组织有所抱怨。”福尔摩斯又说道，“恰恰相反，据我所知，你不仅赚了三十多英镑，而且通过抄写那么多以字母 A 为词头的词，也增长了不少知识，你并没有吃什么亏嘛。”

“我是没有吃亏。可是，先生，我想找到那些人，弄清楚到底是怎么回事，他们戏弄我的目的又是什么。如果是开玩笑的话，这个玩笑开得也太大了点，花了他们三十二英镑呢！”

“我们将努力帮你搞清楚这点。不过，威尔逊先生，首先请你回答我几个问题。最开始让你注意看广告的那位伙计，他在你那里干了多久了？”

“大约一个月吧。”

“他是怎么来的？”

“他是看了招聘广告应征来的。”

“只有他一个人来应聘吗？”

“不，有十来个人应聘。”

“你为什么会挑中他呢？”

“因为他机灵，工资要得也不多。”

“事实上，他只要一半工资？”

“不错。”

“这个文森特·斯波尔丁长什么模样？”

“个头很小，但十分健壮，手脚很勤快；虽然三十多岁了，脸上却没有胡须。他的前额有一块被硫酸灼伤过的白色伤疤。”

福尔摩斯听了之后，感到很兴奋，在椅子上挺直了身子，说道：“这些我都预料到了。你是否注意到他的两只耳朵扎了耳孔？”

“是的，先生。他说，是他年轻的时候一个吉卜赛人给他扎的孔。”

“嗯，”福尔摩斯说道，然后渐渐又陷入了沉思之中，“他现在还在你那里吗？”

“哦，是的，我来这之前他还在的。”

“你不在的时候，当铺的生意一直是由他照料吗？”

“先生，我对他的工作没有什么可挑剔的，而且早上本来就没有什么生意。”

“好了，威尔逊先生，我会在一两天内把我对这件事的调查结果告诉你。今天是星期六，我希望到星期一就可以告诉你结论了。”

“好了，华生，”在客人走了之后，福尔摩斯对我说道，“依你看，这究竟是怎么一回事呢？”

“我什么也没有看出来，”我老实地回答道，“这件事情太诡异了。”

福尔摩斯说道：“一般来说，越是诡异的事情，一旦真相大白，就会发现越简单。而那些普普通通、平平淡淡的案子才真正令人费解，正如一张普普通通的面孔最令人难以辨认一样。虽然如此，我必须马上行动起来。”

“那么你打算怎么办呢？”我问道。

“抽烟，”他回答道，“要解决这个问题起码要抽足三斗烟，我请你在五十分钟内不要跟我说话。”说完，他将身子蜷缩在椅子里，弯曲的膝盖几乎碰着他那鹰钩鼻子。他闭起眼睛静坐在那里，叼在嘴里的那只黑色陶制烟斗，就像是某种奇怪的鸟的长嘴。我以为，他一定是睡着了，于是我也打起瞌睡来，就在这个时候，他猛然从椅子上一跃而起，露出一副胸有成竹的神态，随手把烟斗搁在了壁炉台上。

“今天下午萨拉沙特在圣詹姆士音乐厅演出，华生，”他说道，“你怎么样？你的病人能让你有几小时的空闲时间吗？”

“我今天没什么事，我的工作从来不用我寸步不离地守在那里。”

“那好，戴上帽子跟我走吧。我们先去市区，顺路吃点午饭。我发现节目单上有不少德国音乐。我认为德国音乐比意大利或法国音乐更为优美动听，德国音乐能够引人深思，我正要深思一番呢，走吧。”

我们乘地铁来到奥尔德斯盖特，又步行了一小段路，便到了萨克斯—科伯格广场，我们上午听到的那奇怪的故事就发生在这个地方。这是一个狭窄破旧的小巷，四排灰暗的两层砖房的前面是一个院子，院子的周围是用铁栏杆做的围墙围起来的。院子里是一片杂草丛生的草坪，草坪上有几簇枯萎的月桂小树，正在烟雾弥漫和不适应的环境里顽强地生长着。在街道拐角一所房子的门楣上，有一块棕色招牌和三个镀金的圆球，木板上用白漆写着“杰贝兹·威尔逊”几个大字，看到这个招牌，就知道这是我们红头发委托人的当铺了。夏洛克·福尔摩斯在那房子前面停了下来，歪着脑袋仔仔细细地观察了一番，眼睛在布满皱纹的眼皮中显得炯炯有神。随后他沿着街道慢慢走了一圈，然后又返回到那个拐角，眼睛盯着那些房子看了一会儿。最后他来到了当铺门前，用手杖使劲儿地朝那里的人行道敲打了两三下，之后便走到当铺门口敲门。一个看上去很精明能干、胡子刮得光光的年轻小伙子立即给他开了门，把他请了进去。

福尔摩斯说道：“对不起，我只想打听一下，从这里到斯特兰德怎么走。”

“到第三个路口往右拐，到第四个路口再往左拐。”那个伙计很快地回答道，随即关上了门。

当我们离开的时候，福尔摩斯说道：“我看他真是个精明能干的家伙。据我估计，他可以算得上是伦敦第四号精明能干的人了；至于他的胆量，我不敢确定是不是能排在第三。我以前就对他有所了解。”

“很显然，”我说道，“威尔逊先生的这个伙计在红发会这个神秘事件中是个关键人物。我肯定你去问路只不过是想看一看他吧。”

“不是看他。”

“那是看什么呢？”

“看看他裤子膝盖那个部位。”

“你看到什么没有？”

“我看到了我想看的东西。”

“那你为什么要敲打人行道呢？”

“我亲爱的华生，现在是留心观察的时候，而不是聊天的时候。我们正在敌人的地盘进行秘密的侦查。我们了解了一些萨克斯—科伯格广场的情况，现在让咱们去广场后面探查一番。”

拐过偏僻的萨克斯—科伯格广场的街角后，我们看到了和前面的街道完全不同的一幅景象，那种反差之大犹如一幅画的正面和背面。那是伦敦市区通向西北的一条交通大动脉。街道上车水马龙，十分繁华，熙熙攘攘的人群将整个街道堵得满满的。人行道则被接踵而至的往来行人踩得发黑。当我们看着那一排排富丽堂皇的商店和豪华的商业楼宇的时候，简直不敢相信这些楼宇就紧紧挨着我们刚才离开的那个萧条破败的广场。

福尔摩斯站在街道的拐角处顺着那一排房子望过去，说道：

“让我好好看看，我一定要记住这里这些房子的顺序，了解伦敦是我的一种嗜好。这里有一家叫莫蒂然的烟草店，那边是一家卖报纸的小店！再往那边是城郊银行的科伯格分行、素食餐馆、麦克法兰马车制造厂，再往那边就是另一个街区了。好了，华生，我们的工作已经完成了，该休息一会儿了。先来份三明治和一杯咖啡，然后到演奏提琴的音乐厅去逛逛，那里只有悦耳动听的音乐，不会有红头发委托人出的难题来麻烦我们。”

我的朋友是个热情奔放的音乐家，他本人不但善于演奏，才华横溢，而且还能够自己作曲。整个下午他都坐在音乐厅里，完全陶醉于音乐之中，他修长的手指随着音乐的节拍轻轻地挥舞着；他两眼朦胧，面带笑容，弹得如痴如醉，与平日里那个厉害的、足智多谋、判断果断的刑事案大侦探福尔摩斯判若两人。他的这种双重个性在他古怪的性格中交替出现。我觉得，他平时的睿智、敏锐和在他身上偶尔占据主导地位的诗人气质，形成了鲜明的对比。他的这种性格就是时而懒散疲惫，时而精力充沛。我非常清楚，当他一连几天坐在扶椅中沉思冥想的时候，是他最令人感到生畏的时候。而此时强烈追捕罪犯的欲望又会重新支配他，在这个时候，他的推理能力就会上升到成为一种直觉，以至于那些不了解他做法的人们不敢正视他，认为他拥有超乎常人的学识。那天下午，当我看着他在圣詹姆士会堂完全陶醉于优美的音乐旋律之中时，我觉得他即将要追捕的人是在劫难逃了。

“华生，你想要回家了吧？”当我们走出音乐厅的时候，他说道。

“是的，也该回家了。”

“我还要用几个小时去办些事情。科伯格广场的事可是桩重大案子。”

“为什么是重大案子呢？”

“有人正在密谋策划一桩重大案子。我有理由相信我们能及时阻止他们。但是，今天是星期六，事情变得有些复杂。今晚我需要你的帮助。”

“什么时候？”

“十点钟。”

“那我十点钟到贝克街。”

“那很好。不过，华生，可能有点儿危险，请你一定把你在军队里使用过的那把手枪带上。”他招了招手，转过身去，随即便消失在人群之中。

我相信我绝对不比别人愚笨，可是，在我与夏洛克·福尔摩斯的交往中，我总因为自己的笨拙而倍感压力。就比方说这件事吧，他听到的我也都听到了，他看到的我也都看到了，但从他的言谈中可以明显地看出，他对已经发生的事情不但了如指掌，而且还能预料到将要发生的事情；而这件事对我而言仍然是可笑和荒唐的。当我乘车回到我在肯辛顿的家时，我又把事情从头到尾思考了一遍，从抄写《大不列颠百科全书》的那个红头发人的离奇经历，到去侦查萨克斯—科伯格广场，再到福尔摩斯和我分手时所说的话。为什么要在深夜外出呢？为什么要我带上武器呢？我们准备去哪儿呢？去干什么呢？福尔摩斯暗示过我，当铺老板的那个脸庞光滑的伙计是个难对付的家伙，这家伙很可能会耍花招。我总试图把整个事情理出个头绪来，结果总是很失望，只能放弃，反正今晚就会真相大白。

我九点一刻的时候从家里动身，我穿过公园，再穿过牛津街就来到了贝克街。两辆双轮双座马车停在门口。当我走进过道的时候，听到楼上有人说话的声音。我走进福尔摩斯的房间，看见他正和两个人热烈地交谈着。其中一人我是认识的，是警察局的官方侦探彼得·琼斯；另外一个是个高个子男人，长得面黄肌瘦的，戴着一顶闪光的帽子，穿着一件很厚而且很讲究的礼服大衣。

“哈，我们的人都到齐了。”福尔摩斯说道。他边说边扣上粗呢子大衣的扣子，然后从架子上取下了那根笨重的打猎鞭子，随后又说道：“华生，我想你认识苏格兰场的琼斯先生吧？让我来介绍你认识梅里韦瑟先生，他是我们今晚冒险行动的搭档。”

琼斯用傲慢的口吻说：“医生，你瞧，我们又成为搭档一起行动了。我们这位朋友是位追捕能手，他只需要一条老狗去帮助他捕获猎物。”

“我希望我们今晚的行动不要徒劳无功。”梅里韦瑟悲观地说。

“先生，你要对福尔摩斯先生充满信心才是，”那个警探趾高气扬地说道，“他有自己的一套办案方法。这套方法，恕我直言，有点儿太流于理论而且不可思议，但他具备成为侦探的素质。曾经有几次，比如在侦办肖尔托凶杀案和阿格拉珍宝盗窃案的时候，他的判断都比官方侦探的判断更加准确，我这样说并没有夸大其词。”

那个陌生人顺从地说道：“琼斯先生，你要这样说我没有任何异议。但是老实讲，我错过了一场牌局，这是我二十七年来第一次星期六晚上不打桥牌。”

夏洛克·福尔摩斯说道：“我想你一会儿就会知道，今晚你下的赌注会很大，比你以往任何一次下的赌注都要大，而且这次的牌局会更加令人惊心动魄。梅里韦瑟先生，你今晚的赌注约值三万英镑；而琼斯先生，你的赌注就是你想要追捕的那个人。”

“约翰·克莱这个杀人犯、盗窃犯、抢劫犯、诈骗犯，年纪虽然不大，却已经是犯罪团伙的头目了。梅里韦瑟先生，在伦敦的罪犯中，逮捕他是最紧迫的，他是个引人注目的人物。这个年纪轻轻的约翰·克莱，他的祖父是王室公爵，他本人在伊顿公学和牛津大学读过书。他的头脑十分灵活。虽然我们处处能查到他的蛛丝马迹，可是始终抓不到他这个人。他上个星期还在苏格兰砸烂一个儿童床，但这个星期却在康沃尔筹款兴建一个孤儿院。我追捕他好多年了，却从未见过他一面。”

"我希望今晚能够有幸介绍他给你认识，我和这个约翰·克莱也交过一两次手。我很赞同你刚才说的，他是个犯罪团伙的头目。好了，现在已经十点多了，我们应该行动了。你们二位坐第一辆马车，我和华生坐第二辆马车在后面跟着。"

一路上，夏洛克·福尔摩斯没说什么话，他背靠在车厢的座位上，哼着下午听过的乐曲。马车辚辚地行驶在漫漫长路上，一连串的迷宫般的煤气灯在道路两旁闪烁着，一直到了法林顿街。

"现在我们快要到了。"我的朋友说道，"梅里韦瑟这人是银行的董事长，他本人很关注这个案子。我带上琼斯和我们一起有好处。虽然他在自己的本行方面纯粹是个笨蛋，但是他这个人不错。不过他最大的优点就在于一旦盯住了罪犯，就会像猎狗一样凶猛，像龙虾一样顽强。好，我们到了，他们正在等着我们呢。"

我们来到上午来过的那条白天拥挤繁华的大马路。我们把马车打发走之后，在梅里韦瑟先生的带领下，走过一条狭窄的通道，他为我们打开了一扇旁门，我们走了进去。里面有条小走廊，走廊尽头是扇巨大的铁门。梅里韦瑟先生打开那扇铁门，门后是盘旋式石梯，石梯的另一头通向另一扇令人望而生畏的大门。梅里韦瑟先生停下来点亮一盏提灯，然后领我们来到一条有股泥土气息的通道，把第三道门打开后，便来到了一个庞大的、拱形的、地上堆满了板条箱和巨大箱子的地下室。

福尔摩斯举起提灯四下察看了一番，说道：“要从上面突破你们这个地下室还真是不容易。”

“从下面突破也不容易。”梅里韦瑟先生一边用手杖敲打着铺地的石板一边抬起头惊讶地说，“哎哟！听声音底下是空的。”

“请你安静一点儿行吗？”福尔摩斯厉声说道，“你已经为我们这次远征行动的大获全胜带来了危害。麻烦你找个箱子坐上去，别干扰我们行吗？”

这位庄重的梅里韦瑟先生只得委屈地坐到一只板条箱上。此时，福尔摩斯跪在石板地上，举着提灯和放大镜开始仔细地检查石板之间的缝隙。他只用了片刻时间就检查完了，很满意地站起身来，并把放大镜放回口袋里。

“我们起码要等一个小时。”他说道，“因为在那个好心的当铺老板睡着之前，他们是不会采取任何行动的。他们一旦行动，就会分秒必争，因为他们的动作越快，留给他们逃跑的时间就越充裕。华生，你肯定已经猜到了，我们现在所在的地方，正是伦敦一家大银行的市内支行的地下室。梅里韦瑟先生是这家银行的董事长，他会告诉你为什么伦敦那些胆大包天的罪犯会对这个地下室如此感兴趣。”

那位董事长低声细语地说道：“这里有我们的法国黄金。我们已接到过几次警告，说有人企图盗窃这里的黄金。”

“你们的法国黄金？”

“是的，几个月以前，我们碰巧遇到了增加我们的资金来源的好机会，为此我们向法兰西银行借了三万法国金币。你们现在知道了，我们一直没有工夫开箱取钱，所以依旧将它们放在地下室里。我屁股下面的这个板条箱子里就有两千法国金币，是用一层一层的锡箔包装着的。我们的黄金储备现在已经大大超过一家支行平常应该拥有的数量，董事们对这件事一直提心吊胆。”

福尔摩斯说道：“他们的担心不无道理。现在让我们来安排一下。我估计一小时内事情就会水落石出。现在，梅里韦瑟先生，我们得把提灯用灯罩罩上。”

“在黑暗里等吗？”

“恐怕只能这样，我带了一副牌。我本来想，我们正好四个人，也许可以打打牌消磨时间。可是我觉得我们的敌人就快要行动了，所以我们不能亮着光，那样会很危险。首先，我们必须选好各自的位置。这些家伙都是胆大包天之徒，我们要趁其不备进行袭击。但是我们仍然要小心谨慎，否则他们会给我们带来危险。我会站在这个板条箱后面，你们都藏在那些箱子后面。然后当我把灯光照向他们的时候，你们就迅速出击。华生，如果他们开枪，你就毫不留情地进行还击。”

我把手枪上好了子弹，放在我面前的木箱子上，我自己蹲在木箱后面。福尔摩斯迅速地把提灯前面的滑板拉上，顿时我们就陷于黑暗之中，我以前从未在如此漆黑的地方待过。被火烤热了的金属的气味说明了灯依然还亮着，一有什么动静就会重现光亮。我紧绷着神经等候着，在那潮湿阴冷的地下室，那突如其来的黑暗，让人有一种压迫感。

“他们只有一条退路，”福尔摩斯低声说道，“就是退回到屋子里，然后逃到萨克斯—科伯格广场去。琼斯，你已经按照我要求的去布置了吧？”

“我已经派了一个巡警和两个警官守在大门那里了。”

“那么他们所有的退路都被堵死了，我们就静静地等着吧。”

时间过得真慢！事后我看了一下表，总共等了一小时十五分钟，但是我觉得仿佛等了整整一夜，黎明都快要来了似的。由于我不敢动一下，所以累得手脚发麻。虽然我的神经处于高度紧张之中，但听觉却异常灵敏，不仅能听见同伴们轻轻的呼吸声，而且还能分辨出大胖子琼斯又深又粗的吸气声和那银行董事长很轻的叹息声。从我面前的箱子上望过去，就是石板地面的那个方向。突然，我看见了隐约闪现的亮光。

起先，那暗黄色的光点只是星星点点地闪现在石板地上，随后这些光点连成了一条黄色的光带。突然，石板地面上无声无息地出现了一条裂缝，随后从裂缝里伸出了一只手，一只白而细嫩的手在那有光亮的一小块地方摸索着，那手白嫩得就犹如女人的手一样。大概过了一两分钟，这手的手指蠕动着伸出了地面。随后瞬间又缩了回去，和伸出来时同样迅速，周围又是一片漆黑，只有一点儿暗黄色的光点从裂缝里射了出来。

那只手只不过缩回去了一小会儿。突然，随着一声刺耳的撕裂声，地板中间的一块宽大的白石板被翻了过来，那里顿时出现了一个四方形的缺口，随后一缕提灯灯光从缺口中射了出来。紧接着一张清秀的孩子般的脸出现在了缺口边，他迅速地向周围扫视了一遍，然后两手撑着缺口边往上爬，直到肩膀和腰部都到了缺口上面，最后用单膝跪在缺口边。紧接着，他站在缺口边把自己的同伙拉了上来。那个同伙身手也很敏捷，个子矮小，面色苍白，长着一头蓬乱的红头发。

"一切都很顺利。"他低声地说道，"你把凿子和袋子都带来了吗？天啊，不好！跳，赶紧跳下去，上面的由我来对付！"

夏洛克·福尔摩斯一跃而起，一个箭步上去抓住了那个盗贼的领子。他的同伙猛地跳到洞里去了。琼斯伸手一把抓住了他衣服的下摆，我听到衣服被撕裂的声音。提灯灯光中闪现出了一只左轮手枪的枪管，但福尔摩斯举起打猎鞭猛地打在那个人的手腕上，手枪应声掉在石板地上。

"约翰·克莱，那是徒劳无功的。"福尔摩斯不动声色地说道，"你是插翅难逃了。"

"我看是这样，"对方冷静地回答道，"我想我的好友会没事的，虽然我看见你们抓住了他的衣角。"

福尔摩斯说道："三位警官正在大门口等着他呢。"

"哦？是吗？你们办事似乎很周密，我应该向你们表示敬意！"

福尔摩斯回答道："彼此，彼此。你的那个红头发的点子也很新鲜，很有效。"

琼斯说道："你马上会和你的伙伴愉快地会面的。他钻洞的动作还真快，居然让他溜了。把手伸出来，让我铐上。"

"请你们不要用你们的脏手碰我。"当我们给我们的囚犯戴手铐的时候，他说道，"你们也许不知道我是王室后裔。请你们跟我说话时，任何时候都别忘了用'先生'和'请'二字。"琼斯瞪大眼睛，我忍不住暗自发笑。福尔摩斯说道："好吧，'先生'，'请'你上台阶吧，上来后，我们可以弄辆马车把阁下送到警察局去，好吗？"

"这样好多了。"约翰·克莱安详地说道。他向我们三人很快地鞠了个躬，然后默默无语地在警官的押送下走了出去。

当我们跟在他们后面走出地下室的时候，梅里韦瑟先生说道："说真的，福尔摩斯先生，我真不知道我们银行要如何感谢和酬劳你们了。毫无疑问，这是一起经过精心策划的银行盗窃案，你们用最严密的方法侦破了这一案子。"

"我自己和约翰·克莱也有几笔小账要算。"福尔摩斯说道，"为了侦破这个案子我花了点钱，我想银行会帮我付这些钱的。但是，除此以外，我还得到了其他的一些优厚报酬，这次破案的经历和红发会那个不同寻常的故事，在许多方面都是独一无二的。"

"华生，你看，"清晨，我们在贝克街喝加了苏打的威士忌酒的时候，福尔摩斯解释说道，"从一开始就很明显，红发会那个古里古怪的广告和抄写《大不列颠百科全书》唯一可能的目的，就是使这个有点迷糊的当铺老板每天离开他的当铺几个小时。这种做法很新鲜，但要想出比这更精妙的办法确实很难。他利用他同伙红颜色的头发想出的这个办法，无疑说明了克莱的别出心裁。每周四英镑无疑是引诱当铺老板上钩的诱饵。对他们这些想盗窃成千上万英镑的人来说，这点钱又算得了什么呢？他们登了广告，一个流氓搞了个临时办公室，另一个流氓怂恿当铺老板去申请那个职位。他们合谋使这个老板每周每天上午都离开他的当铺。当我听到那伙计只要一半工资的时候，我就知道他另有企图。”

“但是，你是如何猜出他的真实动机呢？”

“如果在那店铺里有女人的话，我原本怀疑可能是男女之间的风流之事。可是，事情根本不是那样。这个当铺老板做的是小本经营的买卖，当铺里也没有什么值钱的东西，不值得他们费那么多心思，花那么多钱准备。因此，他们的目标肯定不在当铺。那么会是什么呢？我想到这个伙计爱好照相，想到他动不动就来往于地下室。地下室！这就让我找到了这个错综复杂的案子的线索。然后，我调查了这个神秘的伙计。我发现，我的对手是伦敦城内头脑最冷静、最胆大包天的罪犯之一，他可能在地下室里干了什么勾当，而且每天都要几个小时，一连要干几个月才行。那再问一下，可能干什么勾当呢？我想只能是挖一条通往其他楼房的地道，不可能是其他什么事情。

“我们去现场察看的时候，我就明白是怎么回事了。我用手杖敲打人行道的时候，你感到很惊讶，其实我是为了弄清楚地下室是通向前面还是通向后面的，它不是通向前面的。紧接着我按门铃，不出我所料，正是那伙计出来开门，我们曾经较量过。但是，我们之前从未见过面。我几乎没看他的脸，我就是想看看他的膝盖。你也一定觉察到了，他的裤子膝部那个地方又脏又破。这正是长时间跪在地上挖地道的结果。这样一来，唯一剩下的问题，就是他们为什么要挖地道。于是，我在那拐角周围察看了一番，我发现原来城郊银行的科伯格分行和我们的朋友的房子紧挨着。这不，谜底就解开了。当你听完音乐坐车回家的时候，我去拜访了苏格兰场和这家银行的董事长，后来结果如何，你全看到了。”

我又问：“那你怎么能断定他们会在今晚动手呢？”

“嗯，他们关闭红发会办公室就是个信号：他们对杰贝兹·威尔逊先生人是否在当铺已经不关心了。换句话说，地道已经挖通了。但是，更为重要的是，因为地道随时有可能被发现，黄金随时有可能被转移，所以他们必须尽快使用这条地道。星期六比其他日子对他们更合适，这样他们就有两天的时间能够逃跑。基于上述这些理由，我断定他们会在今天晚上动手。”

“你的推理真是让人佩服极了。”我毫不掩饰地大加赞叹道，“这一连串的推理包括众多环节，居然全都被你言中了。”

福尔摩斯回答道：“这样可以让我感到不那么无聊。”他打了个哈欠，接着说道：“唉，我已经觉得生活够无聊的了。我的一生都在努力摆脱碌碌无为的生活。这些小小的案子真是帮了我的忙。”

我说道：“你也是我们人类的福星啊！”

他耸了耸肩，说道：“嗯，总而言之，我可能对人类多少有一点儿贡献吧。正如居斯塔夫·福楼拜在给乔治·桑的信中所说的：‘人是渺小的——创造就是一切。’”

身份案

我和福尔摩斯两人对坐在他的贝克街寓所的壁炉前。他说道："亲爱的兄弟，生活的奇妙超乎人们的想象何止千百倍；生活中平淡无奇的事情，我们连想也不敢想。如果我们可以手拉手地飞出那扇窗户，在这个大城市的上空翱翔，轻轻地掀开那些屋顶，窥视里边正在发生的千奇百怪的事情——离奇的巧合、秘密的策划、激烈的争执以及令人大吃一惊的一连串事件，这类事件不断地发生着，导致种种荒谬奇怪的结果，这就会让所有老生常谈的、一看开头就知道结局的小说，变得索然无味而失去销路。"

"可是，我并不这么认为。"我回答道，"一般来说，报纸上报道的那些案子都十分单调。你必须承认，在警察的报告里，虽说实用主义达到了极点，结果却往往很无趣，也没有艺术性。"

福尔摩斯说道："实际的效果必须依赖于某些选择和判断。

警察报告里恰恰缺少这些，可能重点都放到检察官的陈词滥调上去了，而不是放在观察者看重的整个事件必不可少的实质细节上。相信我，世界上没有什么比平淡无奇的东西更加令人不可思议的了。”

“我很理解你的这种想法。”我笑着摇了摇头，说道，“当然，因为三大洲遇到困难的人都会向你寻求帮助，你处在这种地位，你就有机会接触到很多稀奇古怪的人和事。可是，瞧，在这儿……”我从地上捡起一份晨报，“让我们来验证一下吧，这儿是我第一眼看到的一个标题：《丈夫虐待妻子》。这则新闻占了半个版面，可是我不看就知道里面写的是什么内容。不外乎就是女性第三者、酗酒成性、打打骂骂、拳打脚踢、伤痕累累以及富有同情心的姊妹或者房东太太之类的，这种粗制滥造的东西哪怕最拙劣的作者也能写得出来。”

福尔摩斯接过报纸，大概地扫视了一下，说道：“其实，你所举的例子，对于证明你的论点来说，很不合适。这是邓达斯家分居的案子，案发的时候，正好我整理过这件案子的一些细节。丈夫是绝对的禁酒主义者，也不碰别的女人；他因为一种坏习惯——每顿饭后，总要取下假牙，扔向他的妻子而被指控。你必须承认，这种事一般的作者是想象不出来的。华生，来一点鼻烟吧，从你所举的例子来看，你得承认，是我赢了。”

他将他的旧金鼻烟壶递了过来，壶盖的中心镶嵌着一颗紫色的水晶。鼻烟壶的光彩夺目与他简单朴素的生活作风形成了鲜明的对照，于是我不得不评论一番。

“呵，”他说道，“我几乎忘记了我们有几个星期没见面了。这是波希米亚国王为酬谢我在艾琳·艾德勒相片案中帮了他的忙而赠送给我的小小纪念品。”

“那么，这个戒指呢？”我指着他手上戴着的光彩夺目的钻石戒指问道。

“这是荷兰王室送给我的，由于我帮助他们破的案子非常微妙，即便是对你这么一位一直把我的点点滴滴小事都记述下来的朋友，我也不便透露。”

“那么，目前你手头上有什么案子吗？”我很感兴趣地问道。

“有那么十来件，但是没有一件是特别有趣的。虽然它们都是很重要的，但是你知道，算不上有趣。我发现往往那些不重要的案子倒是值得去观察，值得去机敏地分析因果关系，这样的调查工作就非常有趣了。案子越大，往往就越简单。一般来说，罪行越大，犯罪动机就越明显。在这些案子中，除了马赛的那个案子较为复杂以外，其他的都没有什么趣味。不过，也许再过一会儿，更有趣的案子就会送上门来的，因为如果我没有猜错的话，我的一位委托人就要来了。”

说完，他从椅子上站起身来，来到两扇拉开了窗帘的窗前，看着下面那条灰暗并且衰败的伦敦街道。我从他的肩上往外望去，一个高个子的女人站在对面的人行道上，围着很厚的毛皮围脖，歪戴着一顶插着大而卷曲的红色羽毛的宽边帽，摆出一副德文郡公爵夫人卖弄风情的样子。她虽然身着盛装，但是神情紧张、犹豫不决地前后晃动着，不时地抬头窥视着我们的窗子，手指烦躁不安地拨弄着手套上面的纽扣。突然，她就像游泳者从岸上跃入水中一般，急匆匆地穿过马路，我们随即听到了一阵刺耳的门铃声。

"我以前见过这种情况。"福尔摩斯把烟头扔进壁炉里，说道，"在人行道上身体前后摇摆不定，意味着有桃色事件发生。她想要征求别人的意见，可是事情又很微妙，所以有些举棋不定是否要把这件事告诉别人，但是对于这一点我们也要区别对待。当一个女人觉得被一个男人伤得很深的时候，她就不再犹豫了，通常会急得把你的门铃线都拉断。现在这个我们姑且可以认为是一桩恋爱案子，不过这位女士看起来并不怎么生气，只是有些迷惘或忧伤。好在现在她亲自登门，我们的疑团也就可以迎刃而解了。"

话音刚落，就听见有人敲门，身穿制服的男仆进来报告说，玛丽·萨瑟兰小姐来访。话音未落，这位女客已从身着黑色制服、身形矮小的男仆身后闪出，犹如一艘商船跟着领港小船扬帆而来。福尔摩斯以他落落大方而又彬彬有礼的姿态欢迎她，随手将门关上，并向她鞠了一躬，请她在扶手椅上坐下，片刻之间，就以他那种特有的漫不经心的神态将她打量了一番。

他说道："你眼睛近视，还要打那么多字，不觉得累吗？"

她回答道："开始的时候确实有点累，但是现在我可以盲打了。”突然，她意识到了这问话的所有含义，感到十分震惊，于是抬起头来看着他，她那饱满而和善的脸上露出敬畏和惊异的神色。“福尔摩斯先生，您听说过我吧，”她叫道，“否则，怎么能知道这些呢？”

福尔摩斯笑呵呵地说道：“别担心，我的工作就是要了解一些情况。可能我已经把自己锻炼得能够发现别人所忽视的地方。要不然，你怎么会来找我呢？”

“先生，我来找您，是因为埃思里奇太太对我说起过您。警察和大家都认为她的丈夫已经死了，不必再去找了，而您却没花什么力气就把他找到了。哦，福尔摩斯先生，我希望您也能这样帮助我。我并不算富裕，但是除了打字所挣得的那点钱以外，我每年还有一百英镑的收入，这笔钱是我继承的财产。只要能打听出霍斯默·安吉尔先生的消息，我愿意付出我全部的财产。”

福尔摩斯问道：“你为何如此匆忙地跑来找我呢？”只见他两手指尖合在一起，两眼望着天花板。

玛丽·萨瑟兰小姐有些迷惘的脸上再次出现了震惊的表情，她说道：“是的，我是匆忙跑过来的。因为我的父亲——温迪班克先生对这件事情非常冷漠，令我非常生气。他不愿意报告警察，也不愿意到这儿来找您，嘴里只是一个劲儿地说‘没事，没事’，其他什么都不做，这让我非常恼火，所以我穿好外衣就立刻来找您了。”

“你的父亲，”福尔摩斯说道，“应该是你的继父吧，因为你们不是同姓。”

“是的，他是我的继父。我叫他父亲，这听起来很滑稽，因为他只比我大五岁零两个月。”

“你母亲还健在吗？”

“是的，我母亲还健在。福尔摩斯先生，我父亲去世没多久，她就再婚了，而且男的要比她小十五岁，这使我很不高兴。我父亲是在托特纳姆法院路做管子生意的，他留下一个相当大的企业，由母亲和工头哈迪先生继续经营。可是，温迪班克先生一来就强迫母亲卖掉了这个企业，因为他是个推销员，专门推销酒类，有很优越的地位。他将产权连同经营权，一共卖了四千七百英镑。如果我父亲还活着，他卖的价钱肯定比这多得多。”

我原以为福尔摩斯对这种不着边际、没头没脑的叙述会感到不耐烦，谁料恰恰相反，他全神贯注地听着。

“你自己那点儿收入是来自这个企业吗？”他问道。

“哦，先生，不是的。那是另外一笔收入，是奥克兰的奈德伯父遗留给我的，是新西兰股票，利率是四分五厘。股票面额是二千五百英镑，但是我只能动用利息。”

福尔摩斯说道：“我对你说的非常感兴趣。你工作所挣的钱，加上你每年可提取的一百英镑巨款，你可以尽情地旅游，过着舒适的生活。我认为，一位独身女士一年只需大约有六十英镑的收入就能过着不错的生活了。”

“福尔摩斯先生，就算没有这么多钱，我也能过得很好。但是，您知道，我不愿在家里成为他们的负担，所以当我和他们一起住的时候，他们就用我的钱，当然，这只是暂时的。温迪班克先生每季度把我该得的利息提出来交给母亲，但是我觉得我仅仅用打字所挣的那点钱就能生活得很好。我每打一张挣两便士，一天经常能打十五到二十张呢。”

“你的情况我已经很清楚了。”福尔摩斯说道，“这位是我的朋友华生医生，在他面前你不必拘束，随便谈。请你把同霍斯默·安吉尔先生的关系通通告诉我们吧。”

萨瑟兰小姐的脸上泛起了红晕，两手不安地摆弄着她短外衣的流苏。她说道：“我父亲生前，工人们总是送煤气装修工舞会的票给他。父亲去世后，他们仍然记得我们，把票送给我母亲。温迪班克先生不愿意我们参加舞会。他总是不愿意让我们去任何地方，甚至连我想去教堂做礼拜，他也会很生气。但是这一次我下定决心一定要去。我就是要去，他有什么权利不让我去呢？他说，父亲生前所有的朋友都会去那里，我们去那不合适。他还说，我没有合适的衣服穿。可我的那件紫色长毛绒外衣，几乎还没有从柜子里取出来穿过。最后，他也没有办法了，为了公司的工作到法国去了。母亲和我两个人，就随着我们以前的工头哈迪先生一起去了。就是在那次舞会上我遇到了霍斯默·安吉尔先生。”

福尔摩斯说道："我估计，温迪班克先生从法国回来后，对你们去过舞会的事一定很恼火吧？"

"嗯，但是他的态度倒是挺好的。我记得他笑了笑，耸了耸肩膀，还说不让女人做她想做的事简直是白费功夫，她们总是我行我素。"

"我明白了。我想你是在煤气装修工舞会上与那位霍斯默·安吉尔先生初次见面的吧。"

"不错，先生，我就是在那天晚上遇到他的。第二天他来我家拜访，看我们是否都平安无事地回到家里。在此之后，我们又见过他……福尔摩斯先生，我是说，我同他一起散过两次步，但是此后我父亲又回来了，而霍斯默·安吉尔先生就不能再到我家来了。"

"不能吗？为什么？"

"是的，您知道我父亲讨厌那种事情。他总是想尽一切办法不让任何客人来家里拜访，他总是说，女人应该生活在自己家人的小圈子里。不过，我总对我母亲说，一个女人首先要有自己的小圈子，而我自己却没有。"

"那么霍斯默·安吉尔先生又是如何呢？他没有设法来看望你吗？"

"哦，我父亲一星期后又要去法国了，霍斯默来信说，在我父亲离开之前我们最好不要见面，这样会省去很多麻烦。在此期间我们可以通信，他那时每天都会来信。我每天一早就把信取回来，没有让父亲知道。”

“此时你和那位先生订婚了没有？”

“嗯，订过婚了，福尔摩斯先生。我们在第一次散步后就订了婚。霍斯默·安吉尔先生……是莱登霍尔街一家事务所的出纳员，而且……”

“什么事务所？”

“福尔摩斯先生，最大的问题就出在这里，我不大清楚。”

“那么，他住在哪儿呢？”

“就住在办公室。”

“你竟然不清楚他的地址？”

“不清楚……只知道是在莱登霍尔街。”

“那么，你把信寄到哪里呢？”

“寄到莱登霍尔街邮局，等他本人去取。他说，如果寄到事务所去，他的同事都会取笑他和女人通信的。为此，我提出用打字机把信打出来，像他写给我的信一样，可是他又不肯。他说，读我亲笔写的信就如同和我本人往来一样，而读机器打出来的信，总觉着我们俩中间隔着一部机器似的。福尔摩斯先生，这表明他是多么喜欢我，就连这些细微的事情他也想得很周全。”

福尔摩斯说道：“这最能说明问题了。长久以来，我一直认为，细微的事情是最重要的。你还记得霍斯默·安吉尔先生的其他一些细微的事情吗？”

“福尔摩斯先生，他这个人很腼腆。他只愿意和我在晚上散步，不愿意在白天散步，因为他说他不愿意受人关注。他举止落落大方，彬彬有礼，就连说话的声音都很柔和。他告诉我，他小时候患过扁桃腺炎和颈腺肿大，之后嗓子一直不大好，说起话来模模糊糊，细声细语的。他穿衣很讲究，而且整洁素雅，可是他的视力不太好，所以和我一样，戴着浅色眼镜，遮挡刺眼的阳光。”

“好，你继父温迪班克先生再去法国以后情况又怎么样呢？”

“霍斯默·安吉尔先生又到我家里来了，而且提出在我父亲回来之前就结婚。他非常认真，要我把手放在《圣经》上发誓，不论以后发生什么事，我都要永远忠实于他。母亲说，他要我对上帝发誓是很正确的，表明他对我的感情很深。母亲从一开始就对他很有好感，甚至比我还要喜欢他。这样，他们谈到要在一星期内举行婚礼，此时我提起了父亲。但是他们两人都说，不用和父亲商量，只要事后告诉他一声就可以了。母亲还说，她会让父亲感到满意的。福尔摩斯先生，我并不喜欢这样。虽然继父比我只大几岁，但是我一定要得到他的允许，说起来未免有些可笑，但是我不想偷偷摸摸做任何事情，所以我给父亲写了封信，寄到他公司驻法国办事处的所在地波尔多，但是就在我结婚那天早晨，这封信被退了回来。”

“那意味着他没有收到这封信？”

“是的，先生，因为这封信寄到时，他已经动身回英国来了。”

“哈哈！那真是不巧啊。那么，你是安排在星期五举行婚礼吧，是准备在教堂举行吗？”

“是的，先生，我们是悄悄举行的，没有半点儿声张。我们决定在皇家十字勋章路口的圣救世主教堂举行婚礼，婚礼后到圣潘克拉饭店用早餐，霍斯默乘了一辆双轮双座的马车来接我们。但是我们总共有三个人，他就让我们两个先上了马车，他自己坐上了刚好路过的一辆四轮马车。我们先到的教堂，四轮马车随后到达，我们等着他下车，但迟迟没有看见他出来。马车夫从车上下来，打开车门一看，才发现车厢里空空如也！车夫说他也不清楚人到哪里去了，他是亲眼看见霍斯默坐进车厢里的。福尔摩斯先生，那是发生在上个星期五的事，自那以后，他就杳无音信了。”

“我看他这样对待你，真是太令你蒙羞了。”福尔摩斯说道。

“啊，不，不是这样的，先生。他对我非常好，而且非常体贴，不会就这样离开我的。您看，他一早就对我说过，不论发生什么事情，我都要忠于他，哪怕发生什么难以预测的事情而把我们分开，我也要永远牢记我的誓言，他说他迟早有一天会要求我见证这誓约的。在婚礼举行的当天早上，他说这样一番话似乎有点令人不可思议，可是从以后发生的事情来看，这话含义很深。”

“这句话的含义肯定很深，那么，你也认为他遇到了什么不测吗？”

“是的，先生。我认为他预感到了某种危险，要不然他不会对我讲这种话的。后来，我想他预感到的事情终于发生了。”

“不过，你难道没有想过发生的会是什么事情吗？”

“没有。”

“我还有一个疑问：你母亲对这件事是怎么看的呢？”

“她很愤怒，并且让我永远不要再提起此事。”

“那么你的父亲呢？你告诉他了吗？”

“告诉了，他的想法似乎和我一样，他也认为是发生了什么事，但是我迟早会得到霍斯默的消息的。他对我说，霍斯默把我带到教堂门口，然后一走了之，对他来说有什么好处呢？如果他借了我的钱，或者我和他结了婚，我把财产转让给他，这样还能说得通，但是霍斯默在钱这个问题上是个完全独立的人，他从来不花我一分钱，哪怕是一个先令。既然如此，究竟发生了什么事情呢？为什么连一封信也不写呢？唉，想起这件事，都要把我逼疯逼傻了，令我夜不能寐。”她从皮包里拿出一方手帕，捂着脸开始痛哭起来。

“我要为你调查这件案子，”福尔摩斯站起身来说道，“我们一定要查个水落石出，这一点毋庸置疑。现在一切都交给我吧，你就别再操心了。更重要的是，尽力让霍斯默先生从你的记忆中消失吧，就像他从你的生活中消失了一样。”

“那么，您认为我再也见不到他了吗？”

“恐怕是这样的。”

“那么，他究竟出了什么事呢？”

“这个问题就交给我来解决吧。我想请你把这个人准确地描述一下，并把你保留的他的所有信件给我。”

她说道：“我在上星期六的《纪事报》上登过寻人启事。就是这个，这里还有他给我的四封来信。”

“谢谢。你的通信地址呢？”

“坎伯韦尔区，里昂街31号。”

“我知道你一直不清楚安吉尔先生的地址，那么，你父亲工作的地点在哪儿呢？”

“他是芬丘奇特的法国红葡萄酒大进口商韦斯特豪斯·马班克商行的推销员。”

“谢谢你。我已经很清楚地了解了你的情况。请你将这些文件留给我，记住我的劝告。这件事情就这么结束吧，不要让它对你的生活有所影响。”

“福尔摩斯先生，您人真是太好了，可我却无法忘掉他。我要忠实于霍斯默，我要等他回来和他举行婚礼。”

尽管我们的客人戴着一顶滑稽的帽子，脸上也是那种很茫然的神态，但是她的纯朴和对爱情的忠贞之心带着一种高尚的情操，让我们对她肃然起敬。她说如果再需要她，她随时都会来，然后把一小叠文件放在桌上就离开了。

福尔摩斯的两手指尖仍然合拢着，双腿向前伸展，双眼凝视着天花板，沉默了几分钟。然后，他从架子上取下他的陶制烟斗。这只烟斗年月已久，而且满是油腻。对他来说，这烟斗就犹如一个问题顾问。点燃烟丝后，他就背靠在椅子上，吐出浓浓的蓝色烟圈，脸上呈现出一副疲惫的神情。

“那个姑娘本身就是一个相当有趣的研究对象。”他说道，“我发现她本人比她遇到的小小问题更加有趣。顺便说一下，她遇到的问题其实很平常。如果查阅一下我的档案，一八七七年安多弗的索引，就能找到相似的例子，而且去年在海牙也发生过类似事件。虽然都是老掉牙的故事，但我发现其中有一两个情节倒是很新颖。不过这位姑娘本人却值得我们去思考。”

“你似乎能在她身上发现很多我发现不了的东西。”我说道。

“不是发现不了，华生，而是你没有注意。你不知道该看哪里，所以很多重要的东西都被你忽略了。我从来没有让你认识到袖子的重要性，以及从大拇指指甲中或者从鞋带上发现的大问题。那么，你从这个女士的外表发现了些什么呢？你来描述描述吧。”

“嗯，她戴着一顶蓝灰色的宽边草帽，上面插着一根砖红色羽毛。她的短外套是灰黑色的，上面有黑色的小珠子作点缀，边缘镶嵌着小小的黑玉饰物。她的上衣是比咖啡色还深的褐色，领子上和袖子上镶着窄条状的紫色长毛绒。手套是浅灰色的，右手食指那个地方已经被磨破了。我没有注意她穿的是什么鞋。她身形丰满，戴着下垂的金耳环，总的来看很富裕，言谈举止让人很舒服，感觉很自在很随和。”

福尔摩斯一边听一边微笑地拍着掌。

“华生，我不是夸奖你，你进步的确很大。你观察得很仔细。虽然你忽略了很多重要的东西，但还是掌握了方法。你的眼睛对颜色很敏锐。老弟，你千万不能被一般印象所蒙蔽，而要把注意力集中到细节上。我总是首先注意女人的袖子。观察一个男人，我总是首先注意他裤子上的膝盖部位。正如你所看到的，这个女人的袖子上有长毛绒，这是暴露痕迹的最有用的材料。她两手手腕再往上一点的两条纹路是打字员压着桌子的地方，痕迹十分明显。手摇式的缝纫机也会磨出类似的痕迹，不过只会留在左臂上，而且是在离大拇指最远的一侧，而不是像打字痕迹那样正好横过最阔的地方。然后我观察了她的脸，发现鼻梁两边都有夹鼻眼镜留下的凹痕，因此，我大胆做出近视和打字这两种结论。这两个结论让她大吃一惊。”

“这也让我大吃一惊。”

“一点儿没错，可是这也太明显了。我接着往下看，并很惊讶、很有趣地发现，尽管她穿的两只靴子不是完全不同，但实际上却不是一对。一只靴子的靴尖上有带花纹的皮包头，而另一只却没有。其中一只靴子的五个扣子只扣了下面两个，而另一只第二、第四个扣子却没有扣上。嗯，当你看到一位穿戴整洁的年轻女士出门时穿着两只不配对的靴子，而且靴子上的扣子也没有扣齐，这就说明了她是匆忙从家里出来的。这个推论没有什么了不起的。”

“还有什么呢？”我问道，我对我朋友精辟的推理极其感兴趣。

“附带提一下，我注意到她在离开家之前写过一张纸条，但是写这张纸条的时候她已经穿戴好了。虽然你发现了她右手手套食指那个地方破了，但是显然你没有注意到她的手套和食指都沾上了紫墨水。她写纸条时显然很匆忙，蘸墨水时笔插得太深了。这肯定是发生在今天清晨的事情，否则手指上不会有清晰的墨迹，这一切虽然都很简单，但却非常有趣。不过我们还是言归正传吧，华生，你能否给我念一念寻找霍斯默·安吉尔先生的那则寻人启事？”

我拿着那张报纸凑到灯前。启事上写道：十四日早晨，一位名叫霍斯默·安吉尔的先生失踪。此人身高五英尺七英寸，体格健壮，肤色略黄，头发乌黑，有些秃顶，留有浓密漆黑的颊须和八字胡，戴着浅色墨镜，讲话低声细语。失踪前身穿丝绸镶边黑色大礼服，黑色马甲和哈里斯粗花呢灰裤，褐色绑腿，脚穿两边有松紧带的皮靴。马甲上挂有一条艾伯特式金链，此人曾在莱登霍尔街的一个事务所就职，若有人……

“好了。”福尔摩斯说道，“至于那些信件，”他瞥了一眼，继续说道，“除了引用过一次巴尔扎克的话以外，很一般。没有任何有关霍斯默先生的线索。不过有一点很值得注意，这一定会令你大吃一惊。”

“这些信件是用打字机打的。”我说道。

“不仅如此，连签名也是用打字机打的。请看信的结尾处打得工工整整的这几个小字：霍斯默·安吉尔。你看，信上有日期，但是地址除了‘莱登霍尔街’外，其他什么都没有，这非常含糊。这个签名很说明问题，事实上，我们可以说它是决定性的。”

“关于哪方面的？”

“我亲爱的好伙伴，难道你没有看出这个签名与本案有重大关系吗？”

“我不敢说我已经看出来了，也许他是想在一旦有人起诉他毁约时，他能很轻易地否认这个签名。”

“不，问题并不在这里。不过，为了解决问题，我要写两封信，一封给伦敦的一家商行，另一封给那位年轻女士的继父温迪班克先生，问问他明晚六点钟能否和我们在这里见面。我们不妨跟她的男亲属打打交道。好了，华生，在收到这两封信的回音之前，我们无事可做了，这个小小的问题可以暂时放一放。”

我对我朋友细致的推理能力和旺盛的精力深信不疑，他之所以对侦破这件奇特的疑案成竹在胸、从容不迫，我觉得一定有他的道理。据我所知，他只在波希米亚国王和艾琳·艾德勒的照片案中失败过一次；但是当我回顾“四签名”与“血字的研究”中那些怪异的案子时，我觉得如果有什么疑案连他都侦破不了的话，那必定是异常稀奇古怪的疑案了。

我离开的时候，他还在捏着那只黑色的陶制烟斗抽烟，我相信等我明晚再来时，他已经掌握了所有线索，能最终确证玛丽·萨瑟兰小姐的失踪的新郎到底是谁。

我当时正在忙于治疗一个病情严重的患者，第二天我在病床边又整整忙碌了一天，将近六点钟时我才闲下来，于是跳上一辆双轮小马车直奔贝克街，生怕自己去晚了，不能助福尔摩斯一臂之力。我赶到他家时，只见福尔摩斯独自一人半睡半醒地蜷缩在深陷的扶手椅中。一排排烧瓶和试管散发出刺鼻的盐酸气味，令人望而生畏，说明他一整天都埋头于他酷爱的化学试验。

"嘿，问题解决了吗？"我边问边走进门。

"解决了，是硫酸氢钡。"

"不，不，我的意思是那个失踪之谜啊！"我叫道。

"呵，是那个啊！我还以为是我一直在做试验的东西。尽管我昨天说过，这个案子毫无神秘之处，但是有些细节还是蛮有意思的，唯一遗憾的是我害怕没有一条法律可以惩戒那个恶棍。"

"那他是谁呢？他遗弃萨瑟兰小姐的用意是什么？"

我的问题刚说出口，福尔摩斯还没来得及回答，我们就听到楼道里传来一阵沉重的脚步声，接着就听到了敲门声。

"是那位姑娘的继父詹姆斯·温迪班克先生。"福尔摩斯说道，"他写信告诉我说，将于六点钟前来。请进吧！"进门的是个身体健壮、中等身材的男人，看上去三十来岁，胡须刮得很干净，肤色淡黄，一副献殷勤、拍马屁的样子，还有一双目光锐利的灰色眼睛。他以询问似的目光扫视了我们俩一番，把那顶有光泽的圆式大礼帽搁在衣帽架上，向我们微微鞠了个躬，侧身坐在就近的椅子上。

“晚上好，詹姆斯·温迪班克先生。”福尔摩斯说道，“我想这封用打字机打的信是出自你之手吧，你在信中约定六点钟和我们见面，是吗？”

“是的，先生。我恐怕来迟了一些，但是我也是身不由己啊。我很抱歉萨瑟兰小姐拿这种微不足道的事情来麻烦你，因为我觉得家丑还是不要外扬的好。她跑来找你们，完全违背了我的意愿。你们也看到了，她是个容易冲动并且爱发脾气的姑娘，她一旦决定干什么，谁都拿她没办法。当然我并不介意你们知道此事，因为你们与官方警察没有联系。不过，把家庭的这种不幸张扬到社会上去毕竟会令人不愉快。而且这是毫无作用的，因为你怎么可能找到霍斯默·安吉尔这个人呢？”

“恰恰相反，”福尔摩斯平静地说道，“我完全有理由相信，我会找到霍斯默·安吉尔先生的。”

温迪班克先生听了之后身子猛然震动了一下，手套掉在地上。“听到你这番话，我很高兴。”他说道。

“奇怪的是，”福尔摩斯说道，“打字也像写字一样能够反映一个人的个性。除非打字机是崭新的，否则两台打字机打出来的字不可能完全一样。有的字母比其他的字母磨损得更厉害些，而有的字母只磨损了一边。温迪班克先生，请看你自己打的这封短信，字母‘e’总是有点儿模糊不清，还有另外的十四个特征，更加明显。”

“我们的来往信函都是用事务所里的打字机打的，当然它有点儿磨损了。”我们的客人用发亮的小眼睛迅速地瞥了一下福尔摩斯。

“温迪班克先生，现在让我来告诉你什么才是真正有趣的研究。”福尔摩斯继续说道，“我这几天想再写一篇简短的专题论文来阐述打字机以及打字机与犯罪的关系。这是我比较关注的一个题目。我手边有四封信，全是来自于失踪的那个男人的，而且全是用打字机打的。不仅每封信中字母‘e’都很模糊，字母‘l’都缺尾巴，而且你如果愿意用我的放大镜看看的话，那么我提到的那其他十四个特征也是一目了然。”

温迪班克先生从椅子上跳了起来，拿起帽子，说道：“福尔摩斯先生，我没空听你说这种废话。如果你能抓到那个人，就去抓住他好了，抓到他时，请告诉我一声。”

福尔摩斯一个箭步上前，把门锁上，说道：“那么我现在就告诉你，我已经抓住他了。”

“什么？在哪里？”温迪班克先生喊道，吓得嘴唇发白，瞪大了双眼看着他，像被捕鼠夹逮住的老鼠那样。

“好了，你就别嚷嚷了，那毫无用处，”福尔摩斯平和地说道，“温迪班克先生，你赖是根本赖不掉的，事情已经很清楚了。你竟然说我解决不了如此简单的问题，真是太小瞧我了。这不过是个非常简单的问题！请坐，我们还是来谈谈吧。”

客人整个瘫坐在椅子上，脸色苍白，额头满是汗水，吞吞吐吐地说道：“这……这还不到打官司的程度。”

“的确，恐怕还不到这程度。但是，温迪班克先生，我还是要对你说，这是我见过的最自私、最残酷、最无情的鬼把戏了。让我来把你的鬼把戏从头到尾讲一遍，有不对的地方，你可以反驳。”

温迪班克缩成一团瘫坐在椅子中，脑袋向前耷拉着，一副彻底被击垮的模样。福尔摩斯把脚搁在壁炉台的台角上，手插在口袋里，身子后仰着，自言自语地开始说起来。

“一个男人为了贪图金钱而跟一个年龄比他大很多的女人结了婚。”他说道，“只要女儿跟他们在一起生活，他就可以花她的钱。就他们的现状来说，这笔钱的数额相当可观。没有这笔钱，她们的生活将大不相同。所以他要想方设法保住这笔钱。女儿为人心地善良，和蔼可亲，个性温柔多情。很显然，凭她出众的外貌和可观的收入，她是不会没有人爱的。一旦她嫁了人，那就意味着她的继父每年会损失一百英镑的收入，那么她的继父如何才能阻止她出嫁呢？显然一开始他要千方百计地把她关在家中，禁止她和同龄的朋友们交往。不久，他发现这毕竟不是长久之计。她变得不那么听话了，她开始维护自己的权利，最后竟然执意要参加舞会。这么一来，她那个诡计多端的继父怎么办呢？他想出了一条恶毒的妙计。他得到了妻子的默许和帮助后，把自己伪装了起来，戴上墨镜遮起他那双敏锐的眼睛，在脸上沾上毛蓬蓬的络腮胡子，将说话的声音伪装得低声细语，由于女儿近视，他的伪装很容易就成功了。他化名为霍斯默·安吉尔先生出现在他女儿的身边。他自己向女儿求爱，以免她爱上别的男人。”

“我一开始不过是跟她开个玩笑，”客人哼哼唧唧地说道，“我们根本没有想到她会如此痴情。”

“这绝对不可能是个玩笑。只是那位年轻姑娘确实被爱情冲昏了头脑，一直以为她的继父是在法国，从来没有怀疑过她自己上了大当。那位先生的阿谀奉承使她心花怒放，而她母亲对他的赞赏让她更加高兴。于是安吉尔先生开始登门拜访，如果奏效，事情就要继续进行下去。约过几次会，订了婚后，才能确保年轻姑娘不会移情别恋。但是这个骗局不可能永远继续下去，谎称去法国出差这件事也非常麻烦，所以下一步就干脆把事情来一个戏剧性的收场，以便在这位年轻姑娘的心里留下无法磨灭的印象，以防将来某日她会另觅新欢。因此就出现了手按《圣经》发誓白头偕老的一幕，婚礼举行的那天早晨我暗示她可能发生某种不测等等。詹姆斯·温迪班克希望萨瑟兰小姐对霍斯默·安吉尔至死不渝，而装出对他的生死不能确定，总而言之，这可以使她在十年之内不会出嫁。霍斯默陪她到了教堂门口，但是他不能再继续走了，于是便耍了个花招，从四轮马车的这扇门钻进去，又从那扇门钻出来，若无其事地溜走了。我认为整个事情的经过就是这样，温迪班克先生！”

温迪班克听着福尔摩斯的叙说，渐渐恢复了一点自信，他从椅子上站起身来，苍白的脸上露出讥讽的神态。

“可能是真的，也可能是假的，福尔摩斯先生。”他说道，“你真的是聪明绝顶，不过，你应该更聪明一点才好，这样你就知道侵犯法律的是你，而不是我。我自始至终没有干什么可以诉讼的事情，但是你把门锁上，这足够以‘人身攻击和非法拘留’罪而受到起诉。”

“正如你所说的，法律对你无可奈何，”福尔摩斯边说边打开锁，推开门，“但是你比任何人都应该受到惩罚。如果这位年轻姑娘有兄弟或朋友的话，他们真应该用鞭子抽打你的脊梁！真是该打！”看着那男人脸上刻薄的讥笑，福尔摩斯气得满脸通红，接着说道：“虽然我的委托人并没有委托我这么做，但是我手边正好有条猎鞭，我觉得我要好好抽抽你……”他快步走去拿鞭子，但是鞭子还没拿到手，楼梯上就响起了一阵玩命的脚步声，大厅那沉重的门“砰”地响了一声，我们从窗子里看到詹姆斯·温迪班克先生逃命般地在马路上飞奔。

“真是个无耻的败类！”福尔摩斯边笑边说，一屁股又坐进了他的扶手椅，“那家伙作恶多端，总有一天会因为罪大恶极而被送上断头台的。从几个方面来看，这个案子还是蛮有意思的。”

“我现在并不能完全理解你的推理步骤。”我说道。

“嗯，显然我们一开始就要想到的是：这个霍斯默·安吉尔先生的怪异行为一定有他的目的，同时应该想到的是，唯一能够从这个事件中获得好处的人只有这个继父。然后再来看事实：两个人从来没有在一起出现过，而总是一个人不在时另一个人才出现，这很能说明问题。墨镜和奇怪的嗓音，戴着毛蓬蓬的络腮胡子，这一切都暗示着伪装。他信上的签名是用打字机打的，从此可以推断她是多么熟悉他的笔迹，他很害怕她一眼便能辨认出那是他写的信，这让我更加怀疑他。你瞧，把所有这些孤立的事实和细节拼凑在一起，都指向了同一个方向。”

“你是怎么证实它们的呢？”

“一旦确定了罪犯，确证就是很容易的事情了。我知道这个人工作的商行，我一看到那份印刷的寻人启事，就从那启事描述的外貌特征中排除掉络腮胡子、墨镜、声音，这些可能成为伪装的部分，然后把它寄给商行，向他们询问是否有员工的相貌与之相符。我已经注意到了打字机的特点，我按照他的办公地址给他写了封信，问他能否来一趟。不出我所料，他的回信是用打字机打的，从这封回信中不难看出打字机种种细微的但很有特征的毛病。我又收到了同一个邮局给我送来的一封来自芬丘颇街韦斯特豪斯·马班克商行的信。信中说，他们的员工詹姆斯·温迪班克在各个方面都很符合我说的那些特征。全部情况就是这样。”

“那么，萨瑟兰小姐呢？”

“即使我把事情的真相告诉她，她也不会相信的。你也许还记得有句波斯谚语这样说过：‘打消女人心中的妄想，险似从虎爪下抢夺虎仔。’哈菲兹[①]的道理跟贺拉斯[②]一样丰富，哈菲兹眼中的人情世故也跟贺拉斯一样深刻。”

---

① 能够背诵全部《古兰经》的波斯诗人。——译者注

② 古罗马诗人、批评家，代表作有《诗艺》等。——译者注

博斯科姆比溪谷秘案

一天早上，我和我的妻子正在一起吃早餐，这时我们的女佣送来了一封电报。那是夏洛克·福尔摩斯打来的，电报这样写道：能抽出几天时间吗？不久前收到英国西部发来的电报，内容与博斯科姆比溪谷惨案有关。若能与你一同前往，我将非常高兴，该地空气与景致都非常好，拟定十一点十五分从帕丁顿起程。

“亲爱的，你觉得怎么样？”我的妻子在餐桌对面望着我说道，“你愿意去吗？”

“我真不知道要不要去，眼下还有好多事情要做呢。”

“哦，安斯特鲁瑟会替你做好这些工作的。你最近脸色不太好。我觉得换个环境对你也许会有好处，况且你又总是对夏洛克·福尔摩斯侦查的案件那么热衷。”

“每次和他办案都能学到很多东西，我如果不去，那就太对不起他了。”我回答道，“可是我如果要去的话，就必须马上收拾行装，因为还有半个小时就要出发了。”

在阿富汗度过的军营生活，至少让我养成了雷厉风行、可以随时出发的习惯。我随身携带的生活必需品非常简单，所以不到半个小时我就带着我的旅行皮包坐上了出租马车，向帕丁顿车站驶去。夏洛克·福尔摩斯正在站台上来回地踱着步子。他穿着一件长长的灰色旅行斗篷，一顶便帽紧紧地箍在头上，让他那瘦长的身躯显得更加细长。

“华生，你能来真是太好了。”他说道，“有你这样一个信得过的人和我一起办案，情况就大不一样了。地方上的协助常常要么毫无价值，要么就带有偏见。你去占着那角落里的两个座位，我去买票。”

整个车厢除了我和福尔摩斯以外，还有他随身带来的一大堆杂乱的报纸。他一边翻找，一边查阅着报纸，时而做些笔记，时而闭目沉思，直到我们驶过了雷丁为止。此时他突然把所有报纸卷成一个大纸球，扔到行李架上。

“这个案子的情况你听说过吗？”他问道。

“一无所知。我已经好几天没有看过报纸了。”

“伦敦的报纸没有很详细地报道过。我一直在关注最近的报纸，以便掌握一些具体情况。据我所掌握的情况来看，这个案子好像是那种看似简单又极难侦破的案件。”

“你这话听起来有点前后矛盾。”

“但却是个值得思索的事实。离奇的现象本身就能为你提供线索。但是，越是平淡无奇、普普通通的案子，就越是难以侦破。不过这个案子，已经被认定是一起儿子谋杀父亲的严重犯罪案件。”

“这么说来，是一起谋杀案了？”

“嗯，他们是这样认定的。在我没有亲自调查这个案件之前，我是不会轻易这样认定的。我现在就把我目前为止所了解到的情况，简单地给你说一下。

“博斯科姆比溪谷位于赫里福德郡[①]，是距离罗斯很近的一个乡村地区。这个地区最大的一个农场主就是约翰·特纳先生。他在澳大利亚发了家，几年前回到家乡。他把他的一个农场——哈瑟利农场，租给了查尔斯·麦卡锡先生。他们俩是在殖民地时期的澳大利亚相识的，所以他们回国定居的时候，彼此结为近邻也是合乎情理的。显然特纳要更富有一些，所以麦卡锡成了他的佃户。不过看上去他们还与过去一样，依旧保持着完全平等的关系。麦卡锡有个儿子，是个十八岁的小伙子，特纳也有个十八岁的独生女。他们两个人的妻子都已经过世了。他们似乎总是避免和附近的英国人家有任何交往，过着隐居的生活。麦卡锡父子俩倒是非常喜欢运动的，他们经常在附近的赛马场上露面。麦卡锡有两个仆人，一个男仆和一个女仆。特纳一家人口比较多，大约有五六口人。这两家人的情况我就了

① 位于英格兰中西部。——译者注

解了这么多，现在再说些具体的案情。

“六月三号，也就是上星期一下午三点钟左右，麦卡锡从他在哈瑟利的家里出来，步行到博斯科姆比池塘。这个池塘其实是个小湖，是从博斯科姆比溪谷流淌下来的溪流汇集而成的。那天上午，他曾经和他的仆人去过罗斯，并对他的男仆说过，由于他下午三点钟有一个重要约会，所以他必须抓紧时间办事。那个约会过后，他就没有活着回来。

“哈瑟利农场离博斯科姆比池塘有四分之一英里的距离，曾经有两个人亲眼目睹他走过这个地段。一位是个老妇人，报纸上没有提及她的姓名；另一位是威廉·克劳德，他是特纳先生雇用的猎场看守人。这两个证人都宣誓证实说，麦卡锡先生当时是独自一个人走过去的。那个猎场看守人还说，就在他看见麦卡锡先生走过去不到几分钟的时间里，麦卡锡先生的儿子詹姆斯·麦卡锡先生也在同一条路上走了过去，腋下还夹着一支枪。他确信，当时这位父亲确实是尾随在他后面的儿子的视线范围之内。他晚上才听说发生了那起惨案，之前没有想过这件事。

“麦卡锡父子走出猎场看守人威廉·克劳德的视线之后，又有人看到了他们。博斯科姆比池塘的周围环绕着茂密的树林，池塘周边长满杂草和芦苇。博斯科姆比溪谷庄园看门人的女儿佩兴斯·莫兰是一个十四岁的小女孩，当时正在周围的一个树林里摘花。她说她在树林里的时候，看见麦卡锡先生和他的儿子在靠近池塘边的树林里激烈地争吵着什么，她听见老麦卡锡先生在训斥他的儿子；她还看见那儿子举起枪，好像要打他的父亲似的。他们火暴的行为把这个小女孩吓坏了，她跑回家后便告诉了她的母亲，说她回家时麦卡锡父子正在博斯科姆比池塘附近争吵，恐怕会打起来。她的话音刚落，小麦卡锡便冲进屋里说，他发现他父亲已经死在树林里了，他请求看门人给予帮助。他当时非常激动，既没有带枪也没有带帽子，可以看到他的右手和袖子上都沾满了血迹。他们随他来到树林，便发现尸体仰面躺在池塘旁边的草地上。死者头部因为被人用某种钝器猛击过而凹了进去。从伤痕看，很可能是他儿子甩枪托砸的，枪就被扔在离尸体几步远的草地上。在这种情况下，那个年轻人立即被逮捕了，星期二传讯时被定为犯了‘蓄意杀人’罪，星期三将被提交罗斯地方法官审判，罗斯地方法官现已将该案提交巡回审判法庭审理。这些就是验尸官和法庭处理这个案子时的大致情况。”

“我简直难以想象世界上还有比这更心狠手辣的案件了。”我说道，“如果可以用现场证据来指证罪犯的话，这个案子恰好就是一个。”

“用现场做证据是很不可靠的。”福尔摩斯若有所思地回答道，“虽然它好像能够直截了当地证明某种情况，但是，如果你稍稍改变一下看法，那你也许会发现它同样可以准确无误地证明截然不同的另外一种情况。但必须承认的是，现在的状况对这个年轻人十分不利。他很可能就是罪犯。邻里倒是有几个人，其中包括农场主的女儿特纳小姐相信他是无辜的，而且委托雷斯垂德承办此案，为小麦卡锡辩护——你也许还记得雷斯垂德就是参与过‘血字的研究’一案的那个人——然而，雷斯垂德感到这个案子十分棘手，于是向我求助。正因为如此，两个中年绅士以每小时五十英里的速度向英国西部飞奔而去，而不是在吃饱早餐后舒舒服服地待在家里。”

“恐怕，”我说道，“你从中查不到什么东西，因为这些事实太明显了。”

“没有比明显的事实更具有欺骗性的了。”他笑着回答说，“况且我们可能碰巧可以找到其他一些明显的事实，而这些事实在雷斯垂德看来并不显著。我说，我们将用某种方法来确认或者推翻雷斯垂德的那一套说法，而这种方法是他根本没有能力使用甚至难以理解的。你对我非常了解，我这样说你应该不会以为我在吹牛吧。随便举个例子吧，我十分肯定地判断出你卧室里的窗户在右边，而我怀疑雷斯垂德先生对这个显而易见的事实是否注意到了？”

“怎么能知道……”

“我亲爱的伙伴，我对你很了解，我知道你保持着军人所特有的那种整洁习惯——每天早上你都要刮胡子。在现在这个季节里，你可以借着阳光刮。你刮左颊时，越往下就刮得越不干净，这样刮到下巴底下时，那就很不干净了。不言自明，左边的光线没有右边的好。我不能想象像你这样爱整洁的人，在两边光线一样的情况下，居然把脸刮成这副模样，而且还会非常满意。我引证这件小事，是拿它作为观察问题和推理的例证。这是我的专长，这对我们当前正在进行的调查很可能会派上用场。所以，那些在传讯中提出的一两个不那么重要的问题也值得加以考虑。”

“那么有哪些问题呢？”

“看来他们并没有在现场逮捕他，而是等到他回到哈瑟利农场以后才逮捕的。当巡官宣布他被捕了的时候，他说，他对此并不感到大惊小怪，这是他罪有应得。他的这些话自然消除了验尸官陪审团心中还存在的所有怀疑。”

“那是他自己不打自招。”我禁不住喊道。

“不是，因为随后有人提出异议，认为他是无辜的。”

“在发生了一系列如此可恶的事件之后竟然有人提出异议，真是不可思议。”

“恰恰相反，”福尔摩斯说道，“那是眼下我在云雾般的疑团中所能看到的最亮的一线光芒。不管那位少爷是多么天真，他绝不可能愚蠢到连当时的情况多么险恶都毫不知情。倘若他被捕时表现出惊恐或气愤，我反倒会对他非常怀疑，因为在那种情况下表现惊恐和气愤肯定是不正常的，而对一个诡计多端的人来说，这倒是他最好的选择。他坦然承认当时的情形，这说明他如果不是清白无辜的，那就是个自我克制能力特别强的人。

如果说他罪有应得的话，只要你仔细考虑一下就会觉得同样合情理，那就是：当时他就站在他父亲的尸体旁边，而且恰恰在这一天，他毫无疑问地忘记了做儿子应该尽的孝道，竟然还和他父亲发生了争吵，甚至如同提供非常重要的证据的那个小女孩所说，好像还举起手要打他父亲似的。从他话里的意思来看，他的自责和内疚都能表明他是一个心智健全的人，而不是犯罪人的表现。”

“有许多人被绞死，证据远比这个案子的少得多。”我摇了摇头，说道。

“是有这样被绞死的，可是其中许多被绞死的人死得很冤枉。”

“那个年轻人自己都交代了些什么？”

“他自己的交代对认为他无罪的人们实质作用不大，其中倒有一两个地方给支持他的人一些启示。报纸就在这里，你自己看好了。”

福尔摩斯从那捆报纸中抽出一份赫里福德郡当地的报纸，他把其中一页翻折过来，指出那不幸的年轻人对所发生的情况做出陈述的那一大段。我安稳地坐在车厢的一个角落里认真地阅读起来。其内容如下：

死者的独生子詹姆斯·麦卡锡先生出庭作证如下：

我曾离家三天去布里斯托尔，在上星期一（3号）上午才回到家里。我到家时，父亲当时不在家，女佣告诉我，他和马车夫约翰·科布驱车去了罗斯。我到家不久就听见他的双轮轻便马车进院子的声音，从窗口我看见他下车后转头快步地从院子往外走，我当时也不知道他要去哪里。我也就拿着枪慢腾腾地朝博斯科姆比池塘那边走过去，打算看看池塘那边的养兔场。正如猎场看守人威廉·克劳德在他的证词中所说，我在路上遇到了他。但是他还以为我是在跟踪我父亲，那是他弄错了，我压根儿就不知道他走在我前面。当我走到距池塘有一百码的时候，我听见“库伊”里传出的喊声，这喊声是我们父子间常用的信号。于是，我赶忙往前走，发现他正站在池塘旁边。他当时见到我好像大吃一惊，并且很粗暴地问我到那里干什么。接着我们就发生了争吵，并且几乎动手打了起来，因为我父亲脾气非常暴躁。看见他火气越来越大，已经要失去控制，我便离开了他，转身返回哈瑟利农场，但是我走了不过一百五十码，便听到我背后传来一声可怕的惨叫，我赶忙转头跑了回去，却发现我父亲躺在地上，头部受了重伤，已经奄奄一息。我把枪扔在一边，将他抱起来，但他当时几乎就没有了呼吸。我在他身边跪了大约几分钟的时间，然后到特纳先生的看门人那里去寻求帮助，因为他的房子距离最近。当我回到那里时，我没有看见任何人在我父亲身边，我一点儿也不知道他是怎么受伤的。他不是一个人缘很好的人，因为他待人冷漠，举止令人望而生畏，但是，就我所知，他现在至少没有要谋害他的仇人的意思。我对这件事所知道的情况就是这些了。

验尸官："你父亲临终前对你都说过什么没有？"

证人："说了几句话，他的话含糊不清，我只听到他好像提到一个'拉特'。"

验尸官："你认为'拉特'是什么意思？"

证人："我不理解它是什么意思，我认为他当时已经神志不清了。"

验尸官："你和你父亲最后一次争吵是因为什么？"

证人："我不想回答这个问题。"

验尸官："我认为你必须做出回答。"

证人："我确实不可能告诉你。我可以向你保证，这与本案毫无关系。"

验尸官："有无关系要由法庭来裁决。我不指明，你也该明白，拒绝回答问题，在将来可能提出起诉时，对于你将相当不利。"

证人："我仍然拒绝做出回答。"

验尸官："据我了解，'库伊'的喊声是你们父子间常用的信号，是吗？"

证人:“是的。”

验尸官:“那么,他还没有见到你,甚至还不知道你已从布里斯托尔回来就喊这个信号,这是怎么回事?”

证人(相当慌乱):“这个啊,我不知道。”

一个陪审员:“当你听到喊声,并且发现你父亲受重伤的时候,你难道没有发现引起你怀疑的东西吗?”

证人:“说不上什么确切的东西让我怀疑。”

验尸官:“你这话是什么意思?”

证人:“我匆忙跑到那片空地的时候,思维很乱,精神很紧张,我脑子里只有我的父亲。不过,我有这么一个模模糊糊的印象:就在我往前跑的时候,在地面的左边有一件东西。它好像是灰色的,仿佛大衣之类的东西,也可能是件方格呢的披风。当我从我父亲身边站起来,转身去四周找它的时候,它就已经消失不见了。”

“你是说,在你去求援之前就发现它已经不见了吗?”

“是的,已经不见了。”

“你不能确定它是什么东西?”

“不能确定,我只感觉那里有件东西。”

“它离尸体多远?”

“大概十几码。”

“离树林边缘有多远?”

“也是十几码距离。”

“那么，如果有人把它拿走，那是在你离它只有十几码远的时候。”

“是的，但那时我正背对着它。”

对证人的审讯到此结束。

“我觉得验尸官审讯最后说的那几句话切中了小麦卡锡的要害，”我一面看这个专栏一面说，“他有理由来提醒证人注意供词中不能自圆其说的地方，比方说他父亲还没有见到他时就给他发信号；他还提醒证人注意，他拒绝交代他和他父亲谈话的具体细节，以及他在叙述他父亲临终前说的话时所讲的那些奇怪的话。他说，所有这一切都是对小麦卡锡十分不利的。”

福尔摩斯听后暗自发笑，他伸着腿半躺在软垫靠椅上。“你和验尸官都想方设法强调对这个年轻人最不利的因素。”他说道，“可是难道你没有意识到：你时而说这个年轻人想象力太丰富，时而又说他太缺乏想象力，这是为什么呢？他太缺乏想象力，因为他没有能编造出他和他父亲吵架的原因来博得陪审团的同情；他想象力太丰富，因为他从自己的主观想象演化出了所谓死者临终前提及的‘拉特’的怪叫声，还有那转眼间不见了的衣服。先生，不是这样的，我将从这个年轻人所说的是实情这样一个假设为前提去处理这个案子，看看能指引我们得出什么结论。我这儿有本彼特拉克[1]诗集的袖珍本，你拿去看看

① 彼特拉克，Francisco Petrach，1304—1374，意大利早期文艺复兴时期的著名诗人和学者，人文主义的奠基者，以写十四行诗著称。——译者注

吧。我在亲临作案现场之前，不想再提这个案子了。我们去斯温登吃午饭，只要二十分钟就可以到那里。”

经过风景秀丽的斯特劳德溪谷，越过了波光粼粼的宽阔的塞文河之后，我们终于到达这个风景宜人的小乡镇——罗斯。一个侦探打扮、诡秘的高个子清瘦男人在站台上等候我们。尽管他遵照当地农村的习俗穿了件浅棕色的风衣，并且打上了皮绑腿，我还是一眼就认出他是苏格兰场的雷斯垂德。他带我们乘车到赫里福德阿姆斯旅馆，在那里已经为我们预订了房间。

坐下来一起喝茶的时候，雷斯垂德说:“我已经雇了辆马车。我知道你福尔摩斯天生就是个精力旺盛的人，你恨不得马上就能到作案现场。”

福尔摩斯回答说:“谢谢，你太客气了，去不去要取决于晴雨表。”

雷斯垂德听了一脸茫然，他说:“我没有听懂你的意思。”

“水银柱上是多少度？我看是 29 度。无风，天上无云。我这里有整整一盒等着要抽的香烟，而且这里的沙发又比一般农村旅馆里的要好得多。我想我今晚大概不需要用马车了吧？”

雷斯垂德放声大笑起来，他说:“你肯定已经根据报纸上的报道得出了结论。这个案子的案情是明罢着的，你越是深入了解就越是显而易见。当然，我们也的确不好拒绝一位为人不错的女士的要求。她久仰你的大名，想要征询你的意见，虽然我一再对她说，凡是我都办不到的事，你也难以办到。唉，我的天哪！她的马车已经到了。”

他刚说完，一位我平生所见的最秀丽的年轻妇女急促地走进了我们的房间。她那蓝色的眼睛晶莹透彻，双唇微开，两颊红晕，她当时情绪激动，而且忧心忡忡，以致把女性天生的矜持也忘到了脑后。

“噢，夏洛克·福尔摩斯先生，”她喊道，同时把我们两个人轮流打量了一番，凭着一个女人的机敏的直觉，双眼凝视着我的同伴，“你来了，我很高兴，我赶到这里来就是为了告诉你，我知道詹姆斯不是凶手。我希望你开始侦查时就应该清楚这点，不要让自己怀疑这一点。我们从小就彼此熟悉，我对他的缺点比谁都清楚；他这个人心肠很软，连一只苍蝇都不肯伤害。凡是真正了解他的人都认为对他的这种控告太荒谬了。”

“特纳小姐，我希望我们能够为他澄清事实。请相信我，我一定会竭尽全力的。”福尔摩斯说。

“可是你已经看过证词了。我想你已经得出某些结论来了吧？你没有看出其中有漏洞和问题吗？难道你自己不认为他是无辜的吗？”

“我想他可能是无辜的。”

“你听听，”她把头往后一甩，以轻蔑的眼光看着雷斯垂德大声地说，“你好好听听！他给了我希望。”

雷斯垂德耸了耸肩，他说：“我看恐怕我同事的结论下得太早了吧？”

“但是，他是正确的。噢！我知道他是正确的。詹姆斯绝没有干这种事。至于他和父亲争吵的原因，我敢肯定，他之所以不愿意对验尸官讲，是因为怕牵连到我。”

福尔摩斯问道：“怎么会牵连到你呢？”

“现在情况已不允许我再有任何隐瞒了。詹姆斯和他父亲为了我产生了很大分歧，麦卡锡先生急切地希望我们能够结婚。我和詹姆斯从小就像兄妹一样相爱，当然，他还年轻，缺乏生活历练，而且……而且……哦，他自然还不想现在马上就结婚。他们经常为此吵架，我肯定这是吵架的原因之一。”

福尔摩斯问道：“那你的父亲呢？他同意这门亲事吗？”

“不，他也反对。只有麦卡锡先生一个人赞成这门亲事。”当福尔摩斯用怀疑的眼光扫向她时，她鲜艳的、年轻的脸忽然红了一下。他说：“谢谢你提供这个情况。如果我明天登门拜访，我可以拜见你父亲吗？”

“恐怕医生不会同意的。”

“医生？”

“是的，你没有听说吗？我可怜的父亲好多年身体一直不好，而这件事使他身体完全垮了。他不得不卧病在床，威罗医生说，他的健康受到了极大的损害，他的神经系统已经极度脆弱。麦卡锡先生是往日在维多利亚时唯一认识我父亲的人。”

“哈！在维多利亚！这很重要。”

“是的，在矿场。”

“这就对啦，在金矿场。据我了解，特纳先生是在那里发了财的。”

“是的，确实如此。”

“谢谢你，特纳小姐。你给我提供了重要的帮助。”

“假设你明天得到任何消息，请立即告诉我。你一定会去监狱看詹姆斯的。噢，要是你去了，福尔摩斯先生，务必告诉他，我知道他是无辜的。”

“我一定照办，特纳小姐。”

“我现在必须回家了，因为我爸爸病得很厉害，我不在他身边时，他总是很不放心。再见，上帝保佑你们一切顺利。”她离开我们房间的时候，也是同进来时一样地急促而激动。随即传来她乘坐的马车在街上奔跑时的车轮滚动声。

雷斯垂德沉默了几分钟以后，神情严肃地说：“福尔摩斯，我真替你感到羞愧。对毫无希望的事，你为什么要让人家抱有希望呢？我自己不是个软心肠的人，但是，我认为你这样做未免太残忍了。”

福尔摩斯说：“我想我有办法还给詹姆斯·麦卡锡清白。你有没有得到准许到监狱里去看他的指令？”

“得到了，但只有你和我可以去。”

“那么，我要重新考虑是否要出去了。我们今天晚上还有时间乘火车到赫里福德去看他吗？”

“有的是时间。”

"那么我们就这么办吧。华生，我怕你会觉得事情进展太慢，不过，我这次去只要一两个小时就够了。"我和他们一起步行到火车站，送他们走之后，我在这个小城镇的街头闲逛了一圈，最后还是回到了旅馆。我躺在旅馆的沙发上，拿起一本黄封面的廉价的通俗小说来消磨时间。但是那平庸无奇的小说情节，与我们正在侦查的错综复杂的案情相比较起来，显得太肤浅了。因此，我的注意力不断地从小说虚构的情节转移到当前的案情上，最后我终于把那本小说扔到了一边，专心致志地去思考当天所发生的事件。如果说这个不幸的青年人所说的事情的经过完全属实，那么，从他离开他父亲，到听到他父亲的惨叫而急忙赶回到那林间空地，这段短暂的时间内，到底发生了什么怪事？发生了什么出人意料和不同寻常的灾难呢？那是某种令人毛骨悚然的突发事故。但是这可能是什么样的事故呢？难道我不能凭我医生的直觉，从死者的伤痕上发现点问题吗？我拉铃叫人把县里出版的周报送来。周报上载有详细的审讯记录。法医的验尸证明书上写道：死者脑后的第三个左顶骨和枕骨的左半部因受钝器猛击而破裂。我在自己头部比划那被猛击的位置，很显然，这一猛击是来自死者背后的。这一情况在某种程度上对被告有利，因为有人看见他们父子是面对面争吵的。不过，这一点也说明不了多大问题，因为死者也可能是在他转过身去以后被击打致死的。无论如何，提醒福尔摩斯注意这一点也许还是值得的。还有，那个人死的时候特别喊了一声

“拉特”。这该怎么解释呢？这不可能是死者神志不清时所说的呓语。一般来说，遭到猛然袭击时，濒临死亡的人是不会说呓语的，不会的！这似乎更像是他想说明遇害的原因。可是，这话又能说明什么呢？为了找到合理的解释，我绞尽了脑汁。还有小麦卡锡看见的灰色衣服。如果这一情况属实，那么衣服一定是凶手在逃离凶案现场时掉下的，可能是他的大衣，而且他居然胆敢跑回来并且在离他们不过十几步远的地方取走了那件衣服。这整个案情是多么错综复杂，多么令人难以置信啊！对于雷斯垂德的一些意见，我并不感到奇怪。但是，我相信夏洛克·福尔摩斯的洞察力，因此，只要不断地有新的事实来坚定他认为小麦卡锡是无辜的信念，还给小麦卡锡清白还是很有希望的。

夏洛克·福尔摩斯回来得很晚。雷斯垂德在城里住下了，他就独自回来了。

“晴雨表的水银柱仍旧很高，”他坐下来的时候说，“希望在我们检查现场前千万不要下雨，这可事关重大。另一方面，我们做这种细致的工作必须精力充沛、思维敏捷才行。我们不希望由于长途跋涉而疲惫不堪的时候去现场检查。我已经见到了小麦卡锡。”

“你从他那里了解到什么情况？”

“没有了解到什么情况。”

“他难道不能提供一点儿线索吗？”

“他一点儿线索也提供不了。我一度认为他知道那是谁干的，以为他是在为他或她掩盖。可是，我现在确信，他和别人一样对这件事迷惑不解。他不是一个很机灵的青年，虽然相貌很英俊，我倒觉得他挺诚实的。”

我说：“如果他真的不愿意和特纳小姐这样魅力十足的年轻姑娘结婚的话，那我认为他真的太没有眼光了。”

“噢，这里面还有一段痛苦的往事哩。这个小伙子爱她爱得如痴如醉。但是，大约两年前，他那时还只是个少年，也就是在他真正了解特纳小姐以前，特纳小姐曾经离家五年，在一所寄宿学校读书。这个傻瓜在布里斯托尔竟然被一个酒吧女郎缠住，并在婚姻登记所与这个女郎登记结婚，你看他有多混头！这件事外人开始还并不知情，而你可以想象他干了这件蠢事之后是多么着急，该做的事情他没有做，又做了不应该做的事，可想而知他是要受责备的。当他父亲和他最后一次交谈，极力劝他向特纳小姐求婚时，他却正因为干了那件十足的蠢事而急得挥舞着双臂。他无力供养自己，而他的父亲为人刻薄，一旦他父亲知道实情，肯定会彻底抛弃他的。前三天他是在布里斯托尔和他那个当酒吧女郎的妻子一起度过的，当时他父亲对他身在何处并不知晓。请注意这一点，这是非常重要的。坏事也因此变成了好事。那个酒吧女郎从报上看到他身陷牢狱，案情严重，可能会被处绞刑，于是就和他断绝了关系。酒吧女郎写信告诉他，她原是有夫之妇，丈夫在百慕大码头工作，所以他俩并没有真正的夫妻关系。我想这个消息对吃尽苦头的小麦卡锡是一种告慰。”

“可如果他是无辜的，那又是谁干的呢？”

“啊！是谁呢？我要提醒你特别注意两点：第一，死者和某个人约定在池塘见面，这个人不可能是他的儿子，因为他的儿子外出，他不知道其什么时候回来；第二，有人听见死者案发时大声喊‘库伊’，而死者当时并不知道自己的儿子已经回来。这两点是能否破案的关键之所在。现在，如果你乐意的话，让我们来谈谈乔治·梅瑞秋斯[①]吧，那些无关紧要的问题等我们明天再说吧。”

那天的天气正如福尔摩斯预言的，没有下雨，一清早就是晴空万里。上午九点，雷斯垂德乘坐马车来接邀我们，我们随即便出发到哈瑟利农场和博斯科姆比池塘去。

“今天早上有重大新闻。”雷斯垂德说道，“据说庄园里的特纳先生病情严重，已经处于弥留之际。”

“我想他应该是个老头儿了吧？”福尔摩斯说道。

“六十岁左右，他侨居国外时身体就已经弄垮了，回来后身体是一天不如一天，又深受小麦卡锡案子的影响，致使健康状况急剧恶化。他是麦卡锡的老朋友了，而且我还可以补充一句话，他同时还是麦卡锡的大恩人，据我所知，他把哈瑟利农场

---

① 乔治·梅瑞秋斯，George Meredith，英国小说家、诗人和批评家。——译者注

租给麦卡锡，连租金都不收。”

“真的！这倒很有意思。”福尔摩斯说道。

“噢，是的！他想尽一切办法帮助麦卡锡，这里的人无不称道他对麦卡锡的仁慈友爱。”

“真的是这样？那么这个麦卡锡看起来原来是一无所有的，他受了特纳那么多的恩惠，竟然还说要他的儿子和特纳的女儿，也就是特纳全部产业的继承人结婚，而且麦卡锡采取的方式又是如此的骄横，好像这一切都是他规划好的，只要一提出来，所有其他的人都必须遵循。这一切你不感到奇怪吗？你更奇怪了吧？尤其是，特纳本人是反对这门亲事的，这些都是特纳的女儿亲口说的。你从中没有推断出点什么来吗？”

“我们已经推论过了。”雷斯垂德一面对我使了个眼色，一面说道，“福尔摩斯，我觉得，调查核实事实本来就很难办了，哪里有工夫去胡猜乱想和空发议论。”

“你说得对，你确实知道核实事实很难办了。”福尔摩斯装作一本正经地说道。

“不管怎么样，我已经掌握了一个你似乎难以掌握的案情。”雷斯垂德有点激动地说道。

“什么案情……”

“那就是麦卡锡死于小麦卡锡之手，相反的一切说法都是空谈。”

福尔摩斯笑着说道：“哦，空谈总比一直蒙在鼓里接近事实的希望大些吧。左边不就是哈瑟利农场了吗，你们看那是不是？”

“是的。”

那是一所占地面积很大、样式宜人的两层石板瓦顶楼房，灰色的墙上长着大片的黄色苔藓。屋里窗帘的帘幕低垂，烟囱口也不见炊烟，显得很凄凉，仿佛这次事件的恐怖气氛依然笼罩在整个农场上面一样。我们在门口叫门，里面的女仆应福尔摩斯的要求，让我们看了死者被害时穿的那双靴子，也让我们看了他儿子的那双靴子，虽然不是他当时穿着的那双。福尔摩斯在仔细量了量两双靴子上的七八个不同部位之后，要求女仆把我们领到院子里去，我们从院里沿着一条弯弯曲曲的小路走到博斯科姆比池塘。

福尔摩斯每当潜心地查询线索的时候，就变得和平常判若两人了。只熟悉贝克街那个沉默寡言的思想家和推理专家的人，这时定然是认不出他来的。他的脸色忽而涨得通红，忽而又阴沉得发黑；他眉头紧锁，两道粗粗的眉毛下面，一双眼睛射出刚毅的光芒；他低着头，弓着背，嘴唇紧闭；他那细长而坚韧的脖子上，青筋暴出，犹如条条鞭绳；他鼻孔大张，像极了渴望捕猎物的野兽。

他是那么全神贯注地进行侦查，谁要向他提个问题或说句话，他全然没有反应，或者充其量给你一个不耐烦的简单回答。他静静地沿着横贯草地的小路快速地朝前走去，然后穿过树林走到博斯科姆比池塘。那里是块沼泽地，地面潮湿，那里的整个地区都是如此，地面上有许多脚印，脚印还散布于小路和路两边长着小草的地面上。福尔摩斯有时急急匆匆地往前赶，有时停下来纹丝不动。这期间他稍微绕了一下，就走到草地里去。雷斯垂德和我跟在后边，这个官方侦探一脸的冷漠和蔑视，而我却兴致勃勃地注视着我朋友的每一个举动，深信他的一举一动都是有一定目的的。

博斯科姆比池塘周围长满芦苇，是大约五十码方圆的一小片水域，位置恰好在哈瑟利农场和富裕的特纳先生私人花园之间的边界上。池塘彼岸是一片树林，我们可以看到从树林上面露出的房子的红色尖顶，这是大地主住宅的标志。靠近哈瑟利农场这一边池塘的树林里，树木很茂密，从树林的边缘到池塘边的芦苇之间，有一片只有二十步宽的狭长地带，上面的青草湿漉漉的。雷斯垂德把发现尸体的准确地点指给我们看，那里地面十分潮湿，死者倒下后留下的痕迹还清晰可辨。我从福尔摩斯脸上的热切表情和锐利的目光看出，在这被众人脚步践踏过的草地上，他将要发现许多线索。他跑了一圈，就像一只已嗅出气味的狗一样，然后转向雷斯垂德。

他问道：“你跑到池塘里来干什么呢？”

“我用草耙在周围打捞了一下。我想或许有某种凶器或别的一些线索，但是，我的天呀……”

“噢，得了！得了！我没有时间听你解释这个！这里随处都是你向里拐的左脚的脚印。一只鼹鼠都能跟踪你的脚印，脚印就消失在芦苇丛的那一边。唉，在他们像一群水牛那样在这池塘里乱打滚之前，要是我已经来到了这里，那么勘察现场就会非常简单了。看门人领着那群人就是从这里走过来的，距离尸体六到八英尺左右的地方都是他们留下的脚印。但是，这里有三对脚印与别的脚印不同，这三对脚印出自同一双脚。”

他掏出个放大镜，垫着防水油布上趴在地上，透过放大镜仔细观察，在整个过程中，与其说他是在同我说话，还不如说他是在与自己说话：“这些是麦卡锡少爷的脚印。他来回走了两次，有一次他跑得很快，所以脚板的印迹很深，而脚后跟的印迹几乎看不见。这就证明他讲的是实情。他看见他父亲倒在地上就赶快跑了过来。看，这里应该是他父亲来回走动的脚印。那么，这是什么呢？这是儿子站着听父亲讲说时，枪托支在地上的痕迹。那么，这个呢？哈哈！这又是什么东西的印迹呢？脚尖的！脚尖的！而且是方头的，这不是一般的靴子！这是走过来的脚印，那是走过去的，然后又是折回来的脚印……很明显这是为了返回取大衣的脚印。那么，这一路脚印是从哪里过来的呢？”他四处搜寻，脚印时而消失，时而又出现了，一直延续到树林边缘的一棵大山毛榉树——附近最大的一棵树的树荫下。福尔摩斯继续往前追踪，一直追到那一边，然后再次低着头趴在地上，并且得意地轻轻喊了一声。他在那里一直趴了好久，拨开树叶和枯枝，把在我看来像泥土似的东西放进一个信封里。借助放大镜，他不仅检查地面，而且还检查树皮。在苔藓中间有一块锯齿状的石头，他也仔细观察并且把它收藏了起来。然后他顺着一条小道穿过树林，一直走到公路上，那里的一切踪迹都消失了。

“这是一个非常有趣的案子。”这时，他已经恢复了常态，“看来右边那所灰色的房子一定是门房，我应该去找莫兰说句话，也许应该给他写个便条。做完这些事，我们就可以乘马车回去吃午饭了。你们可以先步行到马车那里等我，我一会儿就来。”

我们大约步行十分钟才到马车那里，随后，我们便乘马车回罗斯了，福尔摩斯带着他在树林里捡来的那块石头。

“雷斯垂德，你也许对这块石头感兴趣，”他取出那块石头对雷斯垂德说，“这就是杀人的凶器。”

“我看不到任何痕迹。”

“是没有痕迹。”

“那你怎么断定是凶器呢？”

“石头下面的草还活着，说明这块石头放在那里不过几天时间，没有迹象能说明这块石头是从哪里来的。这块石头的形状和死者的伤痕正好吻合，此外，我们找不到其他任何凶器的踪迹。”

“那么凶手呢？”

“凶手是一个高个子男子，左撇子，右腿是瘸的，脚上穿的是双后跟很高的狩猎靴，身上是一件灰色大衣，他抽印度雪茄且使用烟嘴，在他的口袋里带有一把很钝的小刀。还有其他一些蛛丝马迹，但是，这些已足以帮助我们进行侦查了。”

雷斯垂德哈哈笑了，他说：“我看我还有疑问。你的理论总是分析得头头是道，但是和我们打交道的英国陪审团注重的是证据。”

“我自有办法，”福尔摩斯冷静地回答道，“你有你的方式，我有我的方式。今天下午我将很忙，恐怕要乘晚班火车回伦敦了。”

“案子还没有结束就离开吗？”

“不，案子已经结束了。”

“那么凶手呢？”

“凶手已经查明了。”

“是谁？”

“我刚才描述的那位先生。”

“可是，他是谁呢？”

“附近这一带的居民并不太多，找到此人肯定不难。”

雷斯垂德耸了耸肩说：“我是个注重实际的人。我可不能走村串户地寻找一位瘸腿的左撇子先生，那样我会成为苏格兰场的笑柄。”

“好吧，我是给了你机会的，”福尔摩斯平静地说，“你的住处到了，再见，离开以前，我会留个便条给你的。”雷斯垂德在他的住处下车后，我们便回到了旅馆。这时，旅馆已经给我们准备好了午饭。福尔摩斯默不作声，面带苦色，陷入沉思，这是他身处困境中时常有的表情。

“华生，你坐下听我分析分析案子，”饭后，福尔摩斯说，“我还不能确定怎么办好，我想听听你的建议。来，点根雪茄，听我讲讲我的看法。”

“说吧。”

“哦，在我们考虑这个案子时，麦卡锡少爷所说的情况中有两点当时立刻引起了我们的注意，尽管我们对此的看法略有不同：我认为对他有利，你认为对他不利。第一点，据他所讲，他父亲在见到他之前就在喊‘库伊’；第二点，死者临死时说了‘拉特’。死者咽气前含糊地说了几句，他儿子说他仅仅听清了‘拉特’。我们必须从这两点出发去研究案情，现在我们不妨假设，这个小伙子所说的一切都是实情。”

“那么这个‘库伊’是什么意思呢？”

“哦，显然这个词不是喊给他儿子听的。他当时认为他的儿子在布里斯托尔，他儿子只是偶然听到他父亲大喊‘库伊’，死者当时喊‘库伊’应该是为了联络约见他的那个人。‘库伊’是澳大利亚人的一种典型的叫法，并且只是在澳大利亚人之间使用。因此我们可以断定，麦卡锡要在博斯科姆比池塘会晤的一定是个曾经在澳大利亚待过的人。”

“那么‘拉特’又是什么意思啊？”

夏洛克·福尔摩斯从口袋里摸出一张折好的纸，把它铺在桌上，说：“这是一张维多利亚殖民地的地图，我昨晚打电报从布里斯托尔要来的。”然后他用手指指着地图上的一个点：“你念一下这是什么？”

我读道：“拉特。”

他把手抬起来说：“再读一下这个。”

“巴勒拉特。”

“正是，这就是死者喊的那个词，他儿子只听清了这个词的最后两个音节。他当时是想要说出谋害他的凶手的名字：巴勒拉特的某某人。”

“好极了！”我赞叹道。

“实际上那是很明显的。你看，侦查的范围被我大大地缩小了。现在我们假设那年轻人的话是真的，那么可以完全肯定凶手有一件灰色大衣，此为第三点。我们对凶手的勾勒就逐渐由模糊变得清晰了，他是位有一件灰色大衣的来自于巴勒拉特的澳大利亚人。”

“应该这样。”

“此人对这个地方很熟悉，因为要到这个池塘必须经过这个农场或庄园，这个地方，陌生人是不可能进来的。”

“确实如此。”

“我们今天远道而来。我仔细检查了案发现场，了解了案情的一些细节，我已经把罪犯的特征告诉了低能的雷斯垂德。”

“但是你是如何了解到这些细节的呢？”

“你不是知道我的方式吗？我靠的是对细枝末节的仔细观察。”

“我知道你可以从他走路的步子大小判断出他的大约身高，也能根据脚印推断出靴子的特点。”

“是的，那是一双很特殊的靴子。”

“你是怎么看出他是一个瘸子呢？”

“他所有的右脚印总没有左脚印那么清晰，可见他右脚着地的力度较轻。为什么呢？因为他走路一瘸一拐的，他是个瘸子。”

“你又是怎么知道他是左撇子的呢？”

“你已经注意到了法医对死者伤痕的记载。那致命的一击是从死者背后打的，而且打的是左边。如果凶手不是一个左撇子，怎么可能会打在左边呢？当他们父子在谈话的时候，凶手就一直站在树后面，他甚至还抽烟呢。我发现有雪茄的烟灰，我对烟灰有特殊的研究，可以断定他抽的是印度雪茄。我曾经花费大量的时间和精力研究烟灰，还曾经写过专题文章论述 140 种不同的烟斗丝、雪茄和香烟的烟灰，这你是知道的。在那里发现了烟灰后，我就继续在周围寻找，最后在苔藓里发现了他扔的烟头，那是印度雪茄的烟头，那种雪茄可以和在鹿特丹卷制的雪茄相媲美。”

“那么，雪茄烟嘴呢？”

“我发现他没有在嘴里叼过烟头，可见用了烟嘴。雪茄烟末端不是用嘴咬开的，是用刀切开的，但是切口很不整齐，因此我推断他用一把很钝的小刀切的。”

“福尔摩斯，”我说道，“你已经让这个人插翅难飞啦，同时，你还挽救了一条无辜的生命，好比斩断了套在他脖子上的绞索一样，不难看出案子快要水落石出了。可是那罪犯是……”

“约翰·特纳先生来访。”旅馆侍者一面打开我们的房门把客人引进来，一面大声说道。

进来的这个陌生人看上去相貌不凡。他步履蹒跚，一瘸一拐，腰有点弯，背有点驼，显得垂垂老矣，但是他那轮廓清晰的脸庞和异常发达粗壮的四肢，都显示出他具有超常的体力和坚毅的个性。他弯曲的胡须、斑白的头发和下垂的浓眉毛都显示着他的尊贵和威仪。但是他脸色灰白，嘴唇和鼻端呈深蓝色，一眼就能让人看出，他患有不治之症。

福尔摩斯礼貌地说：“请坐在沙发上。你收到我的信函了吧？”

“是的，看门人把它交给我了。你说，你想在这里和我见面，以避免流言蜚语。”

“我想如果我到你的庄园里去拜访你，会让人们说三道四的。”

“你为什么想要见我呢？”他审视着我的同伴，眼里流露出疲惫且绝望的神色，仿佛他的问题已得到了回答。

“是的，”福尔摩斯说，他是在回应对方的眼神，而不是回答他的问题，“是这样的。关于麦卡锡的一切我都了解。”

这个老人双手掩面低下了头，喊道：“上帝保佑我吧！但是，我不想让这个年轻人受伤害。我向你保证，如果审判法庭宣判他有罪，我会站出来为他说话的。”

福尔摩斯严肃地说：“我很高兴听你这么说。”

“若不是为了我心爱的女儿，我早就说出来了。如果我被捕了，她会伤心欲绝的。”

福尔摩斯说：“也许结果不至于如此吧？”

“你说什么？！”

“我不是官方侦探。我现在是为你女儿办事，是她请我到这里来的。无论如何我都要使小麦卡锡无罪释放。”

老特纳说：“我已经是个被土埋半截的人了。我患糖尿病已有多年，我的医生说，我可能活不了一个月了。可是，我还是愿意死在自己家里，我不想死在监狱里啊。”

福尔摩斯站起身来到桌子旁坐下，然后拿起一支笔，把一小摞纸放在他面前，说：“请告诉我事情的真相吧，我把事实记录下来，然后你在上面签字，这位华生先生是见证人。到了万不得已的时候，为了救麦卡锡少爷我有可能要出示你的这份证词。我向你保证，除非万不得已，否则我绝对不用。”

“这样也好，”那位老人说，“我能否活到开庭都是个问题，所以我也不在乎这个，但是我不想让艾丽斯受到惊吓。现在我就长话短说，把事情的全部经过告诉你。

“你不了解麦卡锡这个死鬼。他是个魔鬼，千真万确。愿上帝保佑你千万不要落入像他这种人的手里。二十年来，他一直抓住我的把柄不放，我这一生都被他毁了。我首先告诉你我是怎样落到他手里的。

“那是十九世纪六十年代初在澳洲金矿的时候，那时我还年轻，容易冲动，而且很不安分；我和不三不四的人整天混在一起，吃喝玩乐。开矿失败后，我就当了强盗。我们一伙共有六人，过着浪荡不羁的日子，时常抢劫车站和拦路抢劫矿场的马车。我当时的诨名叫‘巴勒拉特的黑杰克’，我们这个团伙叫巴勒拉特帮，那里的人们至今还记得我们。

“有一天，我们拦路抢劫了一个从巴勒拉特开往墨尔本的黄金运输队。那个运输队有六名骑警护送，我们也是六个人，可以说是势均力敌，不过我们先下手为强，开枪打死了四名骑警。我们也有三个兄弟丧命，才搞到那笔黄金。我用手枪指着马车夫的脑袋，他就是现在的麦卡锡。上帝啊，如果我当时开枪打死他那该多好啊，但是，我却饶了他一条命。当时他那双眯缝着的眼睛狠狠地盯着我，好像要把我的脸部特征牢牢记住似的。我们得到了那笔黄金，发了大财，随后来到了英国并没有受到怀疑。在英国，我和我的兄弟们各奔东西，我下决心从此以后金盆洗手，过安分守己的生活。于是，我买了当时正好以标价出售的这份田产，用我的钱做些好事，来弥补一下我发不义之财的罪孽。我结了婚，虽然我的妻子不幸早逝，却给我留下了可爱的小女艾丽斯。当时，她还是个婴儿，可她的小手却比过去的任何东西都能更加有力地指引我浪子回头。总之，我悔过自新，尽自己的最大能力来弥补我的过失。本来一切都很顺利，不料我却陷入了麦卡锡的魔掌。

“有一次，我到城里去办一件投资的事情，在摄政街我遇见了他，他当时身无分文，脚上连鞋都没有。

“‘杰克，我们又见面了。’他拉着我的胳膊说，‘我家现在就我们父子俩，你把我们收留了吧，我们会和你像一家人一样过日子的。如果你不答应……英国这里可是个严格按照法律办事的国家，只要我喊一声，警察立刻就会过来的。’

“唉，他们就这样来到了西部农村，从此我再也无法摆脱他们了。从那时起，他占用了我最好的土地，租金一分不给。此后，我被搞得家无宁日，往昔的阴影缠身，不管我走到什么地方，他那狡诈的狞笑总是在我眼前。艾丽斯长大以后，情况更糟，因为他也很快就看出，我怕女儿知道我的底细，甚至比让警察知道我的底细更害怕。于是他更变本加厉，土地、金钱、房子，不管他要什么，都要非弄到手不可。不管是什么，我都毫不迟疑地拱手相让，直到最后他向我要一件我不能给人的东西——他要我的女儿艾丽斯。

“你知道，他的儿子已经长大成人，我的女儿也待字闺中。大家都知道，我的身体不好，让他的儿子插手我的整个财产，他应该很得意的，可我坚决不答应。我决不同意让他那该死的血统和我们家的血统联姻，其实并不是我讨厌那个小伙子，而是因为他身上流着他老子的血，这就让我够受的了。我坚决不答应。麦卡锡又以往事威胁我。我就对他说，哪怕他把最毒辣的手段使出来我也不在乎。于是，我们约定在我们两家房子之间的那个池塘会面，以便解决此事。

“当我走到那里的时候，我发现他正在和他儿子谈话，我只好抽支雪茄烟在一棵树后面等着，想等剩下他一个人时再过去。但是，我听到他说的那番话，心里积压了多年的愤怒像火山一样爆发了。他正在极力促使他儿子和我女儿结婚，根本不考虑她本人是否同意，好像她只是街头上的妓女似的。一想到我和我所心爱的女儿竟然受这样一个恶棍的主宰，我简直气得发疯。我下定决心冲破这个束缚。我已经是不久人世、早就绝望了的人。虽然我头脑还清醒，四肢还相当强壮，但我知道自己气数已尽了。可我放心不下我的女儿啊！只有杀了这个可恶的人，我和我的女儿才能安生。福尔摩斯先生，我杀了他也难消我的心头之恨啊。我是罪孽深重，应该为了赎罪而过一辈子活受罪的生活。但是我的女儿是无辜的，把她卷进是非，这个我可接受不了。我打倒了他，犹如打倒一头凶恶的野兽一样，心中没有丝毫的悔恨。听到他的呼喊声，他的儿子赶了回来。这时我已跑到树林里躲起来了，但我不得不再跑回去取我那件逃跑时丢下的大衣。先生，这就是所发生的全部事情的经过。”

那位老人在写好了的那份自白书上签了字。福尔摩斯立刻说道：“好啦，我无权审判你的。但愿我们永远不会受到这种诱惑而失去控制。”

“我也很愿意如此，先生。你们打算怎么做呢？”

“考虑到你的身体状况，我不打算做什么。你也明白，你不久就要为你干过的事而受到比巡回审判庭更高的审讯。我一定会把你的自白书保管好。如果麦卡锡被判有罪，我就不得不将其公之于众。如果麦卡锡无罪释放，它就永远成为秘密。不管你是活着还是死去，我保证为你保密。”

“那么，再见了。”那老人庄严地说，“您让我这暮年老人安然而去，总会有一天，你会得到善报的。”这个身躯伟岸的老人蹒跚着从房间里走了出去。

福尔摩斯沉默了许久，“上帝，请保佑我们吧！”他说道，“为什么命运总是对孤苦伶仃的可怜人如此不公呢？每当我听到此类的案子时，我都会想起巴克斯特[①]的话，并告诉自己：‘夏洛克·福尔摩斯之所以能破案全靠上帝保佑。’”基于福尔摩斯写了不少雄辩有力的申诉意见提供给了辩护律师，詹姆斯·麦卡锡在法庭上被宣告无罪释放。老特纳在和我们谈话之后，又活了七个月，现在已经不在人世了。后来很可能会出现这样的前景：麦卡锡的儿子和特纳的女儿会在一起，他们过上了幸福的生活，他们根本不知道，在过去的岁月里，他们的上空曾经笼罩着的阴霾。

---

① 巴克斯特，1615—1691，英国清教徒学者及作家。——译者注

五个橘核

在我粗略地浏览着我所保存的一八八二至一八九〇年间我对福尔摩斯侦探案所做的笔记和记录时，我发现我眼前的材料是那么的离奇有趣，那么的丰富多彩，让我不知道该如何割舍。有些案子经过报纸的报道已经被人们所熟知，但是也有些案子对于我的朋友来说，缺少令他尽情施展才华的空间，而他的这种才华恰恰是那些报纸最想要报道的题材。还有一些案子对于他善于分析的本领来说是一种阻碍，正如有些故事一样，情节变得有头无尾。又有一些案子，仅仅弄清楚了一部分案情，对于案情的揭示只是出于推断，不是以准确无误的逻辑论证为依托，而我朋友最看重的正是这种准确无误的逻辑论证。在这最后一类案子中，有一个案子情节离奇，结局也很离奇，使我忍不住想要重新叙述一遍。虽然与这件案子有关的一些真相以前没有弄明白，以后也许永远都不一定能够弄明白。

我们在一八八七年接手了一系列非常有趣并且平常的案

子，关于这些案子的记录，我一直都保存着。在这一年记录的标题中，有以下对于各案的记载："帕拉多尔大厦案"、"业余丐帮案"（这个业余丐帮在一个家具店库房的地下室拥有一个极其奢华的俱乐部）、"美国船'索菲·安德森'号失事真相案"、"格赖斯·彼得森在乌法岛上的破案"，还有"坎伯韦尔投毒案"。记得在最后一个案子里，当夏洛克·福尔摩斯给死者的表上发条时，发现这块表的发条在两小时前就已经被上紧了，从而表明死者在这期间已经上床睡觉。这一推断对于弄清楚案情至关重要。也许有一天，我要把所有这些案子统统概述一遍，但是其中没有一个案子比我马上要动笔描述的这个更加扑朔迷离，更加荒诞不经。

那时正是九月下旬，秋分时节的暴风雨非常猛烈。狂风呼啸一整天，暴雨也不断地击打着窗户，甚至在这伟大的、用人类智慧的双手建造起来的伦敦城内，我们此时此刻也不由自主地对日常生活失去了兴致，认可那伟大自然力的存在。它就像铁笼里未被驯服的猛兽，隔着人类文明的铁栅栏向人类尖叫怒吼。随着夜色的来临，急风暴雨更加肆无忌惮。暴风时而大声狂啸，时而低声呜咽，就像一个婴儿在壁炉的烟囱里哭叫。福尔摩斯心事重重地端坐在壁炉的旁边，整理着罪案记录索引；而我则坐在壁炉的另一旁，忙着阅读克拉克·拉塞尔所写的一部有关海洋的精彩小说。当时并未察觉，屋外的狂风和暴雨，犹如翻滚的海浪一般，仿佛和小说的主题相互呼应，融为一体了。那个时侯，我的妻子正在她母亲家，所以我这几天又回到了我在贝克街的故居。

“嘿，”我抬头看了看我的伙伴说道，“确实是门铃响了。今晚谁还能来？或许是你的哪位朋友吧？”

“除了你，我没有其他的朋友了。”他回答道，“并且，我从来不鼓励人们来访。”

“那么，也许是位委托人吧？”

“如果是那样，肯定是一个非常严重的案子。如果不是，谁愿意在这个时候出门呢？我想这个人多半会是房东太太的老朋友。”

然而，这次福尔摩斯猜错了，因为过道里响起了脚步声，紧接着传来了敲门声。他伸出长长的手臂，将那盏照亮自己的灯转向那位客人一定会坐的空椅子上。“进来吧。”然后他说道。

一个年轻人走了进来，二十岁左右的样子，衣着整洁，穿着十分考究，看起来文质彬彬，落落大方。他手中拿着一把湿淋淋的雨伞，灯光将他身上的长雨衣照得闪闪发亮，这一切都表明他一路上是冒着狂风暴雨而来。他在灯光里焦虑地四处打量。我发现他的脸色苍白无光，两眼呆滞，显然他是被某种巨大的焦虑压得喘不过气来。

“我非常抱歉，”他边说边将金丝夹鼻眼镜向上推了推，“我希望我没有打扰到您！我害怕我从暴风雨里带来的泥水把您整洁的房间弄脏了。”

“把您的雨衣和伞给我吧，”福尔摩斯说道，“把它们挂到钩子上，不一会儿就会干的。看来，您是打西南边来的吧？”

“是的，我是从霍尔舍姆来的。”

“粘在您鞋尖上的泥土能够很清楚地告诉我您是从那里来的。”

“我是特地来向您求教的。”

“好说好说。”

“并且请您帮助我。”

“那可就不是那么容易了。”

“福尔摩斯先生，我对您仰慕已久。普伦德加斯特少校曾和我说起过您，说您是怎样把他从坦克维尔俱乐部丑闻案中给解救出来的。”

“哦！是的。他被诬告用假牌行骗。”

“他说您能够处理好任何问题。”

“他说得太夸张了。”

“他还说您从没有被打败过。”

“我曾经有过四次失败的经历——三次被男人打败，一次被女人打败。”

“但是，这同您成功的次数相比算得了什么呢？”

“确实是这样，一般来讲，我还是成功的。”

“那么，对于我的这件事，您很可能也会成功的。”

“那么请您把椅子往壁炉这边挪一些，和我聊一聊您这件案子的详细情况吧。”

“这不是一个平平常常的案子。”

“来找我的委托人，他们的案子没有一件是平常的。我这里都快成了最高上诉法院了。”

“可是，先生，我有个疑问：在您以往办过的案子里，有没有比在我家族中所发生的那一连串的怪事更让人感到神秘、感到费解的呢？”

“您所讲的让我充满了兴趣，”福尔摩斯说道，“请您把有关的重要事实从头到尾讲一遍，然后我会就我认为重要的细节向您提一些问题。”

那年轻人把椅子向前挪了一下，把两只湿淋淋的脚伸向炉火边。

“我名叫约翰·奥彭肖。”他说道，“就我的理解而言，我本人与这件糟糕的事情没有多大关系。这个问题是上一代遗留下来的，为了让您对这件事情有一个大致的了解，我必须从头讲起。

“您要知道，我的祖父有两个儿子——我的叔父伊莱亚斯和我的父亲约瑟夫。我父亲在康文特里开设了一家小型工厂，在自行车被发明出来的那段时间里，他扩大了工厂的规模，并且是奥彭肖防破车胎的专利权所有人，因而生意做得十分成功，这使得他在卖掉工厂之后，能够凭借那笔巨款过着衣食无忧的退休生活。

“我叔父伊莱亚斯年轻时侨居美国，成了佛罗里达州的一个种植园主，据说他把种植园经营得非常好。美国内战时期，他为杰克逊的南军作战，后来投靠胡德将军，被提拔为上校。南军统帅罗伯特·李投降以后，他离开了军队，回到了他的种植园，之后又在那里生活了三四年。不是一八六九就是一八七〇年，他重返欧洲，在苏塞克斯郡霍尔舍姆附近置办了一小块地产。他在美国曾经暴富过，离开美国返回英国的原因在于他非常讨厌黑人，对共和党给予黑人选举权的政策也很厌恶。他是一个非常怪异、凶猛暴躁、性情孤癖怪异的人，发脾气时会出口伤人。在他定居霍尔舍姆的这些年里，他很少出门，我甚至怀疑他是否进过城。他有一座花园，还有房子周围的两三块地，在那里他可以锻炼身体，但是他却常常几个礼拜都不出家门。他喜欢每日豪饮白兰地酒，并且烟瘾非常大，但是他又不喜好交际，不想和任何人交朋友，甚至与自己的亲哥哥都不相往来。

“他表面上并没有关照我，但事实上，他还是比较喜欢我的，因为他第一次见到我的时候，我还只是一个十一二岁的小孩子。那是一八七八年，他返回英国已经有八九年了。他向父亲乞求让我和他住在一起，用他自己的方式来疼爱我。他在清醒的时候，喜欢和我一起玩巴加门棋[1]和国际跳棋。他还让我作为他的代表跟他的下人和生意人打交道。所以当我到了十六岁的时候，已经变成他家的小主人了。所有的钥匙都归我掌管，

① 又称十五子棋或西洋双陆棋。——译者注

只要不影响他的隐居生活，我可以去任何我想去的地方，做任何我想做的事情。但是，也有一个奇怪的例子，那就是，在顶楼上有一个房间堆满了废旧的杂物，这间屋子任何人都不能进去，不论是我还是其他人。为了满足我这个大男孩的好奇心，我曾经透过钥匙孔向屋内偷看。但是屋子里除了一大堆破旧的箱子和大大小小的包袱外，别的什么东西也没有。

“那是一八八三年三月的一天，叔父餐盘的前面放着一封贴着外国邮票的信。收到一封信对于他来说是一件非比寻常的事情，因为他一直都是用现款支付账单，而且也没有任何朋友。‘从印度来的！’他拿起信吃惊地说道，‘庞地切瑞的邮戳！这究竟是怎么一回事啊？’他急匆匆地拆开信，从信封里掉出来五个干瘪瘪的橘核，落到他的餐盘上。看到这情景，我正想发笑，但是当我看到他的表情时，笑容顿时从我的嘴边消失了。只见他耷拉着嘴唇，双眼凸出，面如土色，双目怒视着手里的那封信，手还不住地颤抖。‘K．K．K．！’他尖叫着，然后喊道，‘天哪，天哪，我的劫数到了！’

“我喊道：‘叔父，怎么了？’

“‘死亡！’他说道，从餐桌旁站了起来，转身回到了他自己的房间，把我一个人留在那里，吓得我心惊肉跳的。我把信封拿了起来，看见信封封口的里侧，也就是涂着胶水地方的上方，三个用红墨水写得很潦草的‘K’字映入眼帘。信封里面除了那五个干瘪瘪的橘核外，什么都没有。究竟是什么东西把他吓成这样呢？我离开餐桌上楼的时候，他正好往楼下走，我看见他一只手拿着一把生锈的钥匙——这一定是顶楼那间储物室的钥匙，另一个手里提着一个很小的黄铜匣，看上去很像一个钱箱。

“‘他们想怎么干就怎么干吧，但是我还是会打败他们的。’他宣誓诅咒地说道，‘让玛丽今天把我房间里壁炉的火生起来，再叫人把霍尔舍姆的福德姆律师请来！’

“我按着他所说的办了。律师来了以后，他把我叫到房间里。壁炉里的火烧得很旺，炉栅里有一大堆黑色的蓬松的东西，看上去是纸灰烬。旁边放着小黄铜匣，盖子是敞开着的，里面什么都没有。我瞥了一眼那个匣子，吓了一跳，那个匣子盖上面印着三个‘K’字，正是早上在信封上看到过的。

“‘约翰，’我叔父说道，‘我希望你作为我的遗嘱见证人。我把我的财产，不管它的好坏，统统留给我的亲哥哥——也就是你的父亲。毋庸置疑，你父亲将来也会把它留给你的。如果你能平平安安地享受它们，那当然是最好的了；如果你感到不能的话，那么，孩子，接受我的建议吧，把它留给你的死敌。给你留下这样一个具有双刃剑般意义的东西，我感到很抱歉，但是我也不知道事情究竟会向哪个方向发展。请你按照福德姆律师的要求，在遗嘱上面签上你的名字吧。’

“我按照律师的指点签了名，然后律师就把遗嘱带走了。正如你想的那样，这件异常的事情给我留下了多么深刻的印象。

我不断地沉思，翻来覆去地考虑，还是没有猜出其中的奥秘。尽管日子一天天过去，这种恐怖的感觉也在慢慢减缓，并且也没有发生任何影响我日常生活的事，然而我始终无法从这件事带给我的那种朦胧的恐怖感中摆脱出来。那之后，我看得出我叔父发生了变化。他酗酒的程度比以前更加厉害，并且离那些社交场所越来越远。他经常把自己一个人关在房间里消磨时光，房门还上了锁；但是有时他又像是发了酒疯，疯狂地冲出房间，手里拿着一把左轮手枪，在花园里一边狂奔一边尖叫着，说他什么人都不怕，不论是人是鬼，谁也不能像禁锢绵羊那样把他禁锢起来。这种近似疯狂的发作过去之后，他又慌慌忙忙地跑回自己的房间，把门反锁起来，仿佛一个被内心的恐惧压得喘不过气来的人，再也没有颜面死撑下去了。每当这种时候，我看见他的脸总是大汗淋淋，不管天气是多么寒冷，也像刚从水盆里浸泡出来的一样。

“好，福尔摩斯先生，让我把这件事情的结果告诉您吧，不能让您继续等下去了。有一天晚上，他又像是发了酒疯一样冲出了房间，但是这次再也没有回来。当我们找到他的时候，发现他背朝天地栽倒在花园角落里一个盖满绿色浮藻的水坑里。现场并没有发现任何暴力的痕迹，水坑的深度也不超过两英尺。考虑到他平时行为古怪异常，因此，陪审团裁定为‘自杀’。但是据我对他的了解，他一向是一个胆小怕死的人，怎么会去寻死呢？无论如何，这件事情也就慢慢地过去了。我父亲继承了他的地产，还有他大约一万四千镑的银行存款。”

“请等一下，”福尔摩斯打断了年轻人的话，说道，“如我所料，您所说的这件案子是我所听到的最不寻常的一件案子。请告诉我您叔父收到那封信的日期和他死的那天的日期。”

“收信的日期是一八八三年三月十日，他是在七个星期后的五月二日那天自杀的。”

“谢谢您，请您继续说。”

“我父亲接管了霍尔舍姆的房产之后，在我的请求下，仔仔细细地检查了顶楼那间常年挂着锁的储物室。我们在那里发现了那个黄铜匣子，尽管匣子里的东西早已被人毁掉了。一张写着‘K. K. K.’三个大写字母的纸标签贴在匣盖的里面，字母的下边还写着‘信件、备忘录、收据和一份记录’等字样。我们推断：这证明了叔父所销毁的那些文件的性质。除了一些零乱的文件和记录我叔父在美洲时的生活状况的笔记本之外，储物室的东西并没有什么价值。其中有一些是关于美国内战时期的情况和他尽职尽责、荣膺英勇战士称号的记述；还有一些是战后南方各州重建时期的记录，大多与政治相关。很显然，我叔父当时曾经积极参加过反对那些北方派来的只知道四处搜刮钱财的政客的斗争。

“呃，我父亲搬到霍尔舍姆时，正是一八八四年年初，一切都是那么地顺利，一直到一八八五年的元月。那是元旦后的第四天，我们一家人围着餐桌吃早餐的时候，忽然听到我父亲的一声惊叫，只见他坐在那里，神情呆滞，一只手拿着一个刚刚打开的信封，另一只手五指伸展，手掌心上有五个干瘪瘪的橘核。以前每次我给他讲叔父的遭遇时，他总取笑我说那是无稽之谈，但是同样的事情发生在他自己身上的时候，他也被吓得胆战心惊，神志不清。

"'啊，这到底是怎么回事啊，约翰？'他结结巴巴地问道。我的心情变得非常沉重。我说：'这是 K. K. K.。'他看了看信封的里层。'是的，'他叫喊着，'就是这几个字母。但是这上面还写了些什么？'我从他背后偷偷地看着信封念道：'把文件放在日晷仪上。''什么文件？什么日晷仪？'他又问。'就是花园里的日晷仪，别处都没有啊，'我说，'文件肯定是那些已经被烧掉的文件。''呸！'他鼓足勇气说道，'我们这里是文明的国家，绝对不允许有这种愚蠢至极的举动！这东西究竟是从什么地方来的？''从敦提寄来的，'我看了一眼邮戳回答道。'真是一个离谱的恶作剧，'他说道，'日晷仪、文件，和我有什么关系？我不会去理会这种鬼话的。''如果是我，就去报警。'我说道。

"'让他们来取笑我的痛苦，我才不干呢。''那让我去吧？''不，你也不许去。我不想为了这种事情而大惊小怪的。'与他争论没有一点儿用处，他是个非常固执的人。我只好怀着忐忑不安的心情走开了，心里有种不祥的预感。

"收到信后的第三天，我父亲去探访他的一位老朋友——

弗里博迪少校，他在朴次当山一处堡垒担任指挥官。他走出家门令我感到很高兴，我觉得，他离开家也许就意味着远离了危险，然而事实上我错了。他出门后的第二天，弗里博迪少校给我发来了一封电报，恳求我立即赶到他那里。我父亲面部朝下地跌倒在一个很深的白垩矿坑里，这种矿坑在当地到处都是。他躺在里面，昏迷不醒，头盖骨早已摔破。我急匆匆地赶了过去，可是他再也没有醒过来，从此离开了人世，似乎他是在天黑时分从费尔哈姆回家的。由于他对乡村的道路不了解，而白垩坑周围又没有栏杆遮挡，因此，验尸官便很果断地做出了'意外死亡'的判断。我仔细地检查了每一处与他的死亡有关的细节，但是没有找到任何表明可能是蓄意谋杀的证据。案发现场没有暴力迹象，没有脚印，没有发生抢劫的迹象，也没有陌生人经过的记录。就算我不说，您也应该知道，我的心情始终无法平静。我敢肯定：他一定是被人密谋蓄意杀害的。

"我在这种险恶的境遇下，继承了遗产。您也许会问我，为什么没有把它处理掉？我的回答是：因为我确信，从某种程度上来说，我们家的灾难是由于我叔父生前的某种意外引起的，因此不论我们住在什么地方，灾祸都会降临到我们的头上。

"我可怜的父亲死于一八八五年一月，到现在已经有两年零八个月了。在这期间，我在霍尔舍姆过着还算幸福的生活。我开始希望：灾祸能够随着上一代人的离去而远离我家。可是谁能料到，我的这种自我安慰为时过早。昨天早上，灾祸又一次降临了，情景和我父亲当年所遭遇的一模一样。”

这时年轻人从马甲的口袋里拿出一个皱皱巴巴的信封来到桌旁，在桌上抖落出五个又小又干的橘核。“就是这个信封，”他继续说道，“盖的是伦敦东区的邮戳。信封的内侧还是那几个字‘K. K. K.’，接着写的是‘把文件放在日晷仪上’。”

“您有没有采取什么措施？”福尔摩斯问道。

“没有。”

“什么都没有做吗？”

“老实说，”他垂下头，用细瘦苍白的双手捂着脸，“我感到非常无助。我感觉自己像是一只被毒蛇盯着的可怜的兔子。我就像被一种无法抗拒和冷酷无情的魔爪困住一样，而这魔爪是怎么也防范不了的。”

“呸！呸！”福尔摩斯喊道，“您务必要行动起来啊，先生。要不您可就完了！只有精神的力量可以挽救您了。现在可不是绝望的时候啊！”

“我已经报过警了。”

“啊！”

“可是他们听完我的故事以后，只是一笑了之。我确信，那些警察打心眼里认为那些信纯粹是恶作剧，就像验尸官说的那样，我的两位亲人的死完全是出于意外，和那些警告没有什么关系。”

福尔摩斯一边挥舞着紧握的双拳，一边愤怒地喊道：“真是愚蠢至极！”

“然而他们答应派一名警察，和我一起住在那房子里。”

“今晚他和您一起出的门？”

“没有，他接到的命令是待在房子里。”福尔摩斯又挥舞着双拳咆哮起来。“那么，您为什么来找我呢？”他喊道，“最重要的一点，您为什么不一开始就来找我呢？”

“我也不清楚是为什么。今天，我将烦恼告诉了普伦德加斯特少校，他这才让我来找您的。”

“离您收到这封信已经整整过了两天的时间了，在这之前我们就应该采取行动的。我猜除了您刚才告诉我的那些情况以外，再也没有什么对我们有帮助的细节了吧？”

“还有一件事情，”约翰·奥彭肖说着，把外衣口袋翻了个遍，掏出了一张已经褪了色的蓝纸，展开放在桌子上。“我还记起一些东西，”他说道，“在我叔父焚烧文件的那天，我发现纸灰堆里有一张没有被烧着的文件，那文件的纸边就是这种特殊的颜色。这张纸是我在叔父房间里的地板上发现的。我想它应该是从一沓纸里掉下来的，所以没有被烧掉。这张纸上写的内容除了提到橘核以外，对于我们恐怕没有什么用。我个人认为它可能是我叔父所写日记中的一页。”

福尔摩斯移了移灯，我们俯下身去仔细观察那张蓝纸，粗糙不齐的纸边说明它的确是从一个本子上撕下来的。纸的上方写着“一八六九年三月”的字样，下方是一些像谜一般的记载，内容如下：四日：赫德森来。仍然坚持己见。七日：将橘核交给圣奥古斯丁的麦考利、约翰·斯温和帕拉米诺。九日：麦考利已扫除。十日：约翰·斯温已扫除。十二日：拜访帕拉米诺。非常顺利。

"非常感谢！"福尔摩斯一边说一边把那张纸折起来还给了客人，"您现在不能再浪费一点儿时间了，我们连讨论您告诉我的情况的工夫都没有了。您必须立刻回家，并且采取行动。"

"我该做些什么呢？"

"只需要做一件事，并且得马上就做。您必须把您刚才让我们看过的这张纸放到那个您之前提到过的黄铜匣子里。此外还要放一张便条在里面，写明除了这仅存的一张纸，其他的文件都已经被您的叔父焚毁了，您的措辞一定要让他们确信您所说的话是千真万确的，然后您要立刻把黄铜匣子放在他们指定的日晷仪上，您听懂我的话了吗？"

"完全明白了。"

"现在不要去想报仇或是任何其他的事情了。我想我们可以依靠法律的途径来达到报仇的目的。既然他们已经设下了陷阱，我们就不能够坐以待毙。现在首要的是解除威胁您生命安全的危机，然后才是揭示事实真相，惩罚犯罪集团。"

"谢谢您，"年轻人边说边站了起来，穿上雨衣，"您让我看到了新生和希望。我一定会按照您的意思去做。"

"您不能浪费任何时间。同时首先要做的就是照顾好您自己，因为我觉得，确实有一种很真实的危险向您逼近。您打算怎么回去呢？”

“从滑铁卢车站坐火车回去。”

“现在九点还不到。街上应该还有很多人，所以我认为您也许会平安无事。但是，您一定要非常小心。”

“我带了武器。”

“很好。明天我就开始着手办理您的案子。”

“那么，到时我们在霍尔舍姆碰面？”

“不，您这件案子的谜底在伦敦。我会去那里寻找线索。”

“那么我过一两天，再来拜访您，把关于黄铜匣子和文件的消息带给您。我会按照您的意思一件件去办。”他和我们握手告别后离开了。

屋外狂风依然在怒吼，瓢泼大雨不断地击打着窗户。这个离奇并且疯狂的故事仿佛是随着狂风暴雨席卷而来的——它就像是狂风带来的一片落叶，掉落在我们的身上——现在又随风消逝了。

福尔摩斯静静地坐在那儿，低着头，身体略微前倾，两眼注视着壁炉里红彤彤的火焰。他把烟斗点燃，背靠在椅子上，望着蓝色的烟圈一个接着一个地飘向天花板。

“华生，我想这件案子是我们经历过的最为离奇和怪异的一个案子了。”他谈论道。

“也许‘四签名’案是一个例外。”

“嗯，没错。那件案子也许是个例外。就我自己的感觉而言，这个约翰·奥彭肖面临的危险似乎要比舒尔托更大。”

“但是,你对这是一种什么样的危险有了确切的想法了吗？”我询问道。

“危险的性质是毫无疑问的。”他回答道。

“那么，到底是什么呢？这个‘K.K.K.’是谁？为什么他要一直对这个不幸的家庭纠缠不休呢？”

夏洛克·福尔摩斯闭上眼睛，两肘放在椅子的扶手上，十指指尖合在一起，评论道：“作为一个完美的推理家，一旦他得知事实的一方面，他就能从已知的这个方面推断出事实的其他方面，以及由此可能产生的一切后果。就像居维叶[①]那样，凭借着一块骨头就能正确地描绘出一只完整的动物。那么，作为一个观察家，既然已经彻底掌握一连串事件中的某个环节，就应该对前前后后所有的环节做出陈述，我们还没有达到仅仅依靠推理就能得到结果的程度。要解决问题就必须进行深入的研究，仅仅依靠直觉而不去研究，这样的人是一定会失败的。不过，要让这种推理的技艺达到顶峰，推理家就必须善于利用自己了解的所有事实，这也就意味着你要掌握渊博的知识，这点对于你来说很容易理解。即使是在出现了免费教育和《美国百科全书》的今天，达到这种成就也是十分稀有的。不过，一个

① 居维叶，1769—1832，法国动物学家，比较解剖学和古生物学的奠基人。——译者注

人要掌握对他工作可能有益的所有知识，也是不可能的。我自己一直在向这个方向努力着。如果你还记得的话，在我们刚刚结识的时候，你曾经有一次一针见血地指出了我所掌握的知识的局限性。”

“是的，”我笑着回答道，“那是一份不一般的档案。我还记着：哲学、天文学、政治学，都是零分；植物学，很难说；地质学，对伦敦方圆五十英里的泥坑了如指掌，造诣极深；化学，很古怪；解剖学，不够系统；在惊险文学和罪行记录方面是无可比拟的，是小提琴音乐家、拳击手、剑术运动员、律师，是服用可卡因和吸烟的自我毒害者。我认为，那些都是当时我分析的要点。”

当听到最后一项时，福尔摩斯咧着嘴笑了。“嗯，”他说道，“我现在这样说，就像我过去说过的一样：一个人的大脑就像一座小小的阁楼，应该给它装满他可能需要的任何东西。剩下的东西他可以放到藏书室去，当他需要的时候，可以随时拿来用。现在，为了今晚递交给我们的这桩案子，我们的确需要集中所有的资源。劳驾把你身旁书架上的《美国百科全书》里的K字卷递给我。谢谢！让我们研究一下情况，看看我们从中能做出怎样的推理。首先，我们可以从一个推测开始，这个推测具有充分的依据——奥彭肖上校是由于某种原因不得不离开美国的。一个人到了他那样的年纪，绝对不会改变全部的习惯，他也不会放弃佛罗里达舒适宜人的气候欣然回到英国来过寂寞的乡镇生活。他那么喜爱在英国时孤独寂寞的生活，表明他心中惧怕什么人、什么事，因此我们也许可以做出一个假设，他是出于对什么人、什么事的惧怕才离开美国的。至于他惧怕的是什么，我们只有根据他本人和另外两个继承人收到的那几封可怕的信件来推断了。你有没有留意那几封信的邮戳？”

“第一封寄自本地治理，第二封寄自敦提，第三封寄自伦敦东区。”

“寄自伦敦东区？你能由此推断出什么来呢？”

“那些地方都是海港，写信的人一定在船上。”

“太棒了，我们已经找到线索了。毋庸置疑，写信的人很可能——极有可能——在一条船上。现在我们来研究另一点。就本地治里而言，从收到恐吓信起到惨案发生，总共是七个星期。就敦提而言，总共只有三四天的时间，这又意味着什么呢？”

“前者比后者的路程远。”

“可是信件经过的路程也较远呀？”

“那我就不明白了。”

“至少可以做出这样的推测：这个人或这伙人乘坐的是一条帆船。看起来好像他们在出发之前就发出了那种稀奇古怪的警告。你看，从敦提发来了警告后，惨案紧接着就发生了，你说有多快。如果他们从本地治里乘轮船过来，那么他们就会和信同一时间到达。但是，实际上惨案是在七星期之后发生的。我认为信件是由邮轮运来的，而写信的人是乘帆船来的，七个星期正好是两者的时间差。”

“有可能。”

“不仅是有可能，估计就是这个样子。你看出来了吧，这件案子具有紧迫性，所以我才一再劝告小奥彭肖要提高警惕。发信人的旅程一结束，灾祸就来了。但是这封信是从伦敦发出来的，因此我们不能再耽搁了。”

“天啊！”我叫喊着，“这种残忍冷血的迫害说明了什么？”

“奥彭肖携带的那个文件对于帆船里的这个人或这伙人来说至关重要。我认为很明显的一点是，他们肯定不只是一个人。仅仅一个人不可能接连造成两个人死于意外，而且作案的手法连验尸的陪审团也能欺瞒过去。这里面肯定是一伙人，而且还是一伙有智慧有勇气的人。不论文件藏在谁的手里，他们都一定要弄到手。这样看来，‘K. K. K.’已经不是一个人名的缩写了，而是一个组织的标志。”

“那么是个什么样的组织呢？”

福尔摩斯俯下身压低了声音说道：“你没有——难道你从来没有听说过三K党吗？”

“从未听说过。”

福尔摩斯一页页地翻看着放在他膝盖上的百科全书，念道：克尤·克拉克斯·克兰[1]，这个名字来源于想象中的扣动来福

① 即英文 Ku Keux Kean（三K党）。——译者注

枪扳机的声音。这个恐怖的秘密组织是南方各州的前联邦士兵在美国内战以后组建的，并飞快地在全国各地建立了分支机构，尤其在田纳西、路易斯安那、卡罗来纳、佐治亚和佛罗里达各州更为显著。该组织利用其力量实现其政治目的，主要是恐吓黑人选民，谋杀那些反对他们意见的人或者将其驱逐出境。他们在实施暴行前，先给他们的目标寄去一些稀奇古怪但能够辨认的东西作为警告，比如，一束橡树叶、几颗西瓜籽或几个橘核。接到警告的受害人，要么发誓放弃原有观点，要么背井离乡逃往国外。如果置若罔闻，那么必然会遭到某种不寻常的、无法预料的灾祸导致死亡。这个组织的机构是如此的完美，使用的方法又是如此的具有系统性，以至于记录在案的案子中，没有一个反抗者能够幸免于难，凶手也从未被缉拿归案过。不管美国政府和南方上层做了多大的努力，这个组织几年间还是非常兴盛。最后，这个三K党竟然突然崩溃，尽管此后这类暴行还偶有发生。

福尔摩斯一边放下手中的书一边说道："你一定会发现，那个组织的突然崩溃和奥彭肖带着文件离开美国是同时发生的，两者很可能存在因果关系。难怪奥彭肖和他的家人，总被一些哀怨的幽灵纠缠不放。不难理解，这个花名册和日记涉及美国南方的某些头面人物，也许还有很多人如果找不到这些东西就会寝食难安。"

"那么，我们曾见过的那页……"

“不出我们所料。如果我记得没错的话，那上面写的是‘把橘核送给A、B和C’，那就是把组织的警告送给他们。紧接着写道：A和B已被清除，或已离境；最后还说拜访过C；我害怕这会给C带来凶险的后果。好，华生，我认为，我们可以让这个黑暗的地方重现一丝光明。而且我相信，同时，小奥彭肖仅有的机会就是按我说的去做。今晚没有什么要讨论的、要做的了。所以请把我的小提琴递给我！让我们暂时忘掉这让人懊恼的天气和处境，和更加可怜的我们的同胞吧！”

第二天清晨，雨过天晴，太阳透过模糊的云雾在这座伟大城市上空发出柔和的光芒。我下楼时，福尔摩斯已经在吃早餐了。“请你原谅我没有等你，”他说，“我预感到，调查小奥彭肖的案子会让我忙上一整天。”

“你打算采取什么步骤？”我问道。

“这在很大程度上得看我初步调查的结果了。不过，我也许要去霍尔舍姆一趟。”

“先不去那里吗？”

“不，我将从城里开始，你只要拉下铃，女佣就会把咖啡给你端来的。”在我等咖啡时，顺手拿起了桌上没有动过的报纸扫了一下。其中一个标题吸引了我的目光，让我心里一下凉了大半截。“福尔摩斯，”我喊道，“你已经晚了！”

“啊！”他一边放下杯子一边说道，“我最害怕的就是这个。究竟是怎么搞的？”他说得很平静，但是我能看出他的内心很不安。我的眼睛一下就停留在奥彭肖的名字和“滑铁卢桥附近的悲剧”这一标题上了，该报道的内容如下：

> 昨夜九点到十点之间，八分队警探库克在滑铁卢桥附近巡逻时，忽然听到呼救声和落水声。然而当时夜色极为黑暗，而且又是狂风暴雨交加，所以尽管有过路的人施以援助，但是也未能营救成功。警报发出以后，通过水警的帮助，最后打捞起一具尸体。经验尸官验明，该尸体系一名年轻绅士。从其衣服口袋里发现的信封得知死者名叫约翰·奥彭肖，生前在霍尔舍姆附近居住。据推测，死者可能急于赶乘滑铁卢车站的末班车，匆忙间迷失了方向，误入一轮渡小码头以致失足落水。从尸体上并没有发现任何暴力痕迹。毋庸置疑，死者是由于意外而身亡，此事应当引起市政当局对河滨码头安全情况的注意。

我们静静地坐了几分钟，福尔摩斯情绪低落，我还从没见过他像现在这样震惊和失落。

“华生，我的自尊心受到了伤害。”他终于开口说道，“虽然这是一种细微的感觉，但我的自尊心的确受到了伤害，现在这变成我个人的事了。如果上帝再多给我几年时间，我将亲手解决这帮暴徒。他特意跑来向我求救，而我竟然让他出去送死……”说着他从椅子上猛地跳了起来，在房里走来走去，难以抑制自己激动不安的情绪。他消瘦的双颊上泛起红晕，两只瘦长的手时而手指交叉在一起，时而又松开，看得出他是那么地不安。

终于，他大声喊道：“他们真是一帮狡猾的恶棍，他们是怎么把他诱骗到那里去的呢？河岸并不在通往车站的路上啊！就算他们要达到目的，即便是在这样一个夜晚，桥上的人也太多了吧？唉，华生，等着瞧吧，看谁是最后的胜利者！我现在要出去了！”

“去找警察吗？”

“不，我要自己当警察。等我把网结好了，就可以像捕捉苍蝇一样捕捉他们了，不过首先要把网结好。”

这一整天我都在忙我自己的工作，我回到贝克街的时候已经很晚了，福尔摩斯还没有回来。一直到将近十点钟的时候，他才疲惫不堪地走了进来，脸色显得那样苍白暗淡。他跑到餐柜旁边，掰下一大块面包，狼吞虎咽地吃了起来，紧接着喝了一大杯水，把面包咽了下去。

“你饿了啊？”我问道。

“饿疯了！我忘记吃东西了，早餐以后就没吃过东西。”

“没吃东西？”

“一点儿都没吃，没工夫想到吃东西。”

“事情进行得如何？”

“还算顺利。”

“你有线索了？”

“他们尽在我的掌握之中了。小奥彭肖的仇用不了多久就能报。嘿，华生，我已经想好了，让咱们以其人之道还治其人之身。”

“什么意思？”他从橱柜里拿出一只橘子，掰成几瓣儿，挤出橘子核放在桌上，从中选了五个，放进一个信封里。在信封封口盖内侧写上“S. H. 代 J. O. ”[①]。然后密封好信封，写上地址：“美国，佐治亚州，萨凡纳，‘孤星’号三桅帆船，詹姆斯·卡尔霍恩船长收。”

他一边咯咯地笑一边说道：“当他进港时这封信正在那儿等着他呢，这封信会使他彻夜不眠。他还会发现这封信预示着他的死亡，就像奥彭肖过去经历过的那样。”

“这个卡尔霍恩船长是个什么人？”

“那帮暴徒的首领。还有其他几个人，不过先拿他开刀。”

“那么，你是怎么追踪出来的呢？”

他从外衣口袋里拿出一大张写满日期和姓名的纸来。“我花了整整一天的时间，”他说，“来查阅劳埃德船舶协会的登记册和陈旧文件的卷宗，追查一八八三年一月至二月期间在本地治里港停靠过的每艘船离港后的去向。根据记载，这两个月里，

① 即夏洛克·福尔摩斯（Sherlock Holmes）代约翰·奥彭肖（John Openshaw）的意思。——译者注

在本地治里港停靠过的吨位较大的船共有三十六艘。其中有艘叫作‘孤星’号的船立即引起了我的注意，因为这艘船虽然是在伦敦结关离港的，然而却是以美国某个州的名字来命名的。”

“我想，是得克萨斯州吧！”

“我一直没弄清楚是哪一个州，不过我知道，它肯定是艘美国籍的船。”

“后来又怎样呢？”

“我查找了敦提的记录。当我发现三桅帆船‘孤星’号于一八八五年一月在那里停靠过的记录时，我的猜测得到了证实。接着我又查询了目前停靠在伦敦港内船只的情况。”

“结果如何呢？”

“那‘孤星’号是上周到达这里的。我又到艾伯特码头，查到这艘船今天早上已经趁着早潮顺流而下，返回萨瓦纳港去了。我给格雷夫森德港发电报，得知这船已经驶过该港了。由于刮的是东风，我认为此刻它已驶过古德温斯，距离怀特岛不远了。”

“那么，你想怎么办呢？”

“我要去捉住他！据我所知，他和他的那两个副手，是那船上仅有的三个美国人，其他的都是芬兰人和德国人。我还打听到他们三个人昨晚曾经离船上岸，这是当时给他们装货的码头工人告诉我的。当他们的这艘帆船驶到萨瓦纳时，邮船早就把这封信送到那里了，同时萨瓦纳的警察已经接到了电报，得知这三个人是正在被通缉的谋杀犯。”

然而，再周密的计划，也会有漏洞。那些杀害约翰·奥彭肖的凶手永远也收不到那几个橘核了，这几个橘核会告诉他们世界上还有一个和他们同样善用计谋、意志同样坚决的人正在追捕着他们，那年的秋风刮得异常猛烈和持久。我们一直想得到有关萨瓦纳“孤星”号的消息，但等了很长一段时间都没有音讯。最后我们终于听到了消息：在遥远的大西洋的某个地方，有人看到一块破碎的帆船尾柱在海浪中漂浮着，上面刻着“L. S.”[①]两个字母，我们所知道的有关“孤星”号的消息只有这些了。

① 原文为“LONE STAR”——“孤星”号，缩写为“L. S.”。——译者注

歪唇男人

圣乔治大学神学院已故院长伊莱亚斯·惠特尼的兄弟艾萨·惠特尼吸食鸦片成瘾，难以自制。据我了解，他在读大学时由于读了德·昆西[①]对梦幻和激情的描绘，所以产生了一个愚蠢的怪想法：把烟草在鸦片酊里浸泡过后再来吸食，以期找到德·昆西描述的那种梦幻和激情的效果。他和大多数人一样，后来才发觉吸鸦片一旦上瘾便很难戒掉，所以他多年来都无法摆脱毒瘾，他的亲朋好友对他是既厌恶又怜悯。他的那副神态我至今还清晰地记得：脸色蜡黄憔悴，眼皮下垂，两眼无神，身体蜷缩在椅子里，活现出一副落魄王孙的倒霉相。

那是一八八九年六月的一个晚上，人们睡意正浓、抬眼望钟的时刻。此时门铃骤响，我立刻从椅子里坐起身来，我的妻子将手中的针线活放在膝盖上，脸上露出一副不高兴的表情。

---

① 德·昆西（Thomas De Quincey），1785—1859，英国作家。——译者注

“是个病人，”她说道，“你又要出诊了。”

我不禁叹了一口气，因为我忙了一整天，刚刚到家，满身疲惫。

我听到开门声和急促的说话声，紧接着传来一阵快步走过地毡的声响，随后我们的房门突然大开，一位女士身穿深色呢绒衣服，头蒙黑纱，走进屋里。

“非常抱歉这么晚来打搅您！”她开口说道，随即突然克制不住自己，向前快跑了几步，一把搂住我妻子的脖子，趴在她的肩上抽泣了起来。“噢！我是多么倒霉啊！”她哭着说道，“我真的需要得到别人的帮助！”

“啊！”我的妻子掀开她的面纱说道，“原来是凯特·惠特尼啊。你可把我吓坏了，凯特！你进来时我怎么都想不到竟然是你！”

“我不知道怎么做才好，所以就直接跑来找你了。”现实总是这个样子。人们一遇到麻烦的事，就来找我的妻子，好像黑夜里的鸟儿扑向灯塔一样，希望从她那里得到一些慰藉。

“你能来我们很高兴！不过，你要先喝一点儿兑水的酒，让心情平静一会儿，再告诉我们到底发生了什么事情，要不然我让詹姆斯先去睡觉，你看行吗？”

“哦！不，不！我也需要医生的指点和帮助呢，是有关我丈夫艾萨的事情，他两天没回家了。我担心极了！”

对我来说，作为一个医生，对我妻子来说，作为她的老朋友和老同学，已经不是第一次听她诉说她丈夫给她带来的苦恼了。我们尽量找些诸如此类的话来安慰她，比如，她是否知道她的丈夫在哪里？我们能为她把他找回来吗？

看起来好像可以。她得到准确的消息，得知近来他的烟瘾一发作，就到伦敦城最东边的一个鸦片馆去过烟瘾。他虽然常常在外面放荡，但是到目前为止，还从来没有离家超过一天，每到晚上他就拖着瑟瑟发抖的身体，有气无力地回到家里，但是这次已经离家四十八小时了。现在准是和码头的小混混躺在烟馆里，不是在吞云吐雾地吸食鸦片，就是在酣酣大睡以便从鸦片所产生的作用中缓过劲儿来。在天鹅闸巷的黄金酒店一定能够找到他，这一点她深信不疑。可是，她该怎么办呢？她，一个年轻懦弱的女子，又怎么能闯进那种地方，把她丈夫从一群混混中拉出来呢？

情况就是这样，而且要把他弄回来，也没有其他的办法。是不是就由我陪她去一趟呢？但是转念一想，她又何必去呢？我是艾萨·惠特尼的医药顾问，就这层关系而言，我相信他会听我的话的。如果我一个人前往，问题可能更好解决些。我答应她，如果她丈夫的确在她所说的那个地方的话，我会在两小时之内雇辆马车把他送回家去。于是，不到十分钟，我就已经离开了我的那张扶手椅和那舒适温馨的起居室，跳上一辆双轮小马车，向着伦敦东郊方向疾驰而去。当时我就觉得这趟差事有点奇怪，但是直到后来才知道它奇怪到了何种程度。

但是，探查之初，我并没有感到有多大的困难。天鹅闸巷是一条隐没于伦敦桥东河北岸高大码头建筑物后面的脏乱小巷。在一家卖廉价衣服的商店和一家杜松子酒店之间，有一条陡峭的石梯，往下通向一个类似洞穴的黑乎乎的豁口，在那里我发现了我要找寻的那家烟馆。我叫马车停下来等着，顺着那石梯走了下去。这石梯的中部已被络绎不绝的醉汉们踩磨得凹陷不平。门上油灯的灯光也闪烁不定。借着灯光，我摸到门闩，来到了一个又深又矮的房间，屋里飘散着浓重的棕褐色的鸦片烟雾，一排排的木榻靠墙摆放着，犹如移民船前甲板下的无赖舱一样。透过微弱的灯光，可以隐隐约约看见木榻上东倒西歪地躺着些人，有的垂下头，耸着肩；有的弯曲着腿，侧卧着；有的后仰着头；有的仰面朝天。这些人用失神的目光从各个角落里望着新来的客人。在这些黑影里，不时闪现出红色的小光环，时有时无，忽明忽暗。这种景象正是人们在吸食金属烟斗锅里的鸦片。大多数人安静地躺着，也有些人自言自语，还有些人交头接耳，以一种奇怪的、低沉的，并且单调的声音滔滔不绝地说着自己的心事，而对人家所说的事充耳不闻。远处放着一个炭火燃烧得很旺的小炭火盆。一个身材瘦高的老头坐在火盆旁的一只三足木板凳上，他双拳托腮，两只胳膊撑在膝盖上，双眼目不转睛地盯着炭火。

我刚一进屋就有一个面色苍白的马来西亚伙计兴致勃勃地迎上前来，递给我一杆烟枪和一份烟剂，热情地招呼我到一张空榻上去。“谢谢你，我不会在这待很久的，”我说道，“我的朋友艾萨·惠特尼先生在这里，我想和他说句话。”

我右边有人翻动了一下并发出喊声。我借着昏暗的灯光发现惠特尼面色苍白，十分憔悴，蓬头垢面，睁大双眼盯着我。

“我的上帝！是华生啊！”他说道，他说话的样子显得既让人可怜又让人鄙视，他的每条神经似乎都紧绷着，“嘿，华生，几点了？”

“快十一点了。”

“哪一天的十一点？”

“星期五，六月十九日。”

“我的上帝！我一直以为是星期三。今天是星期三，你干吗要吓唬我？”他垂下头，把脸深深埋在双臂之间，开始失声痛哭起来。

“我跟你说，今天的确是星期五，你的妻子等你两天了。你应该为自己感到羞耻！”

“是的！我确实应该感到羞耻，但是你搞错了，华生，因为我在这里仅仅待了几个小时，抽了三锅、四锅……我也记不清抽了多少锅了，不过我会和你回去。我不该让凯特为我担惊受怕，小凯特已经很可怜了！扶我一下！你雇马车了吗？”

“嗯，我雇了一辆，在外面等着呢！”

“那么，我就坐这辆车走吧！不过，我一定欠了账。你去看看我欠了多少钱，华生。我一点儿精神也没有了，根本照顾不了自己。”

我穿过两排躺着人的木榻间的狭窄过道，屏住气息避免闻到那令人作呕和发晕的鸦片烟味，四处寻找掌柜的。当我走过坐在炭火盆旁的那个高个子身边时，感到突然有一只手用力拉了我上衣的下摆一下，有人低声说道：“走过去，然后回头看我！”这两句话我听得十分清楚。我低头看了一眼，这话只能是我身边那个老头说的。但是，此刻他还是和刚才一样，聚精会神地坐在那里。他骨瘦如柴，一脸皱纹，衰老佝偻，双膝之间耷拉着一支烟枪，好像是因为他手指无力而滑落下去似的。我向前走了两步，回头一看，猛然吃了一惊。还好我极力克制才没有失声尖叫出来。此时他转过身来，除了我，没人看得见他。他的身体已经伸展开了，脸上的皱纹也一下子不见了，刚才那昏花的双眼又绽放出了光芒。这时，他正坐在炭火盆边望着一脸惊讶的我而咧嘴发笑呢。这人不是别人，正是夏洛克·福尔摩斯。他暗示我让我到他身边去，然后转过身去，再将侧面对着众人，顿时又摆出一副老眼昏花、老态龙钟的模样。

“福尔摩斯！”我小声说道，“你到这个烟馆做什么来了？”

“尽量小声一点儿，”他回答道，“我的耳朵很好使。如果你愿意帮我个忙，把你那位瘾君子朋友打发走，我倒很乐意和你说上几句话。”

“我雇了一辆小马车在外边等着呢。”

“那么，就让他坐那马车回去吧！你大可放心，显然他已经没有精神再去惹什么乱子了。我建议你再写个便笺，托马车夫带给你的妻子，说你和我又要同甘共苦了。你先到外面等一会儿，我五分钟后就出来。”

要回绝夏洛克·福尔摩斯的任何请求都是非常困难的，因为他的请求总是十分明确，且总是以这样一种巧妙而和气的方式提出来。一句话，我认为，只要把惠特尼送上马车，我的任务实际上就算完成了。至于剩下的事，我很乐意与我的老朋友一同去进行一次异常奇特的探险，再没有比那更好的事情了。不过对他而言，探险却是生活中最为平常的事情。我花了几分钟把便笺写好，帮惠特尼付清了账，带他出去上车，目送他所乘的马车在黑夜中渐渐消失。没过多久，一个年老的人从那鸦片烟馆里出来，我就这样同夏洛克·福尔摩斯一起来到街上，大约走了两条街的路程。他总是驼着背，摇摇晃晃，步履蹒跚。然后，他朝四周迅速地扫视了一下，然后站直，发出一阵愉快的欢笑。

“华生，我估计，”他说道，“你认为我除了有注射可卡因和其他一些在你这个医生看来尚不反对的小问题之外，又添了一个鸦片瘾吧？”

“看见你在那种地方，我当然感到很惊讶。”

“不过在那种地方见到你，我比你更惊讶。”

“我是来找我的一位朋友。”

“而我是来找一个敌人的。”

“敌人？”

“是的，我的一个天敌，或者说是我的一个天然捕获物。简单来说，华生，我正在进行一次不同往常的调查工作。我试图从这些瘾君子的胡言乱语中找到一点儿线索，我以前也这样做过。一旦有人在那烟馆里认出我来，那么，我随时都会有生命危险。以前我曾为自己的事情到那里去调查过。那个开烟馆的印度无赖就曾经发誓要找我报仇。在靠近保罗码头附近拐角处那房子的后面有一个活板门，它能讲出一些月黑风高之夜在那里经过的奇怪的故事。”

“什么！你难道说的是些尸体？”

“唉，正是尸体，华生。假如每一个在那个烟馆里被搞死的倒霉蛋能够给我们一千镑，我们就能成为财主啦！沿河一带最凶恶的谋财害命的地方就是这里了。我害怕内维尔·圣克莱尔是进得去，出不来。可是我们应该把圈套就设在这儿。”他把两个食指放在上下唇之间，吹出一声尖锐的哨声，同样的哨声在远处回应起来，没多久，就传来一阵车轮声和马蹄声。

“现在，华生”，福尔摩斯说道，这时一辆高轩双轮轻便马车从夜幕中驶出，两旁车灯射出两道黄色的灯光，“你愿意和我同去吗？”

“如果我能帮得到你的话。”

“哦，值得信赖的朋友总是有用的，记事的人就更没得说了。我有两张床铺在杉园的房间里。”

“杉园？”

“是啊，那是圣克莱尔先生的房子，我进行调查时就住在那里。”

“那么，它在什么地方呢？”

“在肯特郡，离李镇较近，我们要赶二十来里的路程。”

“我可是一无所知啊！”

“那是当然，不久你就会了解所有的情况。来上车吧！好了，约翰，我们不用麻烦你了，这是半克朗[①]。明天大约十一点钟等我。松开马缰绳吧，再见。”

他朝那马轻轻甩了一鞭子，马车就疾驰起来，经过一条条黑乎乎的寂静无人的街道，接着，路面渐渐宽阔起来，最后，马车从一座两侧有栏杆的大桥上飞驰而过，桥下黑浑浑的河水缓缓地流着。前方是一片空旷的荒地，堆满了砖石和灰泥。万籁俱寂，只有巡逻警沉重而有规律的脚步声，或者偶尔有些流连忘返的狂欢作乐者在返回途中歌唱怪叫，才能将这沉寂打破。一堆堆散乱的云在天空中缓缓飘过，云缝中不时有一两颗星星闪烁着微弱的光芒。福尔摩斯在沉寂中驱车疾驰，他的头向前低垂着，仿佛陷入了沉思。我坐在他身边，急切地渴望知道这件新案子到底是怎么一回事，竟然让他耗费如此大的精力，但我又不敢打断他的思绪。我们驱车走出了几英里，来到郊外别

① 英国旧制五先令硬币。——译者注

墅区的边缘，这时他才晃了晃身子，耸了耸肩膀，点燃了烟斗，露出一副扬扬得意的神情。

“你具有了不起的保持缄默的天赋，华生，”他说道，“这让你成为一个非常难得的伙伴。老实对你说，与别人相互交谈，对我来说非常重要，因为我自己的想法不一定能够令别人信服。我不知道当今晚那位可爱的年轻女士到门口来迎接我时，我应该对她说些什么。”

“你忘记了我对这件事还全然不知呢。”

“我们到达李镇之前，我正好有足够的时间对你讲明本案的案情。这件案子看起来非常简单，但是，我却有点儿无从下手。毋庸置疑，有很多线索，但我却理不出个头绪。现在，我来把案情简明扼要地讲给你听，华生，也许你能够让我在一片黑暗之中看到一丝光明。”

“那么，你就说说吧。”

“几年前，更确切地说，是在一八八四年五月，有位名叫内维尔·圣克莱尔的绅士来到李镇，这个人貌似很有钱。他置下了一座大别墅，把庭园修整得十分漂亮，生活也极其奢华。渐渐地，他和邻近的不少人交上了朋友。一八八七年，他娶了当地一位酿酒商的女儿为妻，并有了两个孩子。他没有工作，但在几家公司里有投资。他通常每天早晨进城，下午五点十四分坐火车从坎农街回来。圣克莱尔先生现年三十七岁，也没有什么不良嗜好，可以算得上是个好丈夫和好父亲，与旁人也没有什么瓜葛。我可以再多说一句，据我们的调查，目前他的全部债务，总共是八十八镑十先令，而他在首都市郡银行里的存款就有二百二十镑。因此，没有理由相信他会为经济问题而苦恼。

“上星期一，圣克莱尔先生动身进城的时间比平日里要早得多。他临出发前说过有两件重要的事情要办，还说要给小儿子带一盒积木回来。说起来也真是凑巧，就在那个星期一，他出门后不久，他的太太收到一封电报，说有个她一直期盼的贵重小包裹已经寄到亚伯丁运输公司办事处，让她去取。好了，如果你对伦敦街道够熟悉的话，你会知道这家公司的办事处位于弗雷斯诺街。那条街有一条岔道通向天鹅闸巷，也就是今晚你见到我的那个地方。圣克莱尔太太吃过午饭后便进了城，在商店买了些东西就到运输公司办事处取包裹，在回车站路过天鹅闸巷时的时间正好是下午四点三十五分。你都听明白了吗？”

“听得非常明白。”

“假如你还记得的话，星期一那天天气特别热，圣克莱尔太太步履蹒跚地一边走，一边四下张望，希望能雇到一辆小马车，因为她不太喜欢周围的街道。正当她路过天鹅闸巷时，猛地听到一声喊叫或者说是哭嚎声，抬头看到她的丈夫从三层楼的窗口探头望着她，好像是在向她招手，她吓得浑身冒冷汗。那窗户是打开的，她能很清楚地看到他的脸。据她说，他那激动的神色十分吓人，他一个劲儿地向她挥手，但是一瞬间就从窗口消失了，好像有一种不可抵抗的力量在他身后一把将他拽了回去。凭借女人所特有的敏锐目光，她一下子就发现了一个异常的地方，她的丈夫虽然穿着进城时的那件黑色上衣，可是他脖子上的硬领和胸前的领带都不见了。

“她确信他准是遭遇了什么不测，便飞快地冲下台阶——这房子恰恰就是今晚你找到我的那个烟馆——冲进那栋房子的前屋，正准备登上楼梯去往二楼的时候，就在楼梯口，她碰见了我说过的那个印度人，他把她挡了回去。之后又来了一个丹麦助手，帮忙把她推到了街上。她带着无穷的困惑和惊恐，匆忙冲出小巷。令她万万没有想到的是，在弗雷斯诺街头，她幸运地遇见了正在巡逻的一位巡官和几名巡警。那巡官同两名巡警随她回到烟馆。尽管那烟馆老板百般阻拦，他们还是进入了刚才发现圣克莱尔先生的那个房间。可是，在那个房间里根本没有发现他在那儿待过的痕迹。事实上，在整个楼上，只发现了一个面目可憎的跛子住在那里，没有发现其他任何人。这个家伙和那个印度人一同指天发誓说，那天下午没有任何人到那层楼的前屋里来过。由于他们矢口否认，使得巡官无所适从，并且都认为是圣克莱尔太太看错人了；就在这时，她突然大叫一声，朝桌上的一个小松木盒猛扑过去，掀开盒盖，从里面“哗”地倒出来一大堆儿童玩具积木，这正是他曾答应要带回家送给孩子的玩具。

“这一发现，再加上那瘸子明显惊慌失措的神情，使巡官认识到这件事情的严重性。他们将整个房间都仔细地检查了一遍，检查结果表明这里曾发生过一件令人憎恶的罪行。前屋的陈设非常简朴，是起居室。这个起居室通往一间小卧室，小卧室的窗口正对着一段码头的背面。在码头和卧室窗户之间是一条狭长的泥滩地段，退潮时这里是干涸的，涨潮时这地段至少被四英尺深的河水所淹没。卧室里有一扇可以由下往上拉开的非常宽敞的窗户。在检查房间的过程中，我在窗框上发现了斑斑血迹，在卧室的地板上也发现了几滴。他们猛地拉开前屋中的一条帷幕，发现了圣克莱尔先生的全套衣服，唯独没有看到那件上衣。他的靴子、袜子、帽子和手表都在那里。在这些衣物上没有找到任何被施暴的痕迹，此外也没有发现圣克莱尔先生的踪迹。显然他一定是跳窗而逃的，因为没有发现有别的出路。从窗框上那些来历不明的血迹看，他想游泳逃生的可能性是微乎其微的，因为悲剧发生的时候，正是潮水涨到顶点的时候。

“再来说说与本案有直接关系的歹徒们吧！那个印度无赖是个臭名昭著的坏蛋。不过，依据圣克莱尔太太的陈述，她的丈夫出现在窗口仅仅几秒钟之后，他就已经在楼梯口了。这人最多只能算是这一罪行的帮凶而已。他辩解说他对这件事一无所知，并且一再声称他对楼上租户休·布恩的一切行动全然不知。对于那位下落不明的先生的衣物为什么会出现在那屋子里，他也说不出个所以然来。印度无赖老板的情况大致就是这样，那个阴险的跛子住在烟馆的三层，他肯定是最后见到圣克莱尔先生的人。他名叫休·布恩，他那张丑恶的脸，对于常到伦敦旧城区的人们来说，早已是无人不知，无人不晓。他靠乞讨为生，为了避免警察的管制，他扮作卖蜡火柴的小贩。沿着针线街往下走不远，你会注意到靠街左边有一个小墙角，他每天就盘着腿坐在那里，膝上放着少得不能再少的几盒火柴。由于他长着一副可怜相，他身边一顶油迹斑斑的皮革帽子里总是装着路人施舍给他的小钱，这些小钱犹如雨点般地落进他的帽子里。在我试图了解他的乞讨情况以前，我也曾不止一次地观察过这个家伙，但只有在了解他的乞讨情况之后，我才对他能在一眨眼的工夫挣到那么多钱感到吃惊。你知道吗？他奇特的相貌，能让每一个从他面前路过的人都不得不看他一眼：一头乱蓬蓬的红头发；一张苍白的脸被一块可怕的伤疤弄得更加丑陋不堪，每当这块伤疤收缩时，他的上嘴唇就会被翻卷上去；下巴犹如巴儿狗的下巴；一双黑眼睛尤为锐利，这双眼睛和他头发的颜色形成了鲜明的对照；这些都表明他与一般的乞丐不同。而且，他的智力超群，因为无论过路人投给他什么东西，哪怕是破烂，他都能说上一套词。现在我们知道他就是寄宿在那个烟馆里的人，而且正是最后见到我们要寻找的那个绅士的人。”

“可是，他是一个跛子啊！”我说道，“他自己一个人能把一个年轻男子怎么样呢？”

“从他走起路一瘸一拐来看，他的确是个残疾人，但是，在其他方面，他显然很有力气而且营养也很充足。当然你的医学经验也能够证明，华生，如果四肢中的一肢不灵活，那么其他肢体会格外地健硕，来弥补这一不足。”

“请接着说。”

“圣克莱尔太太一见到窗框上的血迹便晕了过去，一位巡警开车把她送回了家，因为她留在现场也起不了什么作用。负责本案的巴顿巡官把整个房间都彻底地检查了一遍，但没有发现其他有利于破案的线索。当时出现了一个失误，就是没有立刻逮捕休·布恩，让他有时间和他那个印度无赖朋友串供。不过，这个错误很快就得到了纠正。他被拘捕并接受搜查，可是没有发现任何能够将他定罪的证据。在他汗衫右手袖子上确实有些血迹，但他指着他左手第四指靠近指甲的一个被刀割破的伤口说，血是从那里流出来的，还说手被割破后不久他到过窗子那里，所以在窗框上发现的血迹也是他手上的。他矢口否认曾经见过圣克莱尔先生，而且发誓说，至于那些衣物为什么会出现在他房间里，他和警方一样也感到不解。对于圣克莱尔太太所说的看到她的丈夫确实在窗前出现过，他说她肯定是疯了，要不就是在白日做梦。后来尽管他大喊冤枉，最终还是被带到了警局。另一方面，巡官仍旧待在那个房间，希望在退潮后能找到一些新的线索。没想到竟然真的找到了，尽管在那泥滩上没有找到他们害怕找到的东西——内维尔·圣克莱尔先生的尸体，但是却发现了他的上衣。这件上衣很显眼地被遗留在退潮后的泥滩上。你能想到他们在他上衣口袋里发现了什么吗？”

“我想象不出来。”

“嗯，我想你肯定猜不出来。所有的上衣口袋都装满了便士和半便士——一共是四百二十一个便士和二百七十个半便士，难怪那件上衣没有被潮水冲走。不过，人的躯体就要另当别论了。在那房子和码头之间的退潮，水势汹涌澎湃。躯体可能被潮水卷走了，这件上衣因为太重而被留在了泥滩上。”

“但是正如你刚才所说的，他的其他衣服都在房间里被发现了，难道他身上只穿着一件上衣吗？”

“不，先生，但是这件事也许能够说得通。假设布恩在没有别人看到的情况下，将内维尔·圣克莱尔推出窗外，那么接下来会做些什么呢？当然他会立即想到处理那些会暴露真相的衣服，于是他将上衣抛出窗外。就在他准备抛的时候，他想到衣服可能会随水漂浮，而不会下沉。他已经没有时间了，因为他已听到那位太太要抢着上楼而和印度人在争吵呢，也许他已听到他的印度同伙说一些警察正在朝这个方向跑来，这时必须分秒必争。于是，他一下子冲到藏着他乞讨得来的钱的地方。他大把抓起硬币塞满所有的上衣口袋，这样就能将那件上衣沉到水底。把这件上衣抛出去以后，要不是听到楼下传来匆促的脚步声，他原本还想用同样的方法处理其他的衣服。等到警察赶到的时候，他刚刚来得及关上窗户。”

“听起来很可能是这样。”

“在没有更好的假定之前，我们就权当这个假定是正确的。我之前说过，休·布恩已经被抓进了警局，可是没有什么证据能够证明他以前有过犯罪行为。多年以来，人们都知道他是以乞讨为生的，他的生活看上去很平静而且并无害处。现在的情况就是这个样子，那些需要解决的问题和从前一样还没有得到解决。这些问题是：内维尔·圣克莱尔在烟馆里干什么？他在那里出了什么事？他人现在在哪儿？休·布恩和他的失踪有什么联系？我承认，在我的办案经历中，我想不出有哪一个案子像这件案子，乍一看好像很简单，可是办起来却困难重重。”

就在夏洛克·福尔摩斯细说着这一连串稀奇古怪事情的时候，我们的马车也疾驰着驶过了伦敦城郊区，直到那些零零落落的房子被我们甩在身后，接着马车辚辚地行驶在两旁有篱笆的乡间小路上。他刚把事情讲完，我们正从两个人口稀稀落落的村庄之间穿过，有几家窗户里透着微弱的灯光。

“我们现在已经到了李镇的郊区，”我的伙伴说道，“我们这短短的旅途，一路上竟然穿过了英格兰的三个郡县，从米德尔赛克斯出发，经过萨里的一角，最后到达了肯特郡。看到那树丛中的灯光了吗？那就是杉园。在那灯旁坐着一位女士，她万分焦急，静听动静的耳朵已经听到我们的马蹄声了。”

“可是你为什么不在贝克街办这件案子呢？”

“因为有许多事情要在这里进行调查，圣克莱尔太太已经很热情地为我们安排了房间。你大可以放心，她一定会热烈欢迎我的朋友兼同事的。华生，我还真的害怕见到她，在没有得到她丈夫的消息之前，我们到了。”

马车停在一座大别墅前，四周的庭院将这座别墅环绕其中。这时跑过来一个马童，拉住马头。我跳下车，跟着福尔摩斯走上了一条通往别墅前的弯弯曲曲的碎石小道。我们走近别墅前时，别墅门便打开了，一位肤色雪白的金发女士站在门口，身穿一件浅色细纱布的衣服，粉红色蓬松透明的薄纱边镶嵌在衣服的颈口和腕口。在灯光的映衬下，显得楚楚动人。她一手扶门，一手半举，神情急切。她身子微微前倾，探首向前，她那渴望的眼神和欲言又止的样子，好像要向我们询问些什么。

“啊？”她喊道，“怎么样？”随后，她看到我们是两个人，开始还满怀希望地喊着，可是看到我的伙伴摇摇头耸耸肩，随即就开始痛哭起来。

“没有好消息吗？”

“没有。”

“没有坏消息吗？”

“没有。”

“感谢上帝！请进来吧！你们一定非常辛苦，忙了整整一天了。”

“这位是我的朋友，华生医生。在我过去接办的几件案子里，他给了我很大的帮助，能把他请来和我一起调查我很高兴。”

“见到您非常高兴，”她边说边和我热情地握手，“由于最近我受到的打击是那么突然，所以有什么照顾不周的地方，请您原谅。”

“亲爱的太太，”我说道，“我是个久经沙场的老战士，就算不是这样，跟我您也不用客气。只要能为您或我的老朋友提供帮助，我将会感到非常高兴。”

“福尔摩斯先生，”圣克莱尔太太说道，这时我们已经来到了一间亮亮堂堂的餐厅，桌上早已摆好了冷餐，“我想直截了当地问您几个问题，希望您坦诚地回答我。”

“当然可以，太太。”

“请您不要担心我的情绪。我是不会歇斯底里的，也不会无缘无故地晕倒，我只想听听您实实在在的意见。”

“在哪一方面？”

“请您说真心话，您觉得内维尔还活着吗？”这个问题似乎把夏洛克·福尔摩斯给难住了。

“请您说老实话，说啊！”她站在地毯上重复道，双眼直盯着他。

此时，福尔摩斯正仰身坐在一张柳条椅里：“那么，太太，坦率地讲，我不这样认为。”

“你认为他死了？”

“是的。”

“是被谋杀了？”

“我不认为是这样。可能是……”

“他是在哪一天遇害的？”

“星期一。”

“那么，福尔摩斯先生，我今天收到了他的来信，也许您可以解释一下，这又是怎么回事？”福尔摩斯从椅子上一跃而起，就像触了电一样。

“什么？”他吼道。

“是的，今天。”她微笑地站着，手里举着一张小纸条。

“我能看看吗？”

“当然可以。”

他迫不及待地抓住那张纸条，将它摊开在桌子上，把灯拿到跟前，聚精会神地查阅着。我离开坐椅，从他背后凝视那张纸。信封的纸质很粗糙，上面盖有格雷夫森德的地方邮戳以及当天的日期，或者说是前一天，因为此时早已过了午夜。

“字迹潦草，”福尔摩斯喃喃自语道，“肯定这不是您丈夫的笔迹，夫人。”

“是的，不过信却是出自他之手。”

“我还觉得，不管信封是谁写的，地址都是后来问到的。”

“您为什么这么说？”

“您请看，这人名，完全是用黑墨水写的，写出后自行阴干的。其余的字呈灰黑色，这说明写完后用吸墨纸吸过。如果是一气呵成，之后再用吸墨纸吸过，那么有些字就不会呈现出深黑色了。这个人是先写的人名，过了一会儿，才写的地址，这就只能说明他对这个地址并不熟悉。这当然是件不值一提的小事，但是小事才尤为重要。现在让咱们来看看信吧！哈哈！信里还附了件东西呢！”

“是的，是戒指，是他的图章戒指。”

“您能肯定这就是您丈夫的笔迹么？”

“这是他笔迹中的一种。”

“一种？”

“是他匆忙之中用的一种笔迹。这和他平时的笔迹不同，不过我完全认得出来——亲爱的：别害怕。一切都会变得好起来的。一个大错已经被铸成，需要一些时间才能纠正过来，请耐心地等待。内维尔。”

“这信是用铅笔写成的，写在一张八开本大的书的扉页上，纸上并没有水纹。嗯！是一个大拇指很脏的人今天从格雷夫森德寄出的。哈！信的封口是用胶水粘住的，如果我没有猜错的话，在封这封信的时候这个人嘴里还嚼着烟草。太太，您敢肯定这笔迹确实是您丈夫的吗？”

“我敢肯定，这绝对是内维尔的笔迹。”

“而且还是今天从格雷夫森德寄出的。好了，圣克莱尔太太，现在已经是云开雾散了，虽然我还不敢冒险地说危险已经过去了。”

“可是他一定还活着，福尔摩斯先生。”

“除非这笔迹是他们巧妙的伪造，为的是引诱我们误入歧途。那枚戒指，说到底，根本证明不了什么。它可以是从您丈夫手上取下来的！”

“不，不，这是他的亲手笔信啊！”

“很好。不过，它也可能是星期一写的，而今天才寄出来的。”

“那倒是有可能。”

“如果真是这样的话，这段时间里可能发生了很多事情。”

“哦，福尔摩斯先生，您就别再给我泼冷水了，我知道他肯定没出什么事。我们夫妻之间，有一种敏锐的感应能力。一旦他遭遇不幸，我是能够感觉得到的。就在我最后见到他的那一天，他在卧室里割破了手，而我当时正在餐厅里，心里就感到他一定是出了什么事，所以立刻跑到楼上去。您想这样一件小事我的反应都这么快，而对于他的死亡，我又怎么会连一点儿感应都没有呢？”

“我经历的事情太多了，当然清楚一位女士所获得的印象也许会比分析推理家的论断更有价值。在这封信里，您确实有一个强有力的证据来证实您的看法。可是，如果您的丈夫还在世，而且还能写信的话，那他为什么还待在外面而迟迟不回家呢？”

“我想象不出这是为什么，这真是不可思议。”

“星期一那天，他离开的时候，没和您说些什么吗？”

“没有。”

“您在天鹅闸巷见到他时是不是吓了一大跳？”

“吓坏了。”

“窗户是打开的吗？”

“是的。”

“那么，他也能够叫您了？”

“是这样的。”

“据我了解，他只是发出了不清楚的喊声。”

“对。”

“您认为他是在向您呼救吗？”

“是的，他还挥动着他的双手呢。”

“但是，那也许是一种带有惊奇的喊叫。他出乎意料地看到您而使他大吃一惊，也会使他挥动双手，不是吗？”

“有可能。”

“您认为他是被人硬拉回去的吗？”

“他突然间就消失得不见踪影了。”

“他也可能是突然跳了回去，您没有看见房里还有别人吧？”

“没有，但是那个可怕的人承认他曾在那里，还有那个印度无赖在楼梯脚下。”

“的确是这样。就您当时所见到的，您丈夫穿的还是他平日穿的那身衣服吗？”

“可是没有了硬领和领带，我十分清楚地看到他露着脖子。”

“他以前是否提到过天鹅闸巷？”

“从来没有。”

“您是否察觉到他曾经有抽鸦片的迹象？”

“从来没有。”

“谢谢您，圣克莱尔太太，这些正是我想要弄清楚的要点。

让我们先来吃点晚饭，然后去休息，因为明天我们可能还要忙碌一整天呢！”

为我们准备的房间宽敞而且舒适，里面摆放着两张床供我们休息。由于这一夜的奔波劳碌，让我精疲力竭，一头钻进了被窝。可是夏洛克·福尔摩斯却不是这样：当他脑子里有一个尚未解决的问题时，他就会一连好些天，甚至是一个星期，废寝忘食地反复思考，把已经掌握的情况重新梳理一遍，从不同的角度进行分析研究，直到水落石出，或是确信自己搜集掌握的材料仍然不充分才肯作罢。我很快就明白：这次他又要熬一个通宵了。他脱掉了上衣和背心，穿上一件肥大的蓝色睡衣，随后就在屋子里一通乱找，将床上的枕头、沙发和扶手椅上的靠垫全都收拢起来。他用这些东西铺成一个东方式的坐榻，然后盘腿坐在上面，面前放着一盎司味道浓烈的板烟丝和一盒火柴。在那幽暗的灯光下，只见他嘴里叼着一只欧石南根雕的旧烟斗端坐在那里，双眼茫然地凝望着天花板的一角，蓝色的烟雾从他嘴边盘旋升腾，闪烁的灯光正照着他那山鹰般的坚定面容。他沉默无语，纹丝未动。他就那样一直坐着，而我却慢慢进入了梦乡。有时我大喊一声从梦中惊醒，他依旧那样坐着。最后，我睁开双眼，夏日和煦的阳光已经照进房来。他依然叼着那只烟斗，烟雾依然盘旋升腾。整个屋子弥漫着浓重的烟雾，昨晚看到的那堆板烟丝，早已是荡然无存了。

“醒了吗，华生？”他问道。

“醒了。”

“早上赶车出去走走如何？”

“好的！”

“那就穿上衣服吧，都还没有起床呢，不过我知道小马童睡觉的地方，我们很快就能把马车弄出来。”他边说边咯咯地笑了起来，双眼闪烁着光芒，和昨晚那个苦思冥想的他大不一样。

穿衣服时，我看了一下表。难怪还没有人起床，现在才四点二十五分。我刚把衣服穿好，福尔摩斯就回来说马童正在套车。

“我要把我小小的推论验证一下，”他拉上靴子说道，“华生，我觉得你现在正在和全欧洲最大的糊涂蛋站在一起！我该被人们一脚从这儿踢到查林克罗斯去！不过我认为我已经找到了开启这件案子的钥匙了。”

“钥匙在哪里？”我微笑着问道。

“在盥洗室里，”他回答道，“哦，我并没有开玩笑。”他看见我有点不相信的样子，继续说道：“我刚才去过那里，我已经把它拿出来了，放进格拉德斯通制造的软提包里了。走吧，朋友，让我们看看能不能对上那把锁。”

我们蹑手蹑脚地走下楼梯，从房子里出来，沐浴在明媚的晨曦之中。马车已经套好了，就停在路边，那个衣服还没穿好的马童站在马的一边等着。我们两个跳上马车，就顺着伦敦大道疾驰而去。在路上我们见到几辆运送蔬菜的农村大车，而道路两旁一排排的别墅仍然悄然无声，寂静得宛如梦中的城市。

“从某些方面来看这是一件奇案，”福尔摩斯说着，随手朝马抽了一鞭子，“我承认我曾经一度傻得像只活鼹鼠。不过我虽然学聪明晚了些，总还是胜过什么都不学。”

当我们进入城区经过萨里一带的街道时，城里起床最早的人们也刚刚睡眼朦胧地望着窗外的晨光。马车驶过滑铁卢大桥，极速穿过威灵顿大街后向右急转，来到布街。那里的警察对福尔摩斯非常熟悉，门旁的巡警向他敬礼。一名巡警拉住马头，另一个便领我们进去。

“谁在值班？”福尔摩斯问道。

“布雷兹特里特巡官，先生。”

“啊！布雷兹特里特，你好！”一位身材高大健硕的巡官走下石板铺的通道，他头戴一顶鸭舌便帽，穿着一件带有盘花纽扣的夹克衫。

“我希望和你私下谈一谈，布雷兹特里特。”

“好的，福尔摩斯先生，请到我的屋子里来。”

我们来到一间类似办公室的小房间，桌上摆放着一大本厚厚的分类登记册，墙上安装着一部电话机，巡官在桌边坐下。

“您希望我做点什么，福尔摩斯先生？”

“我是为了乞丐休·布恩的案子来的，这人被控与李镇内维尔·圣克莱尔先生的失踪案有关。”

“是的，他是在这里关押候审的。”

“这我知道，他现在在吗？”

“在单人牢房里。”

“他老实吗？”

“嗯，非常安分，不过这坏蛋太脏了。”

“太脏了？”

“对，我们能做到的就是让他洗了洗手，他脸黑得简直就像个补锅匠。哼，等他的案子判了以后，他必须按监狱的规定洗个澡。我想，等您看见他，您一定会同意我的看法的。”

“我很想见见他。”

“您想见见他吗？一点儿也不难。跟我来，您可以把这提包放在这儿。”

“不，我想我还是自己带着吧。”

“好吧，请跟我来！”他领着我们走下一条通道，然后打开一道上闩的门，沿着一条盘旋的楼梯走下去，来到了一处墙上刷着白灰的走廊，两侧各有一排牢房。“他的牢房就在右手第三个门。”巡官说道，往里看了一眼。“他睡着了，”他接着说道，“你可以很清楚地看到。”我们两人隔着栅栏往里望去，那囚犯的脸朝向我们这边躺着，正在呼呼大睡，他的呼吸缓慢而又深沉。他中等身材，穿着和他乞讨的行当很相称的粗料子衣服，从破烂的上衣裂缝处露出一件贴身的染过色的衬衫。正如那巡官所说，他真是肮脏到了无法形容的地步。但是他脸上的污垢却难以掩盖他那丑陋可憎的面容：从眼角到下巴有一道很宽的旧伤疤，这伤疤收缩时把上唇的一边向上吊起，三颗牙齿露在外面，一副像在嚎叫的模样，一头蓬松鲜亮的红发将他的双眼和前额遮住。

“他是个美男子，是不是？”巡官说道。

“他确实需要洗一洗，”福尔摩斯说道，“我想到个主意可以让他好好洗洗，为此还自作主张地带了些东西来。”他边说边打开那个格拉德斯通制造的软皮包，拿出一块很大的洗澡用的海绵，让我大吃一惊。

“嘻嘻！您还真会开玩笑！”巡官轻声笑着说道。

“嗯，如果您愿意帮我个忙，悄悄打开这牢门，很快我们就能见到一副体面得多的相貌。”

“当然可以，那有什么问题吗？”巡官说道，“他这副模样不会给布街看守所增添光彩，不是吗？”他把钥匙插进门锁，我们静静地走进牢房。那睡着的家伙翻了个身，又重新进入了梦乡。福尔摩斯弯腰在水罐里把海绵蘸湿，在囚犯的脸上用力来回地擦了擦。

“让我来为你们介绍一下，”他喊道，“这位是肯特郡李镇的内维尔·圣克莱尔先生。”

我这辈子从未见过这种场面：海绵就像剥树皮一样从他脸上剥下了一层皮，那粗糙的棕色不见了！横在脸上的那道可怕的伤疤和那令人感到憎恶的歪嘴也不见了！那一堆乱蓬蓬的红头发也被一把揪掉了。这时，坐在床上的完全是另外一个人：面目苍白、眉头紧锁、头发乌黑、皮肤光滑。他揉了揉双眼，凝视着环顾四周，睡眼朦胧，不知是怎么回事。突然他发现事情已经败露，不禁尖叫一声扑倒在床上，将脸埋在枕头里。

“天啊！”巡官叫道，“真的，他就是失踪的那个人。我在相片上见过他。”

那囚犯转过身来，摆出一副听天由命、满不在乎的架势。“就算是这样，”他说道，“请问，你们能控告我什么罪？”

“你犯了杀害内维尔·圣……哦，除非他们把这案子定为自杀未遂案，他们就不会控告你犯了谋杀罪。”巡官咧嘴笑着说道，“唉，我当了足足二十七年的警察，这次可真是要走运了。”

“假如我是内维尔·圣克莱尔先生，那么，显然我并没有犯什么罪。因此，我是受到非法拘禁。”

“没有犯罪，却犯了一个极大的错误！”福尔摩斯说道，“如果你信得过你妻子的话，你就会干得更好的。”

“倒不是我的妻子，而是我的儿女们，”那囚犯呻吟着说道，“上帝保佑，我不愿他们为他们的父亲所做的事而感到羞耻。天哪！说出去多丢人啊！我可怎么办才好？”

福尔摩斯在床边坐了下来，亲切地拍了拍他的肩膀。“假如你让法庭来调查这件事情，”他说道，“当然那就难免会被宣扬出去。但是，只要你能让使警务当局相信，这件事情不足以向你提出控告，我想这案子的详情就没有什么理由公诸报纸了。我相信布雷兹特里特巡官会把你对我们所作的陈述记录下来并交给有关当局的。这样，案子就不会被提交给法庭处理了。”

“上帝保佑您！”那囚犯充满激情地高喊起来，“我宁可忍受拘禁，唉，甚至被处决，也不愿把我这令人痛苦不堪的秘密作为家庭的污点，留给我的孩子们。”

“我这是第一次向别人诉说我的身世。我父亲是切斯特菲尔德的小学校长，在那里我接受过良好的教育。我年轻的时候喜爱旅游，热衷于演戏，之后成为伦敦一家晚报的记者。有一天，总编想要一组反映大城市里乞丐生活的报道，我便自愿来提供这方面的稿件，这就变成我历险的起点。为了搜集文章所需的一些基本资料，我只能乔扮为乞丐。我当过演员，自然学到了一些乔装的技巧，我的乔装技巧曾经闻名于剧场后台，此时我的这项本领发挥了作用。我在脸上涂满了油漆，为了能够博得别人的同情，我用一小条肉色的橡皮膏，做出一个十分逼真的伤疤，将嘴唇一边向上歪卷起来；戴上一头红发，配上行乞的衣服，就在城市里最繁华的商业区选定了一个地方，表面上是卖火柴的小贩，实际上是个乞丐。我就这样干了七个小时，晚上回到家，我吃惊地发现我竟然讨到了二十六先令零四个便士。

“报道写完以后，我也就把这事给忘了。直到后来有一天，我帮一位朋友担保了一张票据，不久竟然接到一张要我赔偿二十五英镑的传票，我拿不出那么多钱，急得实在没有办法，便想起了这个主意。我恳求债主宽限半个月让我去筹款，又央求雇主放我几天假，然后我就乔装为乞丐到城里去行乞。只用了十天时间，我就凑够了钱，把债还清了。呃，这样一来，你们不难想到，当我发现只要我在脸上涂一点儿油彩，把帽子放在地上，默默地在那儿坐上一会儿，一天就能挣两英镑的时候，要我安下心来再去做那一星期只能赚两英镑的苦差事，是多么地困难了。我做了很长时间的思想斗争，要我在自尊心和金钱中间选择，最后还是金钱占了上风。我辞去了记者工作，每天都坐在我选好的那个街拐角，凭借一副令人望而生畏的面容博得人们的同情心，我的口袋里塞满了铜板。只有一个人知道我的秘密，他就是我在天鹅闸巷寄宿的那个下等烟馆的老板。在那儿我可以每天早晨以一个脏乱的乞丐形象出现，到了晚上又变回一个衣冠楚楚的绅士。我付给这个印度无赖很高的房租，所以他会守口如瓶。

“没多久，我就发现我攒了一大笔钱。我并不是说，伦敦的街头任何一个乞丐一年内都能挣到七百英镑——这还不到我乞讨到的平均收入，但我有乔装和巧言善辩的本事，在行乞过程中是越练越精，这让我成为伦敦城里备受大家赏识的人物。每天各式各样的银币如流水一般向我的囊中涌来，要是我哪天挣不到两英镑，那就是运气太差了。

“我越有钱，野心就越大。我在郊区买了栋房子，后来结了婚成了家，从来没有人怀疑过我的职业。我亲爱的妻子只知道我在城里做生意，但却不知道我到底在做什么。上个星期一，我刚结束了一天的行乞，正在烟馆楼上的房间里换衣服，不料往窗外望去，发现我的妻子正站在街中心望着我，这让我异常惊恐。我尖叫一声，赶忙用手遮住脸，接着立刻去找我的印度无赖朋友，恳求他堵住上楼找我的人。我听到她在楼下的声音，但是心里清楚她一时半会儿上不来。我迅速脱下衣服，穿上行乞的那身行头，涂上油彩，戴上假发。这么一来，就算是我妻子也无法识破我高深莫测的乔装。不过我立刻意识到他们也许会搜查这个房间，而我的那些衣服可能会暴露我的身份。我急忙打开窗户，但因用力过猛，我早上在卧室里割破的伤口竟被碰破了。平时我行乞得来的钱都放在一个皮袋里，我从皮袋里掏出大把铜板将上衣口袋塞得满满的，然后抓起上衣扔出窗外，它掉在泰晤士河里不见了。我本来想把其他的衣服也扔下去，但就在这个时候，几个警察向楼上冲来。不过我必须承认，我很快发现他们竟然没有认出我就是内维尔·圣克莱尔先生，而是把我当作谋杀内维尔·圣克莱尔的嫌疑犯逮捕起来，这让我感到些许欣慰。

“不知还有没有别的什么地方需要我解释的。我当时就下定决心尽可能长时间地保持我乔装的样子，所以我情愿脸就这么脏下去。我知道我的妻子一定十分焦急，所以就取下戒指，趁警察不注意的时候，交给那印度无赖，还匆匆写了几行字，告诉我的妻子不必担惊受怕。”

“她昨天才收到那封信。”福尔摩斯说道，“我的上帝！她这个星期一直处在煎熬当中啊！”

“那个印度无赖被警察监视着，”布雷兹特里特巡官说道，

“我知道他想神不知鬼不觉地把信寄出去而不被发现，是非常困难的。可能他把信又托付给那个当海员的顾客，而那家伙却把这事给忘记了。”

“就是这样的，”福尔摩斯说道，点点头表示同意，“我认为就是这样，可是你从来没有因为行乞而被控告过吗？”

“有过好多次，但是，一点儿罚款对我来说并不算什么。”

“不过事情必须到此结束，”布雷兹特里特说道，“如果要警察局不将此事宣扬出去，休·布恩这个人就必须要消失。”

“我已经郑重其事地发过誓了。”

“如果是这样，我想对于这件事也就不必再深究下去了。但是，你若再去行乞，那我们就要把所有事情公开。福尔摩斯先生，我们非常感谢您帮助我们澄清这个案子！我很想知道您又是怎么弄清楚是这么回事的？”巡官补充道。

“这个结果，”福尔摩斯说道，“是我靠坐在五个枕头上，抽了一盎司板烟丝后想出来的。华生，我想如果我们坐车去贝克街，正好能赶上吃早饭呢。”

蓝宝石案

圣诞节过后的第二天，我早早地去拜访我的朋友夏洛克·福尔摩斯先生，在新年到来之际为他送去我的美好祝愿。当时，他身着紫色长袍斜躺在沙发上面，在右手边上是一个烟管，不远处还有一堆皱皱巴巴的晨报，很明显是刚刚翻阅过的。沙发边上是一把木椅子，椅子边上挂着一顶破旧不堪的帽子，看上去很难看的样子，而且很多地方都已经坏掉了，简直无法再戴了。椅子上的放大镜和钳子表明，福尔摩斯先生之所以把帽子悬挂起来，是为了对它进行周密地观察。

“你看起来很忙啊，”我说，“估计我打扰到你了。”

“一点儿也没有，我很高兴能够有个朋友跟我一起来探讨我的结论，这件事情实在是看上去太琐碎了。”他一边说着，一边指着那顶旧帽子，“不过跟这顶旧帽子相关联的一些事情却相当具有趣味性和教育意义。”

我在他的扶椅上坐了下来，在摇曳的火堆前面暖着手，因为外面天寒地冻地快让我结冰了，窗户上都挂满厚厚的冰凌。“我想，”我说，“尽管它看上去没什么特别之处，但是它所牵涉的事情必定预示着一个很复杂的故事——也正是这些事情解开我们的谜团，或者是为惩罚一些犯罪行为提供足量的线索。”

“不，不，并没有犯罪行为。”福尔摩斯笑着说，“如果一个袖珍国度里人口密度很高，人们每天过着拥挤不堪的生活，在这样的情况下，你会发现，什么样的事情都有可能发生。在这样人口密集的地方，在人们各异的行为和反应的调控下，每一种可能的情况都会发生，而且大部分看上去很离奇且很特殊的事情事实上并没有什么犯罪的因子在里面。我们对这类事情早都司空见惯了。”

“确实如此，”我说，“就像我刚刚归档的那六个案子一样，其实有几个根本谈不上犯罪的。”

“太正确了。你指的是伊伦·埃德乐报纸上报道过的那几个案子吧，包括玛丽·苏瑟兰顿小姐的那个案子，和那个歪唇男人的历险记。很好，所以我估计我们碰到的这件事情也肯定不是什么法律范畴内的事情。你知道彼得森吗，就是那个守门人？”

“我知道。”

“这就是他拿过来的帽子。”

“这是他自己的帽子？”

“不，不，是他捡到的，我们无从知晓主人是谁。我觉得或许不该对它等闲视之，而应该把它看作一个智力谜题，那么首先让我来告诉你这顶帽子的来历吧。它是圣诞节那天早上被送到我这里来的，顺便带来的还有一只大大的肥鹅，这只肥鹅现在我估计正在彼得森家里的火炉上面烤着呢。实际情况是这样的：大概圣诞节早上四点钟的时候，彼得森——你知道他是一个很正直的人——他在参加一些很好玩的活动后尽兴而归，从托特汉法院路走下来准备从那里取道回家。透过那些煤油灯，他看见前面不远处有一个高个子正在跌跌撞撞地走着，肩膀上还扛了一只白色的鹅。当他走到古吉街道的拐角处的时候，这个陌生人跟几个地痞之间发生了一些口角，有一个流氓把他的帽子打了下来，他随手操起一根棍子来保护自己，在头顶上四处乱舞，突然打到了身后的玻璃。彼得森刚想冲上去保护这个单枪匹马的陌生人，但是这个男的由于打破了玻璃本来就已经吓得不轻了，尤其是突然看到几个穿着制服的人正在向他这边跑过来的时候，就立刻灰溜溜地跑掉，很快就在托特汉法院路后面的那些七零八落的街道中消失了。那些地痞流氓看到彼得森跑过来的时候也快速地逃跑了，这样到了最后在这片硝烟还未消失殆尽的战场上，就只剩下了彼得森一个人，同时也成了这场战役中唯一的胜利者，因此也就收获了这顶帽子和大肥鹅。”

“依他的性格应该是想物归原主吧？”

“我亲爱的朋友，这就是症结所在。事实上，在那只大肥鹅的左腿上确实绑着一张小纸片，上面写着‘给亨利·贝克先生’，而且他的名字的首字母‘H.B.’也在帽子的内沿上清晰可见；但在这个世界上有成千上万的叫贝克的人，甚至在我们自己的这个城市里面就有几百个亨利·贝克，要想把这些东西物归原主无异于大海捞针。”

“那么，彼得森把这些东西拿到你这里来用意是什么呢？”

“圣诞节那天的早上，他把帽子和鹅一起拿到我这里来——他知道即使是一些细小的问题也能够引起我的兴趣。这个鹅一直到今天早上还在我这里，但是因为它早就已经被冻起来了，所以我想再耽搁下去估计就不能再吃了。于是我让彼得森来把它拿走了，让它去完成作为一只鹅接下来的使命，而我则暂且保存着这个素未谋面的陌生人的帽子。”

“他没有贴寻物启事吗？”

“没有。”

“那么什么线索让你知道他是谁呢？”

“所有的一切都有赖于我们的推论。”

“就从这顶帽子？”

“当然。”

“你肯定是在开玩笑吧，我们从这顶破得不能再破的帽子上面能知道什么啊？”

“这是我的放大镜，我想你是知道我常用的方法的。试试看，你能否从这顶帽子上推断出主人的性格来？”

我勉为其难地拿起这个破破烂烂的东西，在手中翻来覆去地看了好几遍。这是一顶很普通的帽子，形状是我们常见的圆形，摸起来很硬而且已经根本不适合继续戴了。帽子的边是那种红色的丝绸，但是已经很严重地褪色了。没有制造者的名字，但是正如福尔摩斯刚才所说的，“H.B.”的首字母确实写在帽子的一边上，且写得很潦草。同时帽子上还钻了两个小孔，看样子是为了保证帽子的安全性设置的，但是上面的松紧带已经没有了。其他的情况就是，它已经破得不能再破了，而且沾满了灰尘，帽子上的很多地方都有斑斑点点，尽管这顶帽子的主人试图用墨笔把这些斑点涂起来以让人看不出来这些印子，但是我们还是可以看到它们的影子。

“我推断不出来任何东西。”我说，并且把这顶帽子递回去给我的朋友。

“不，情况完全相反，华生医生，你其实已经看到了所有的细节。但是你之所以失败，是因为你没有把你所看到的东西综合起来进行推论，你没有勇气去尝试。”

“那么，请问你能够从这顶帽子上面推断出什么来呢？”

他拿起这顶帽子，并且用他独有的一种内省式的风格来审视着它。

“这顶帽子能够提供给人们进行联想的要素或许并不多，”他说，“但是我们仍然可以通过它做出一些很明确的推论，而其他的一些至少也可以提供一些可能性结论。我从这顶帽子的外观上可以推断出这个人是一个学问颇高的人，而且在过去三年的时间里，他的物质条件比较殷实，但是后来落魄了。同时他也是一个有远见的人，但是现在由于他在物质方面的一些弱化，对他的工作等产生了一些不良影响，导致他在道德方面也发生了一些钝化，甚至开始染上了酗酒的毛病，使得他已经没以前那么有远见了。同时还有可能是因为他的妻子已经没以前那么爱他了。”

“哎呀，好了好了，我亲爱的福尔摩斯！”

“但是，他仍然还是一个自尊心很强的人，”他继续说道，全然不顾我的抗议，“他是一个生活方式一成不变的人，很少出门，甚至基本上已经不参加任何锻炼了，他是中年人，头发已经灰白了，而且就在几天前刚刚剪了头发，上面还涂着一些发膏。这些是能够从这顶帽子上推断出来的比较有把握的事实。当然，还要补充的一点是，他的房间里面点的绝对不是煤油灯。”

“你一定是在开玩笑吧，福尔摩斯。”

“我当然不是在开玩笑。难道在我给了你我所有能够推论出来的事实之后，你还是不能看出来什么吗？”

“我从来不认为我是可以用愚蠢来形容的，但是我却必须承认我根本无法跟上你的逻辑。比如说，你为什么认为这个男的是一个学识很渊博的人的？”

在回答之前，福尔摩斯就把这顶帽子戴到了自己头上。这顶帽子不仅把他的额头全部盖住了，甚至连鼻梁都快看不见了。“这是一个容积大小的问题，”他说，“我总是认为有这么一个硕大头颅的人一定是很有智慧的。”

“很好，那么你又是怎么知道他家道中落了呢？”

“这顶帽子至少已经买了三年了，因为那些原本平整的边缘已经卷起来了。同时你看帽子里面的这些丝线和它近乎完美的勾边，我们就可以看出这顶帽子一定是质量最上乘的。现在你就可以想象了，如果一个人在三年之前能够买得起这样一顶昂贵的帽子，但是一直到现在却没有再买过任何一顶其他的帽子，那么肯定就是家道中落了。”

“哦，很好，这个当然已经很清楚了。但是你又怎么解释说他是一个很有远见同时道德又日趋颓靡的人呢？”

夏洛克·福尔摩斯笑了。“这就是他的远见，”他一边说，一边用手指指着帽子的主人为了帽子的保险起见而特意挖出来的能够用线圈连结起来的那两个洞，“在我们以前卖的帽子上根本没有这样的洞。如果这个人事先就考虑到刮风时的提前预防措施而去特意定制了这样一顶帽子的话，那么这就完全能够说明他是一个有远见的人了。同时我们又发现连结的线圈已经坏了，但他却始终没有用心去把它修好，据此就完全可以推断现在的他已经远不如从前那么有远见了，这同样也是他道德趋向颓靡的证据。另一方面，他又努力地想涂抹一些墨水来掩盖帽子上面的印记，通过这件事情也可以看得出来，他并没有完全丧失自尊心。”

“你的推理倒说得蛮像那么回事的。”

“更进一步地说，他是一个中等年纪、有着灰白头发的人，并且最近刚刚剪过，而且还涂了发膏，所有这一切的推论都来自于对帽子内层较低的那部分的周密检查。通过放大镜我发现在帽子内层有一大堆的头发碴子，很明显是被理发师用剪刀剪下来的。它们完全都是粘在一块的，同时还带有一种明显的发膏的气味。这些灰尘，你看，并不是街上的那种像沙粒一般的、灰色的尘土，而是我们在房间里看到的那种蓬松的棕色灰尘，这就说明这顶帽子经常都是挂在家里面的。而帽子里面总是感觉有一些潮湿，这就说明帽子的主人会经常出汗，因此我们也就推测出他一定是很少参加体育锻炼的那种人了。”

“但是你说他的妻子已经并不像从前那么爱他了，这又是怎么一回事啊？”

“这顶帽子起码有几个星期没有整理过了。我亲爱的朋友，如果有一天，我发现你的帽子上堆放着一个星期的灰尘，而你的妻子仍然不管不顾的话，那么我也会认为你已经很不幸地失去你妻子对你的喜爱了。”

“但他也有可能是一个单身汉啊。”

“不可能的，他把那只鹅带回家就是想利用这只鹅向他的妻子求和，还记得绑在鹅左腿上的那张卡片吗？”

“你似乎已经回答了所有的问题，但你又是怎么知道他们家用的不是煤油灯的呢？”

“如果帽子上有一滴或者两滴烛油的记号，那么我相信应该是偶然碰到了蜡烛所致，但是我看见他的帽子上至少有五滴烛油，我们就可以相信这一定是因为他经常跟燃烧着的蜡烛接触而导致的。有可能他晚上上楼梯的时候就是一只手拿着帽子，另外一只手拿着燃烧的蜡烛而掉了一两滴在他的帽子上面了。不管他到底是怎样沾上这些烛油的，但是我们至少知道，如果他点的是煤油灯的话，帽子上是绝对不会有烛油的。你对这个回答满意了吗？”

“很好，你简直太有才了，”我笑着说，“那么直到现在，根据你刚刚说的一切，我们看出这里面丝毫没有什么犯罪行为。虽然他丢了一只鹅，但同样也是没有什么危害的，所有的这一切看起来都很明显，但我们现在还在这里为此伤神，实在是有点儿浪费精力了。”

夏洛克·福尔摩斯刚张开嘴巴准备说话，这时候门突然打开了，彼得森，那个守门人冲到我们的公寓里面，他的两颊通红，而脸色显得有些茫然，就好像刚刚遇见了一件让他瞠目结舌的事情一样。

“那只鹅，福尔摩斯先生，那只鹅！”他上气不接下气地说着。

“鹅怎么了？难不成它死而复生，而且从你们的窗户里飞出去了吗？”福尔摩斯把身子从沙发上转了过来，这样就可以将彼得森那张激动的脸庞看得更清楚一些。

“先生，你看这里！看看我的妻子在它的肚子里发现了什么！”他将他的手掏了出来，我们看见在他的手掌中部躺着一颗闪闪发光的蓝宝石，看上去价值不菲。它只比黄豆小一点点，但是在彼得森黑色的手掌中，它就像一道电光一样闪烁着，看上去是那么地晶莹剔透和光芒四射。

夏洛克·福尔摩斯吹着口哨站了起来。“天哪，彼得森！”他说，“这确实是一件宝物啊！我想你一定知道你得到的是什么吧？”

“先生，难道真的是一颗钻石？一种宝贵的石头，它能够很轻易地切割玻璃，就好像它切的不是玻璃，而是粉末一样？”

“它不仅仅是一颗宝贵的石头，事实上，它就是那颗最宝贵的石头。”

“莫非这就是伯爵夫人摩卡的蓝宝石？”我突然想到。

“估计就是那颗吧！我每天都读到他们在《泰晤士报》上面刊登的广告，因此我知道它的大小和形状。这确实是那颗独一无二的宝石，没有人能够说出它价值多少，但是他们悬赏来寻找这颗宝石的一千英镑，还远远不及宝石本身价值的二十分之一。”

“一千英镑！天哪！”这个守门人突然跌落在一个椅子上，时不时地看看我，又看看福尔摩斯。

“那还只是奖金而已。而且我相信如果能够让这位伯爵夫人重新找回这个宝贝的话，她一激动，给你她所有财产的一半都是很有可能的。”

“如果我没记错的话，这颗宝石是在世界旅馆里面遗失的。”我说。

“确实是这样，就在十二月二十二号，也就是五天以前。约翰·霍纳，一个水管工人被起诉，原告说是他从伯爵夫人的首饰盒里面将这颗宝石盗走了。目前这件事情已经证据确凿并且犯人已经被收押归案了。我想我这里或许还收藏了一些关于这件事情的报道呢。”福尔摩斯在他收藏的那些报纸中翻阅着，最终根据这些报纸上面的日期找到了那一张。对折了一下之后，他朗读起下面的内容：

> 世界旅馆宝石失窃案。约翰·霍纳，二十六岁，一名管道工人，由于在本月二十二号从伯爵夫人摩卡的首饰盒中盗取了那颗价值连城的蓝宝石而被收押归案。詹姆斯·雷德，世界旅馆的首席领班针对这桩案子出庭作证，他证实就在盗窃案发生的当天，他曾经将约翰·霍纳带到了摩卡夫人的起居室里，目的是为了让约翰·霍纳将已经松动了的栅栏的栓子重新焊接起来。起初，他一直跟约翰·霍纳待在一起，但是后来他被召走了。当他返回来的时候，就发现约翰·霍纳已经不见了，同时还发现房间里的抽屉已经被人强

行打开了，而伯爵夫人通常用来放置她那颗刚刚消失了的蓝宝石的摩洛哥盒子也躺在梳妆台上，里面空空的。雷德迅速地报了警，就在当天晚上，约翰·霍纳被羁押了；但是巡捕人员无论是在霍纳的身上还是在他家里面都没有发现蓝宝石的踪迹。

卡瑟琳·库萨克，伯爵夫人的侍女，也证明说她确实听到了雷德在发现蓝宝石被盗之后发出的惊叫声，然后她就冲进了房间，并且发现事实情况正是如雷德作证时所说的那样。B区的布雷斯瑞特检察官，也针对霍纳被捕一事作了证，他说霍纳被捕的时候反抗得很激烈，并且一直用最强硬的态度为自己的无辜申辩着。鉴于霍纳先生以前有过类似的前科，因此此事显得证据十分地确凿，地方法院决定不草率对这件事情下判决，于是直接把它提交给了高级法院。霍纳，由于在庭审的过程中，始终表现得情绪很激动，尤其是在听到审判结果的时候过于激动以致昏迷了过去，最后是被抬出法院的。

“嗯！警察和法院提供的也就这么多了。”福尔摩斯把报纸扔到一边，然后若有所思地说，“对于我们来说，现在的问题就是这颗蓝宝石是怎样从伯爵夫人被抢劫的首饰盒中被放在托特汉法院路的那只鹅肚子里面的，在这中间发生的一连串的问题就是我们当务之急要解决的。华生医生你看，突然之间，我们刚开始那些小小的推论就已经变得很重要，而不涉及犯罪的可能性却大大减少了。现在，这颗蓝宝石在这里，而它是从鹅肚子里面弄出来的，而这只鹅是从亨利·贝克先生那里得来的，这个亨利·贝克先生有一顶破旧的帽子，而他的其他特点我已经跟你分析过了。所以现在我们必须严阵以待，首先我们要知道这个亨利·贝克先生是谁，而他在这整个看上去有些离奇的事件中又究竟扮演的是什么角色。要解决这些问题的话，我们必须首先尝试最简便的方法，这种方法毫无疑问就是在所有的晚报上刊登广告和启事。如果这种方法不奏效的话，我可能还得继续寻求其他的方法。”

“那么如果刊登广告的话，你要怎么说这件事情呢？”

“给我一支铅笔和一张纸，现在，我想我应该这样写：‘在古吉街道的拐角处拾得一只鹅和一顶黑色的毡帽。亨利·贝克先生请于今天晚上六点半到贝克大街221B号询问，即可领回失物。’这样够简明扼要了吧？”

“非常清楚简单了。但是他会看到这则广告吗？”

“我想会的，他最近一定很关注报纸上的消息，要知道，对于一个生活比较窘迫的人来说，失去的这些东西已经够惨重的了。很明显，在他不小心打破了别人的玻璃而且又把跑过去的彼得森误认为是警察的时候，他就已经六神无主了，但是当他镇定下来，他一定会对他丢下手中的鹅的事情感到十分后悔。

那么，我们在这则启事中提到他的名字就一定会有用的，因为所有知道他的人都会直接让他注意到这则启事的。彼得森，给你，你现在立刻跑到那个广告代理处去，并且让这则新闻尽快见报。”

“我们要刊登到哪些报纸上面呢，先生？”

“哦，刊登在《全球晚报》《星辰晚报》《贝尔美尔报》《圣詹姆斯报》《晚间新闻导报》《回声报》以及其他一切你碰到过的晚报上面。”

“很好，先生。那这颗石头怎么办呢？”

“啊，对，由我暂时保管吧。谢谢你。另外，彼得森，你在回来的路上要买一只鹅，并且也把它放到我这里来，因为我们必须给这位亨利·贝克先生一只跟你们家人现在正在吃的那只一模一样的鹅才可以。”

等这个守门人走了之后，福尔摩斯拿起石头，对着灯光好好地开始研究。“这真是一个好宝贝呢，”他说，“你看看它是何等的光彩，何等的闪耀啊！当然同时它也是罪恶的渊源。每一颗珠宝都是如此。它们都是恶魔最宠爱的诱饵。在那些更大更古老的钻石里面，它的每一面几乎都浸染着一个流血事件。这颗石头的历史还不到二十年。它是在中国南部厦门河的河岸上被发现的，而且它特别引人注目的地方在于它除了颜色上是一种渐变的蓝色而不是红宝石的那种红色之外，具有所有红宝石所具有的一切特点。尽管它现在还比较年轻，但是它已经成了一个不吉利的象征。围绕着这颗蓝宝石，发生了两桩案件，一个是泼硫酸案，另一个是自杀案。还有许许多多的窃贼徘徊在这 40 谷[①]重的结晶体周围。谁会想到这样一个漂亮的东西居然和我们的绞刑架和监狱频繁不断地发生着联系呢？我现在就要把它锁到我的那个硬盒子里面，并且给伯爵夫人打个电话告诉她蓝宝石在我这里。”

“那么你认为那个叫霍纳的人是无罪的吗？”

“我也说不准。”

“那么，你有没有想过另外的这个人，亨利·贝克，可能也是跟这个案子有所牵连的呢？”

“我认为你说的也有可能，但我更倾向于认为亨利·贝克先生事实上也是一个完全无辜的人，我想他也许根本不知道他拿着的这只鹅的肚子里面居然藏着这么价值连城的宝贝，甚至比一只金鹅的价值还要高。但是，如果有人对我们发出的广告做出回应的话，我还是会通过一个简单可行的小测验对他进行最后的判断。”

“也就是说在有人对我们的广告做出反应之前，你什么也做不了？”

“是的。”

“那样的话，我现在就要回去做我自己该做的工作了。但是

① 谷为英美最小的重量单位，一谷等于 64.8 毫克。——译者注

我会在你说的下午那个时间过来的，因为我很想看看这样一桩离奇的事情最后是怎么解决的。”

“很高兴见到你。我晚上七点的时候吃晚饭，我估计今天的晚餐是一只山鸡。从最近发生的所有事情看起来，也许我应该让古德森夫人先检查检查这只山鸡的肚子了。”

我被一些事情稍微耽搁了一下，因此当我再次来到贝克大街的时候，已经是六点半多一点了。我往福尔摩斯的住所走去，然后看见了一个戴着一顶苏格兰软帽、穿着一件扣子一直扣到下巴的上衣的高个子男人，当时他正站在从房里投射到外面的一个半圆形的光圈里面。当我到达的时候，房门正好打开了，然后我们就一起来到福尔摩斯的房间里。

“我想你就是亨利·贝克先生吧，”福尔摩斯一边说着，一边从他的扶椅中站了起来，用他特有的温和亲切的轻松方式欢迎并接待着他的来客，“快坐到火边上的这个椅子上来吧，贝克先生。今天晚上真是冷极了，而我发现你的血液循环在夏天或许比冬天要好得多。啊，华生医生，你来得正是时候。这是你的帽子吗，贝克先生？”

“是的，先生，这正是我的帽子。”

他是一个身材魁梧的人，有着圆圆的臂膀、硕大的头颅、宽阔的脸、泛了白的棕灰色胡须，一副学识渊博的样子。他的鼻子和脸颊呈现出一种微微的红色，他宽大的手在轻微地抖动着，所有的这一切都符合早上福尔摩斯对他生活习惯的一些推测。他过时了的黑色斗篷大衣前面的扣子一直从下面系到了上面，衣领被翻了起来，他那瘦长的手臂从衣袖子里面伸了出来，衣袖子上没有别的衣服的袖口露出来或者是里面有衬衣的痕迹。他用一种不怎么连贯的方式说着话，很小心地选择着自己的用词。总的来说，他给我们的印象就是一个曾经一掷千金、现在落魄不堪的文人学者形象。

“我们已经替你保管这些东西好几天了，”福尔摩斯说，“因为我们本以为会从你贴的广告中知道你住在哪里，但是你却一直都没有贴出来，这究竟是怎么回事呢，为什么你不贴寻物启事出来呢？”

我们的来客给了我们一个十分不好意思的微笑。“我现在已经不像以前那么有钱了。”他说，“我以为是袭击我的那几个流氓拿走了我的帽子和鹅。我就不想在寻找它们上面花钱了，因为如果真的是被他们拿了的话，那么拿回来的希望已经很小了。”

“说得也对。但是我要告诉你的是，那只鹅，我们最后不得不把它给吃掉了。”

“你们已经吃了！”我们的来客激动地从他坐的椅子上跳了起来。

“是的。如果我们不把它吃掉而放到现在的话，那么它就已经不能吃了，没用了。但是我想桌子上面另外的那只鹅也许同样可以满足你的要求吧，因为它跟你的那只鹅基本上是一样重的，而且它还是很新鲜的。”

“哦，当然，当然。”贝克先生用一种放松的口气说道。

“当然我们还留有你自己那只鹅的一些羽毛、腿和肚子里的东西等等，所以如果你愿意的话……”

这个男人突然发自内心地笑了起来。“如果是作为我这次历险的纪念品的话，它们也许还有点儿用，”他说，“但是除此之外，我不知道这些东西对我还有什么用处。不需要了，先生。我想，如果你同意的话，我所关心的只有现在桌上的那只看上去很不错的鹅而已。”

夏洛克·福尔摩斯飞快地看了我一眼，同时微微地耸了下肩。

“那么，好吧，请拿走你的帽子和你的鹅吧。”他说，“顺便我想问一句，你能告诉我你是从哪里拿到你那只鹅的吗？因为在一定程度上，我还是一个家禽饲养爱好者，我还从来没见过比你那只更好的鹅呢！”

“当然可以，先生，”贝克说，他已经站了起来，将他新得到的这些东西卷起来放到自己的手臂下面了，“我们当中有一些人经常出入阿尔法客栈，它就在博物馆旁边——你知道的，我们白天一般都在博物馆里面。今年，我们那个善良的房东，名字叫作温迪盖特，创建了一个鹅俱乐部，我们只要每个星期向这个俱乐部交上几便士，那么等到圣诞节来临的时候，我们每个人就都可以领到一只鹅。我所付出的那些便士当然得到了一些回报，然后接下来的事情你们就都知道了。先生你对我实在是太好了，谢谢你为我找回帽子，因为我现在的苏格兰软帽事实上既不适合我的年龄，也不符合我的气质，我已经如此落魄了，而你们还如此看得起我。”他以一种十分可笑的傲慢姿势，十分严肃地给我们鞠了一躬，然后沿着他来的那条道路大踏步地走了。

“亨利·贝克先生已将他所能告诉我们的全部告诉我们了，”福尔摩斯一边关上他身后的门一边跟我说，“我相信他已经再也说不出有关这件事情的东西了。你饿了吗，华生？”

“有一点点。”

“那么我有一个建议，我们根据他刚刚跟我们说的这条线索，趁着新鲜劲儿还没过，我们去那里吃晚饭怎么样？”

“当然可以。”这是一个寒冷的夜晚，于是在出门之前，我们穿上了长大衣，脖子上围着围巾出门了。外面，凄冷孤寂的天空中只有几颗星星在闪烁着，路人的呼气一出来就变成了白雾，就好像刚刚发射了子弹的枪。在前进的过程中，我们的脚步声很大，而且可以很清晰地听见。我们穿过了医师的寓所、维姆波尔大街、哈里大街，最后穿过威格姆大街来到了牛津大街上。还不到一刻钟，我们就已经坐在阿尔法客栈里面了，这是一个微型的公开酒吧，它坐落在一条街道的拐角处。福尔摩斯推开这个隐蔽的小客栈的门走了进去，并且从那个脸很红、围裙很白的老板那里叫了两杯啤酒。

“你的啤酒要是像你的鹅一样完美就太棒了。”福尔摩斯说。

“我的鹅？”这个人看起来有些惊讶。

“是的，就在不到一个小时之前，我跟亨利·贝克先生在说话，他是你的鹅俱乐部里面的一个成员吧？”

“啊，对，我明白了。但是先生你要知道，事实上，那些鹅并不是我自己的。”

“真的啊！那么它们是谁的呢？”

“嗯，这次的二十四只鹅是我从科文特花园的一个商人那里买到的。”

“真的吗？我认识那里的一些商人。你买这些鹅是哪个的呢？”

“他的名字叫作布利金瑞吉。”

“啊！我不认识这个人。那么好吧，祝你身体健康，财源广进，生意兴隆。晚安。”

“现在我们必须找这个布利金瑞吉。”他继续说着，同时把外面大衣的扣子扣上，然后我们就一起走进了那寒冷的空气之中。

“华生，我们要始终记得在这次事件上，我们这头有一只很普通的鹅，而在另一头是一个很可能会被判七年入狱的人，除非我们能够想尽办法让他脱罪。很可能我们的起诉反而更是确定了他的罪过呢。但是不管怎么样，我们手上有一些警察没有的线索，根据这些线索我们可以展开调查，那样我们手上就握有一些机会。让我们跟随着这些线索一直到把这个可能残酷的结局找出来吧。现在让我们去南边吧，快走！”

我们穿过了霍奔，走下了恩戴尔大街，并且穿过一些错落的贫民窟，然后来到了科文特花园集市。在一个最大的货摊前面，我们找到了一个叫布利金瑞吉的人。这个长着一张马脸的老板，脸庞消瘦，腮边的胡须整齐。我们找到他的时候，他正在帮一个小男孩装百叶窗。

“晚上好啊！今天晚上可真冷呢。”福尔摩斯说。这个商人点了点头，同时用狐疑的眼神扫了一下我的同伴。“看来你的鹅已经全部卖完了啊。”福尔摩斯继续说着，同时指着那个用大理石做的放鹅的空案板。

“明天早上你想要五百只我都有。”

“可是我今天就想买。”

“好吧，煤油灯亮着的那个货摊上还有几只呢。”

“啊，可是我就是想买你的鹅，是别人推荐我来买的。”

“谁呢？”

“阿尔法的老板。”

“哦，对，我前几天给了他两打鹅。”

“它们真是很不错的鹅，你是从哪里拿到那些鹅的？”让我感到惊讶的是，听到这个问题，这个商人居然变得很生气。

“你请便吧，先生，”他说，同时他的头高高抬起来，两手叉着腰，“你干吗想知道这些呢？现在我们直说吧。”

“我已经很直接了，我只是想知道你是从谁那里买到那些你卖给阿尔法客栈的鹅的。”

“我不想告诉你，请你现在离开吧！”

“哦，这件事情并不是很重要，但是我没有想到你会对这样一件小事情如此暴躁。”

“暴躁？我相信如果你像我一样苦恼的话，你也许会比我还暴躁些。你花大价钱买好货，这不就是一桩生意嘛。但是你却一个劲儿地问我：‘鹅在哪儿买的？’‘你们的鹅卖给谁了？’和‘你想从这些鹅身上得到些什么东西啊？’人们在听到对他们提出这些啰嗦的问题时，也许会认为在这个世界上只有这些鹅，没有其他的了呢。”

“但是，我跟其他的那些问这些问题的人不一样。”福尔摩斯小心翼翼地说，“如果你不愿意告诉我们，那么我们的赌局就结束了，事情就是这么简单。但是我已经准备好收回我关于家禽的一些观点，因为我打赌我吃的那只鹅一定是从乡村里来的。”

“那么，我告诉你，你输了，因为这只鹅是从城镇里面来的。”这个商人突然说。

“不可能。”

“我认为就是这样的。”

“我不相信。”

“我从很小的时候，就开始做家禽方面的生意，难道你认为你会懂得比我多吗？我告诉你，所有的那些送到阿尔法客栈去的鹅都是从城镇里面来的。”

“你无法说服我相信你说的这些。”

“那么，你要打赌吗？”

“如果打赌的话，你一定输了，因为我知道我绝对是正确的。但是我还是愿意跟你打赌，只是想给你个教训，告诉你以后不要那么固执了而已。”

这个商人冷冷地笑了笑。“比尔，把那个记录本拿来给我。”他说。那个叫比尔的小男孩跑进去拿了一个薄薄的小册子和一个油油的大账本出来，这个商人把它们都摊放在挂着的灯下面。

“现在，固执的先生，”这个商人说，“虽然我现在已经没有鹅了，但在我完成这个赌局之前，你会发现在我的商店里每一只鹅从哪里来的都是记得清清楚楚的，你看到这些小本子了吗？”

“那又怎么样？”

“这个本子上记录着我是从谁那里买来这些鹅的。你看到了吗？呐，你看，这一页上面的都是从乡下买来的鹅，在它们的名字后面是记录它们的数字，通过这些数字，我们就可以在大账本里面找到这些鹅都到哪里去了。那么，现在，你看到用红色的笔写的那一页了吗？那里记录的都是我城镇里的供货商。现在，我们看到第三个名字。请你读出来吧。”

“奥克肖特太太，布里克斯顿路 117 号，249 页。”福尔摩斯读着。

“就是这个。好，现在我们翻到那个大账本的 249 页。”福尔摩斯转向他指定的那页。

“在这里，‘奥克肖特太太，布里克斯顿路117号，鸡蛋和家禽供应商。’”

“那么，我们上一笔生意是什么内容呢？

“‘十二月二十二日，七先令六便士购得二十四只鹅。’

“就这样，给你看，这行下面呢？

“‘十二先令卖给了阿尔法客栈的温迪盖特先生。’

“好了，那你现在还有什么要说的呢？”

夏洛克·福尔摩斯看起来一副很懊恼的样子。他从口袋里掏出打赌输的钱并且将它们扔给那个商人，然后转过身来，好像一点儿都不想说话的样子。走了一段路之后，他在一个路灯下面停住，高兴地笑了起来，这是他独有的一种方式。

“如果你看到就像刚刚那样子的一个络腮胡子的大男人，而他又不愿意告诉你你想知道的事情的时候，你就可以用打赌的方法来套话。”他说，“我敢说如果我们直接给他一百英镑，从他嘴里得到的信息绝对远远都没有我们通过这样一种打赌的方式获得的信息多，而且也不像这么完整。好了，华生，我想，我们离我们想知道的结果越来越近了，唯一剩下的一点儿就是我们是不是今天晚上就应该去奥克肖特太太那里，或者我们应该明天再去。很明显，通过刚刚那个络腮胡子说的，我们知道一定还有除了我们之外的其他的人在打听这件事情，所以我想……”

他的话语突然被一阵喧闹的争吵声打断了，这些声音就是从我们刚刚离开的货摊那里传过来的。我们转过身发现一个獐头鼠目、身材矮小的人正站在门口摇晃着的灯发出的黄色光晕中间。而我们的货摊主人布利金瑞吉站在他那货摊的里面，向这个畏畏缩缩的人恶狠狠地挥舞着拳头。

“我已经受够了你和你的鹅了，”他咆哮着，“我希望你们都一起见鬼去吧。如果你再用这种愚蠢的谈话来烦我的话，我会对你不客气的。是你把奥克肖特太太带到这里来的，因此我会给她一个答复，但是这些跟你有什么关系呢？我又不是从你那里买的鹅。”

“你当然不是从我这里买的，但是这些鹅中间确实有一只一直都是我的。”这个小男人几乎都快要哭起来了。

“那么，很好，你去问奥克肖特太太要啊。”

“她让我来问你要。”

“很好，那么你就去问普鲁士国王要吧！我已经受够你了，你最好马上从我的眼前消失！”他看上去一副很激动的样子，从房里冲了出来，这个过来问鹅的人马上灰溜溜地逃走，很快就没入了黑暗中看不到了。

“哈，现在看来，我们可以不去布里克斯顿路了。”福尔摩斯小声地说，“跟我来吧，我们跟踪这个家伙看看能从他身上发现些什么。”我们快步穿过那些在热闹的街市上闲逛的成群结队的人，我的同伴快步赶上那个小男人，从后面拍了一下他的肩膀。那个人猛然转过身来，我在汽油灯的光线下可以看见这个人脸色苍白，一点儿其他的颜色都没有。

“你们是谁？你们想干什么？”他用一种颤抖的声音问我们。

“请你见谅，”福尔摩斯亲切地说，“我刚刚无意中听到了你和那个货摊老板的对话，于是忍不住想来问问你这是怎么回事。我想也许我可以帮助你。”

“你？你是谁啊？你是怎么知道这件事情的？”

“我的名字叫作夏洛克·福尔摩斯，知道别人不知道的那些事情就是我的义务。”

“但是对于这件事，你绝对知道不了什么的。”

“很抱歉，我知道了这件事情的每一个细节。你正在寻找一只鹅，这只鹅被布里克斯顿路上的奥克肖特太太卖给了一个叫布利金瑞吉的商人，后来这个商人又把它转手卖给了阿尔法客栈的温迪盖特先生，而温迪盖特先生又把这只鹅卖给了他客栈的会员亨利·贝克先生。”

“天哪，先生，你就是我一直想寻找的那个人，”这个小男人突然伸出颤抖的手来惊叫道，“我简直无法让你知道我对这件事情是多么的感兴趣。”

夏洛克·福尔摩斯拦住一辆路过的四轮马车。“如果这样的话，我想我们最好找一个温暖的房间来讨论这件事情，而不是在这样一个寒风呼啸的闹市。”他说，“但是在我们就此有进一步的讨论之前请你告诉我，我将要帮助的人是谁吧？”

这个小男人犹豫了一下。“我的名字是约翰·罗宾逊。”他一边说，一边向旁边看了一下。

“不，不，我需要的是真实姓名，”福尔摩斯温和地说，“如果你只告诉我化名的话，这将是一件很不愉快的事情。”

这个陌生人的脸突然涨得通红。“不好意思，”他说，“我的真实姓名是詹姆斯·雷德。”

“就是这样子。你就是世界旅店的首席领班吧？请上马车吧，很快我就会把你想要知道的一切都告诉你的。”

这个小男人看了看福尔摩斯，又看了看我，眼神里充满了一种恐惧、一种希望，就像一个人不确定自己究竟是站在意外的收获边缘，还是会遭遇飞来横祸，然后他走进了马车。半个小时之后，我们就回到了贝克大街的房子里面。一路上，我们什么都没说，但是我们这个新的同伴一路上那厚重的呼吸声，和他那时而扣在一起又时而松开的手，都在告诉我们他的内心是多么紧张和焦虑不安。

“我们到了！”我们一走进房间，福尔摩斯就高兴地说，“那些火在这样的天气里看起来真是可爱极了。你看上去很冷漠，雷德先生。请在那个椅子上面坐下来吧，让我先换一下拖鞋，然后就直接开始说你的这件事情吧。现在，好了！你想知道那些鹅怎么样了，是吧？”

“是的，先生。”

“或许更准确地说，你是就想知道那只鹅怎么样了吧？我想你感兴趣的那只鹅，是一只白色的、尾巴上横着一道黑毛的吧！”

雷德非常激动地颤抖着。“哦，先生！”他叫了起来，“你能告诉我这只鹅现在在哪里吗？”

“它来过这里。”

“这里？”

“是的，而且确实是一只很奇特的鹅。不过当时我并不知道你对它会这么感兴趣。它在这里下过一个蛋——我见过的最可爱、最明亮的小蛋，而且还是蓝色的，后来它就死了。这样的事情我以前从来没见过。现在它就在我的博物馆里面。”

我们的来客用右手抓住壁炉的边，挣扎着站了起来。福尔摩斯打开他的铁盒子，拿出来这颗蓝宝石，它就像一颗星星一样在那里闪耀着，放射出清冷的、明亮的，而且很奇特的光芒。雷德黑着脸，呆呆地在那里站了好久，不知道他是应该承认这颗宝石是他的，还是否认这件事情。

“游戏结束了，雷德。”福尔摩斯平静地说，“站稳了，先生，不然你会掉到火里面去的！帮忙把他扶到椅子里面去吧，华生。看起来在犯罪方面，他还不够那么经验老到，你看他的血液循环都开始紧张了。给他调一杯白兰地吧，这样他看起来才会更像一个正常人。看上去，他实在是太瘦小了。”

有那么一段时间，雷德始终好像站不稳要摔倒了的样子，但是那些微量的白兰地又让他的脸颊泛起一些颜色，他坐在那里呆呆地用受惊吓的眼神看着这个控诉者。

“现在在我手上几乎已经掌握了这个案子的所有环节，同时还有我需要的所有证据，但是我还是有一些不怎么明白的地方需要你来告诉我。当然，如果这些所有的地方能够清楚了的话，那么我们的这个案子将会十分圆满了。雷德，我想你一定是早就听说过伯爵夫人摩卡的这颗蓝宝石了吧？”

“是卡瑟琳·库萨克告诉我的。”他用一种近乎颤抖的声音说着。

“我明白了，那是伯爵夫人的侍女。很好，这种一夜暴富的诱惑很容易就把你控制住了，就如同它以前曾经控制过的那些比你本领更大的人一样；但是，你实施的手段却并不怎么高明啊。在我看来，雷德，很可能你生来就是一个十足的坏蛋。你知道管道工霍纳曾经因为类似的行为被捕入狱过，所以人们自然就会很容易对他产生怀疑。那么你当时都干了些什么呢？你们一起在伯爵夫人的房间里面布置了一个陷阱——你和你的同谋库萨克，尤其是你，你故意把夫人房里的管道弄坏，这样就可以让霍纳成为那个去修理管道的人。然后在霍纳离开之后，你撬开了首饰匣，并且进行了洗劫，紧接着你按响了警铃，同时大叫发现房间被盗，使得那个不幸的人遭受逮捕。然后你……”

雷德突然跪倒在地毯上，并且抓住我同伴的膝盖。“看在上帝的面子上，原谅我吧！”他高声尖叫着，“想想我的父亲！还有我的母亲！他们会伤心欲绝的。我以前从来没有做过什么错事的！我以后再也不会做错事了。我发誓，我在上帝面前起誓。

哦，不要把我送法院去！看在上帝的面子上，不要这么做！”

“回到你的椅子上面去！”福尔摩斯坚决地说，“你现在还可以跪地求饶，但是你考虑过那个被你冤枉入狱的可怜人霍纳是什么感受吗？”

“我会消失的，福尔摩斯先生。我会离开这座城市的，先生。那样的话所有针对他的指控都会不攻自破了。”

“嗯！我们可以考虑一下。好吧，现在让我们知道后来发生的所有真实情况吧。这块石头是怎样进入鹅肚子的？而这只鹅又是怎样流通到市场上来的？你最好实话实说，因为这也许是保证你安全的最后一线希望了。”

雷德用舌头舔了舔他那干燥的嘴唇。“我会原原本本告诉你的，先生。”他说，“当霍纳已经被捕入狱之后，对于我来说最好的方法也许是立刻带着这颗石头远走高飞了，我不知道警察是不是会突发奇想跑来搜查我和我的房子，但是在旅店里面找不到一处安全的地方。我走出去，就好像受了什么莫名的指使一般，于是我来到了我姐姐的家里。她已经跟一个叫奥克肖特的男人结婚了，一直住在布里克斯顿路那里，他们家的主要经济收入是通过喂养家禽然后拿到市场上去卖了赚钱。在我去我姐姐家的路上，迎面走来的每一个人我都觉得他不是警察就是检察官，所以尽管那天晚上很冷，但是等我到达布里克斯顿路的时候，我的脸上已经挂满了汗水。我的姐姐问我怎么回事，为什么我的脸色那么苍白，但是我不敢告诉她实话，只是跟她说我因为宝石在旅店被盗了感到十分不安。然后我就走到后院去吸烟，并且独自一个人在那思考着我究竟应该怎么办。

“我以前有个朋友叫莫兹里，但是后来他变坏了，而且刚刚结束了他在本顿维尔监狱的服刑期。有一天我们在路上碰到了，还谈起了偷窃的方式，以及在偷窃之后怎样让这些赃物安全出手的话题。我知道他可能会很真诚地对待我，因为我也知道跟他有关的一两件事的把柄。所以我当时下定决心想要立马动身到莫兹里居住的科尔本去，然后取得他的信任，他肯定会告诉我怎样把这颗宝石变成钱的。但是怎样才能顺利地找到他呢？我又感到从旅店出来到这里一路上的那种痛苦心情。也许随便在某时候我就会被抓住并且会被搜查的，然后他们就会发现宝石在我的衣服口袋里了。我就这样想着，就这样一直斜斜地靠在墙壁上，同时也看着姐姐养的那些鹅在我的脚边晃来晃去，突然我像受到什么启发似的，心生一计，而且我相信这一定是史上最完美的方案，一定可以躲过史上所有最厉害的检察官们的眼睛。

“我的姐姐在几个星期之前就跟我说过，我可以从她养的鹅里面挑一只出来作为她送给我的圣诞礼物，而且我知道她一直都是一个对自己说过的话很负责任的人。那么现在我就可以拿走属于我的那只鹅了呀，而且我就可以把石头放在一只鹅肚子里面，然后带着它到科尔本去了。庭院里有一点阴凉，我抓了一只鹅，并且掰开它的嘴巴，然后把手尽可能地伸到它的喉咙里面，之后把这颗宝石扔了下去。这只鹅呛了一下，然后我就感到那颗宝石经过它的食道到了它的肚子里面。这只鹅一直拍打着翅膀挣扎着，这时候我的姐姐出来了，她问我发生了什么事情。正当我回过身来跟我姐姐说话的时候，这只鹅从我的手中挣脱出来然后跑回到它的同伴中去了。

"'你到底对这些鹅做什么呢，詹姆斯？'她说。

"'没什么。'我说，'你不是说过要送我一只鹅做圣诞礼物么，所以我在挑呢，看哪只是最肥的。'

"'哦，'她说，'我们已经把送给你做礼物的那只鹅单独放在一个地方养着了，我们叫它詹姆斯的鹅。你看那边，那只又白又大的鹅就是给你的。我一共养了二十六只鹅，一只是给你的，一只是给我们自己的，剩下的二十四只都是要卖到市场上去的。'

"'谢谢你，姐姐，'我说，'但是如果这些鹅对于你来说都是一样的话，我更想要我刚刚抓着的那只鹅。'

"'另外那只比它整整重三磅呢，'她说，'我们特意为你把它喂到那么肥的。'

"'没关系。我拿另外一只就好了，而且我现在就要把它拿走。'我说。

"'哦，那就随便你吧，'她说，有一点点生气了，'那么你究竟是想要哪只呢？'

"'就是这群鹅中间那只白色的，尾巴上有一条杠的。'

“‘哦，很好。你把它杀了然后带走吧。’

“然后，我就照她说的把那只鹅杀了带回家了，福尔摩斯先生，而且我一直把这只鹅带到了科尔本。我跟我的那个同伙说了我的所作所为，他实在是一个很容易让我将这种事情跟他坦言相告的人。他听了之后，笑了好一阵子，差点笑抽了，然后我们找来了一把刀剖开了那只鹅的肚子。但是当我在鹅肚子里面没有找到那颗宝石的时候，我觉得我的心都变成冰了，我立刻反应过来：肯定发生了一些很可怕的错误。我丢下那只鹅，然后火速回到我姐姐家里，直接冲到他们的后院，但是发现在那里，一只鹅都没有了。

“‘那些鹅全部到哪儿去了啊，姐姐？’我惊叫着。

“‘都卖给别人了。’

“‘卖给谁了？’

“‘考文特园的布利金瑞吉。’

“‘那难道你那里面还有另外一只尾巴上有黑杠的白鹅吗？’我问，‘跟我选的那只一模一样的？’

“‘是的，詹姆斯。我们一共有两只尾巴上有杠的鹅，我自己也无法把它们完全区别开来。’

“这样，我当然就明白了全部的事情，然后我就以最快的速度冲了出去，只希望能够马上到布利金瑞吉那里，但是他只跟我说那些鹅他很快就出手了，而不愿意透露一句关于这些鹅到底卖哪里去了。你自己今天晚上也看到了。其实无论我什么时候去，他都是这么跟我说话的。我的姐姐几乎以为我已经疯了。有时候我也觉得自己也差不多已经疯了。到了现在——现在我已经是一个打上了窃贼标记的人了，甚至我还从来没有见到那颗我出卖自己灵魂才得到的宝石带给我的好处。上帝救救我吧！请救救我吧！”他把自己的脸埋在手里面，开始嚎啕大哭起来。

接下来是一段长时间的安静，只剩下他咚咚的心跳声，和夏洛克·福尔摩斯用手指敲击着桌子边缘的声音。然后我的朋友突然站了起来，并且把门打开了。

“出去！”他说。

“什么，先生！哦，上帝保佑你！”

“别废话了。滚吧！”

然后就真的没有再听见他说什么了。我们只听见一阵急匆匆的下楼梯的脚步声，然后是门被重重关上的声音和他在街道上细细碎碎的脚步声了。

“再怎么说，华生，”福尔摩斯说，同时伸手去拿起了他的烟斗，“我并没有违背什么，如果现在霍纳的生命受到了威胁，那么情况就不同了。只要这个人再也不出来指控霍纳，那么这个案子会不了了之的。看上去我好像是纵容了一个犯罪分子，但是也有可能我这么做是彻底挽救了一个灵魂。这个人以后一定会循规蹈矩的，他已经吓怕了。如果现在把他送到监狱里去，那么后果只是让他终身都在牢房里面度过而已。再者说，这是一个宽恕的季节，我们何乐而不为呢，上帝给了我们机会，让我们碰到了这样一个有代表性的而且古怪的案子，那么它的解决方式就是对事情本身最好的报酬了。如果你现在愿意拉一拉铃的话，华生，我们将会立即开始另一桩案子的调查，当然这个案子最主要的线索仍然是一只家禽。”

斑点带子案

在过去的八年时间里，我在笔记上记载了我朋友夏洛克·福尔摩斯破获的七十多件案子，并且研究了他的破案方法。我发现其中很多是悲剧性的，也有一些是喜剧性的，案子当中不少都是稀奇古怪的，但却没有一件案子是平常的。因为，他干侦探这行的目的与其说是为了挣钱，还不如说是他对于这项工作的热爱。他拒绝将他和任何调查联系在一起，除非是非比寻常甚至是极度离奇的案子。然而，在所有这些各式各样的案子中，我无法回忆起来，有哪一件案子会比众所周知的萨里郡斯托克莫兰[①]罗伊洛特家族那件案子更加离奇古怪的了。这件事情发生在我和福尔摩斯相识的早期。那时我们两个单身汉住在贝克街的一所公寓里。原本这件事早就应该被记录下来，但是，当时我保证一定要死守秘密。直到上个月，让我向她做过保证的

① 英格兰东南部的一个郡。——译者注

那位女士不幸去世了，这才使我的承诺得以解除。此刻，也许到了真相大白的时候了。因为我知道，外界关于格里姆斯比·罗伊洛特医生死亡的谣言正在四处流传，这些谣传使这件事情变得比真相更加可怕。

那是在一八八三年四月初的一个早上，当我醒来的时候，发现夏洛克·福尔摩斯着装整齐地站在我的床边。一直以来，他都是一个习惯赖床的人，而此时壁炉架上的时钟显示才七点一刻，我感觉很惊诧，便对着他眨了眨眼，也许里面还夹杂点不高兴的情绪，因为我是一个生活非常有规律的人。

“华生，非常抱歉，把你吵醒了，”他说道，“但是，今天早上我们都只能认命了，赫德森太太先被人吵醒，然后她气冲冲地把我吵醒，现在轮到我把你吵醒。”

“出了什么事？失火了吗？”

“不，来的是一位委托人。好像是一位情绪非常激动的年轻女士，她坚持要马上见到我，她现在正在客厅里等着呢。你想想看，当年轻的女士这么一大早就在这个大城市里漫步徘徊，甚至把人从睡梦中吵醒，我想一定是一件非常紧迫又不得不找人商量的事情。如果这是一件非常有意思的案子，我想你肯定希望从头开始听。我觉得不管怎样都应该把你叫醒，给你这个机会。”

“我的老朋友，我绝对不会错过这样的机会的。”

没有什么能比跟着福尔摩斯做专业的调查工作更能引起我

的兴趣的了，我钦佩他果断地做出推论。他的快速推论，就像单凭直觉做出来的一样，但实际上总是以逻辑推理为依据的。他就是凭借着这种逻辑推理解决了委托人给他提出的难题。我很快地穿好衣服，只用了几分钟，跟着我的朋友来到楼下的客厅。一位身穿黑色衣服，头戴厚厚面纱的年轻女士正坐在窗前。看见我们下来了，她就马上站起来。

“早上好，小姐，”福尔摩斯高兴地说道，“我叫夏洛克·福尔摩斯，这位是华生医生，我的老朋友和助手。在他面前，你可以随意地讲，就像在我面前一样。哈！我很高兴看到赫德森太太已经把壁炉的火升了起来，她想得很周到。请靠近壁炉坐下来，我让人给你上一杯热咖啡，我看你正在发抖。”

“我不是因为冷而发抖的。”那位女士一边很小声地说，一边按照福尔摩斯的指引换了个位置。

“那是因为什么呢？”

“是因为害怕，福尔摩斯先生，是恐惧。”她边说边撩起面纱，看得出来，她的心情的确万分焦急，看上去很可怜。她脸色阴沉灰白，神情不安，双目惊恐，流露出像是一头被追捕的动物的眼神。看她的身材和相貌，大概三十岁左右的样子，但是她的头发中却夹杂着几根白发，表情非常疲倦憔悴。

夏洛克·福尔摩斯迅速地将她打量了一番。“你别害怕，”他向前弯下身去，轻轻地拍了拍她的前臂，安慰着说道，“千万别怀疑，事情很快就会解决的。我想，你是乘早上的火车来的吧？”

“这么说，您认识我？”

“不，是你左手手套里那张露出半截的车票告诉我的。你一定很早就出门了，而且还乘坐过双轮单马车，在凹凸不平的泥泞小路上走了很长一段路程才到达火车站的。”

那位女士很吃惊地望着我的朋友，脸上充满了疑惑。

“我亲爱的小姐，这并没有什么秘密可言。”他笑着说道，“你外套的左臂上，至少有七处地方被溅上了泥点。这些泥点看上去都是溅上去不久。只有双轮单马车才能以这样的方式溅起泥点来，而且你一定是坐在了车夫的左侧。”

“不论您是怎样推断出来的，您都说得非常正确，”她说道，“我是六点前出的家门，六点二十赶到了莱瑟黑德，紧接着乘坐第一班开往滑铁卢的火车过来的。先生，这么下去，我再也受不了了，我一定会发疯的。我连一个能请求帮助的人都没有，只有那么一个可怜的人关心我，但是就连他也帮不了我。福尔摩斯先生，我听说过您，是法林托歇太太告诉我的，她说您曾经在她最无助的时候帮助过她，您的地址也是她告诉我的。噢，先生，您能不能也帮帮我啊？至少能让我在黑暗中看到一丝光明。目前来说，对于您给我的帮助，我还无法给予您报酬，但是在未来的一个月或六个星期，我就会结婚，那时就能支配我自己的收入，至少那时您会发现，我并不是一个忘恩负义的人。”

福尔摩斯转身来到他的办公桌前，打开抽屉，拿出一个记录案件的小本子，翻了一下。

“法林托歇，”他说道，“对了，我记起来了，那是一件与猫眼宝石冠有关的案子。华生，那是在你来之前发生的一件案子。女士，我只能说我非常乐意为你效劳，就像我曾经为你的朋友那样效劳一样。谈到报酬，我的职业就是它的报酬。不过，你可以在你最方便的时候，支付一些我在这件案子上支出的费用。那么，现在请你把有可能帮助我们破案的一切线索都讲出来吧。”

“唉，”我们的客人回答道，“我的处境之所以恐怖是因为我所害怕的东西非常模糊不清，引起我猜疑的都是一些微不足道的事情。在别人看来，这些小事可能无足挂齿，所有的人，甚至最应该为我提供帮助和建议的人都把我告诉他的一切看成是一个神经质的女人在胡思乱想。虽然他没有这么说，但是，我能从他安慰我的话语中和回避的眼神中看出来。但是，福尔摩斯先生，我听说，人隐藏在内心的各种邪念都逃不过您的眼睛。请您告诉我，在这种处境下，我该怎么做？”

“我在认真地听你讲，女士。”

“我的名字叫海伦·斯托纳，与我的继父住在一起，他是英国最古老的撒克逊家族之一——位于萨里郡西部边界的斯托克莫兰的罗伊洛特家族的最后一个幸存者。”

福尔摩斯点了点头，“我听说过这个家族的名字。”他说道。

“这个家族曾经是英国最富有的家族之一，它的地产北起伯克郡，西至汉普郡，非常宽广。然而，到了上个世纪，连续四代继承人全都是肆意挥霍、荒淫无度之人，到了摄政时期[①]，家族中的一个大赌棍终于把整个家族弄得倾家荡产。除了几英亩土地和一座有二百年历史的老宅子以外，什么东西都没有剩下，而那座老宅子也因为繁重的负债被抵押的差不多了，家族的最后一位地主在那里过着一种十分落魄的生活。但是他的独生子，也就是我的继父，他认为自己应该开始过一种全新的生活，于是他向一位亲戚借了一笔钱，用这笔钱攻读了一个医学学位，然后出国到加尔各答行医，在那里他靠着精湛的医术和有魄力的性格，开了一家非常大的诊所。然而，家里数次被盗，他一怒之下，把一个本地人的管家给打死了，差一点被判处死刑。就这样，他过了很长时间的牢狱生活。后来，他回到英国，变成了一个性格怪癖、落魄失意的人。

“罗伊洛特医生在印度的时候和我母亲结了婚。我母亲那时是孟加拉炮兵司令斯托纳少将的年轻遗孀，也就是斯托纳太太。我和我的姐姐朱莉娅是双胞胎，我母亲再婚的时候，我们两个只有两岁。母亲每年的收入不下一千英镑，这可是一笔非常可观的财产。我们和罗伊洛特医生住在一起的时候，她就立下了遗嘱，将把所有财产都遗留给我父亲，但是有一个条件，我们

① 指1811年至1820年间，乔治三世被认为不适于统治，而他的儿子，之后的乔治四世被任命为他的代理人作为摄政王的时期。——译者注

姐妹结婚以后，他每年要支付给我们一定数量的金钱。我们的母亲在我们回到英国不久就去世了，是八年前在克鲁附近的一次火车事故中遇难的。此后，罗伊洛特医生就放弃了在伦敦重新开业的打算，把我们带到斯托克莫兰祖先留下的老宅子里生活。母亲留给我们的钱足够我们花了，看上去我们会生活得很幸福。

“但是，就在这时，我们的继父发生了恐怖的变化。一开始，邻居们看到斯托克莫兰的罗伊洛特家族的后裔重新回到这栋古老的宅子，都非常开心。但是他不但不去结交朋友和拜访邻居，反而把自己关在房间里，很少外出，一旦出门，不管见到什么人都要与人家争吵。他这种近似疯狂的暴虐性情，是具有家族遗传性的。我认为由于我的继父长时间居住在热带地区，使得他的这种坏脾气变得更加厉害。这期间发生了一系列令人不齿的争吵和怒骂，有两次甚至闹上了法庭。结果在村里，他变成了令人害怕的人。因为他的力气非常大，一旦把他惹怒了，谁也制服不了他，所以大家都躲着他走。

“上周，他把村里的铁匠摔到了小河里，我想尽一切办法把弄到的钱赔给人家，才没有再一次在大家面前出丑。他除了和那些到处流浪的吉卜赛人有过交往以外，再没有任何朋友。他让那些流浪的人在几英亩荆棘丛生的土地上安营扎寨，而那土地正是家族地位的象征。作为回报，他在他们的帐篷里受到了很好的款待。他有时候还会和他们一起出去流浪，一去就是好几个星期。他还非常热爱印度的动物——一只印度豹和一只狒狒，是一个记者送给他的。它们在属于它主人的领地上自由地奔跑，村里人也非常害怕它们，就像害怕它们的主人一样。

“从我说的话中，你可以想象我和我可怜的姐姐朱莉娅的生活没有一点儿乐趣，甚至连仆人都不愿意与我们生活在一起。在很长的一段时间里，我们姐妹俩操持着所有的家务。我姐姐去世的时候只有三十岁，可是她的头发早已斑白，甚至就和我现在的头发一样白。”

“你的姐姐已经去世了？”

“她是两年前去世的，我想和你谈的就是她去世的事情。你应该能够了解，我和我姐姐过着我刚才描述的那种生活，我们基本不可能见到任何与我们年龄相近和地位相仿的人。然而，我们有一个姨妈，叫霍洛拉·韦斯法尔，是我母亲的妹妹，一直都没有嫁人，她住在哈罗附近，继父偶尔会允许我们去姨妈家小住几天。大约在两年前的圣诞节，朱莉娅到我姨妈家去了，在那里结识了一位领半薪的海军陆战队少校，随后他们俩就订婚了。我姐姐回来后，告诉了继父他们订婚的事情，继父并没有反对。可是，就在离举行婚礼不到两个礼拜的时候，发生了一件可怕的事情，我失去了我唯一的朋友和伙伴。”

夏洛克·福尔摩斯闭着眼睛倚躺在椅子上，把头枕在靠垫上。可是，就在这时他半睁开眼，瞧了瞧他的客人。

“请把事情说得更详细些。”他说道。

“我想这一点儿也不难，因为在那段可怕的时间里发生过的每一件事，我都记得清清楚楚。正如我说过的，庄园里的宅子是非常古老的，只有一侧的房间现在还住着人。卧房是在一侧房间的一楼，起居室在房子的中间位置。这些卧房的第一间是继父罗伊洛特医生的，第二间是我姐姐朱莉娅的，第三间是我的。这些卧房互不相通，但是房门都是开向同一条走廊的。我说的您明白了吗？”

“很明白。”

“三间卧房的窗户都是面朝着草坪开的。不幸发生的那晚，继父罗伊洛特医生很早就回到了自己的房间，但是我们知道他并没有睡觉。因为我姐姐被印度雪茄那种刺鼻的烟味呛得受不了，而这种雪茄正是我继父经常抽的。所以她跑到我的房间里坐了一会儿，并和我聊起了她日益临近的婚礼。差不多十一点钟的时候，她起身回房，但是走到门口的时候却停住了脚步，回过头来看着我。

“‘海伦，告诉我，’她说道，‘你深夜时有没有听到有人在吹口哨？’

“‘从未听到过。’我回答道。

“‘我也猜你睡觉的时候，不大可能还吹口哨吧？’

“‘当然不会，为什么这么问？’

“‘因为这几天的夜里，大约在凌晨三点钟的时候，我总是能清楚地听到微弱且清晰的口哨声。我不是一个睡觉很死的人，所以就被这声音吵醒了。我搞不清从哪儿传来的声音，好像是隔壁房间，也可能是外面的草坪。所以就想问问你，看你是否也听到了。’

“‘没有，我没有听到过，准是庄园里那群不幸的吉卜赛人干的。’

“‘很有可能。但要真从草坪那儿传来的，奇怪了，你怎么会听不到呢？’

“‘啊，也许我睡得比你死吧。’

“‘算了，无论如何，这没什么大不了的。’她转过头来对我笑了笑，然后关上房门出去了。没过一会儿，我就听到她用钥匙反锁房门的声音。”

“这样么？”福尔摩斯说道，“你们习惯在夜里把自己反锁在自己的房间里？”

“一直如此。”

“为什么呢？”

“我想我已经和您说过了，继父养了一只印度豹和一只狒狒。只有把门反锁了，我们才能感到是安全的。”

“原来是这样啊。请你继续说。”

“那天晚上，我失眠了，我心中隐隐约约有种大祸将至的感觉。你知道，我和我姐姐是双胞胎，紧紧将我们姐妹两颗心连在一起的纽带是多么地微妙。那晚的天气非常糟糕，狂风呼啸，雨点噼里啪啦地敲打着窗户。突然，在呼啸的风雨声中，传来了女人惊恐的尖叫声，我听出那是我姐姐的声音。我猛地从床上蹦了起来，围上披肩，向着走廊冲了过去。就在我开门的时候，好像听到了我姐姐描述过的那种很微弱的口哨声，不一会儿，又是‘叮当’一声，好像一块金属掉落在地上。我沿着走廊跑了过去，只见姐姐的房门被开了锁，缓缓地打开着。我被吓傻了，瞪大双眼望着门，不知道什么东西会从房里出来。借着走廊的灯光，我看见我姐姐出现在了房门口，因为惊恐，她的脸苍白无光，两手摸索着试图寻求帮助，全身就像一个醉汉一样来回晃动。我赶紧跑过去，一把把她抱住。但是她双腿一软，瘫倒在了地上。我感觉她正忍受着巨大的伤痛在满地翻滚，手脚可怕地抽动着。一开始我觉得她没有认出我，但是就在我弯身抱她的时候，她用凄凉而又尖厉的声音尖叫着，那声音我一生也无法忘记：‘唉，海伦！上帝啊！那条带子！那条带斑点的带子！’她好像还有话要说，她把手伸向空中往医生房间的方向指去，但又是一阵抽动，她无法再说话了。我冲出房间，用力呼喊继父，看见他正穿着睡衣，急匆匆地从房间里跑出来。他来到姐姐身旁时，姐姐已经失去了意识。他给她喂了白兰地，而且把村里的医生也请来了，但是所有的努力都是白费，因为她已经慢慢地离我们而去了，再也没有醒过来。我深爱的姐姐就这样结束了她的生命。”

“等一下，”福尔摩斯说道，“你敢肯定你确实听到了口哨声和金属的声音吗？你能发誓吗？”

“村里的验尸官调查的时候也问过我这个问题。我的的确确是听到了，是非常深刻的印象。可是那时屋外有狂风暴雨的声音和老房子吱吱的作响声，我也有可能听错。”

“你姐姐仍旧穿着白天穿的衣服吗？”

“没有，她身着睡衣。我发现她右手拿着一根烧焦了的火柴棍，左手拿着个火柴盒。”

“这说明在事情发生的时候，她曾经划过火柴查看过四周，这一点十分重要。验尸官的结论是什么呢？”

“由于罗伊洛特医生的行为在郡里早已是声名狼藉，所以验尸官在调查这个案子时十分仔细，但是他始终未能找出任何让人信服的死亡原因。我能够肯定，房间是从里面反锁着的，窗户也是由那种老式的有栅栏的百叶窗挡着的，每晚都关得严严实实的。通过敲击墙壁发现四周都非常地坚固，在彻底检查过地板后，也得到了相同的结果。烟囱倒是很宽大，但也用四个大锁锁上了。因此，可以肯定的是，出事的时候，房间里只有我姐姐一个人。而且，她身上没有任何被施暴的痕迹。”

“有没有可能是中毒？”

“医生们为此检查过，但并未发现什么。”

“那么，你认为你不幸的姐姐是怎么死的呢？”

“虽然我不清楚是什么让她如此惊恐，但是我相信她纯粹是由于畏惧和震惊过度而死亡的。”

“庄园里当时有吉卜赛人吗？”

“有，吉卜赛人几乎总在那里。”

“嗯，她提到带斑点的带子，你认为是在暗示些什么呢？”

“有时我想，那也许仅仅是她在精神狂乱时说的胡话，但有时又想，那可能暗示的是某一班[①]人，也许暗示的就是庄园里那些吉卜赛人。我不知道她提到的带斑点的带子是不是就指的是那些吉卜赛人，因为他们中的许多人都戴着有斑点的头巾。”

福尔摩斯摇了摇头，好像这种说法并不能让他感到满意。

“这里面的情况很复杂。”他说道，“请继续说下去。”

“自那之后，两年过去了，近段时间我的生活比以前更加孤单寂寞。然而，就在一个月前，我认识多年的一位密友向我求婚，我感到很幸运。他的名字叫阿米塔奇——珀西·阿米塔奇，是住在里丁附近克兰活特的阿米塔奇先生的二公子。我继父并没有反对这件婚事，我们打算春天的时候结婚。两天前，宅子西侧的房间开始进行修葺，我卧室的墙壁被打了些洞，所以我只能搬到我姐姐出事前住的那间房里去，在她睡过的那张床上睡觉。昨天深夜，我躺在床上睡不着，思索起我姐姐那可怕的遭遇，就在这夜深人静的时候，我突然听到非常微弱的口哨声，这可是预兆她死亡的哨声啊。你应该能想象得到，把我吓成什么样的地步了！我从床上跳了起来，点着灯，但是什么也没有看到。我实在被吓得够呛，不敢再上床。天刚亮，我就穿好了

① 原文 band 本意“队，带子”，此处引申为“一班”。——译者注

衣服，偷偷地溜了出来，在宅子对面的克朗旅店雇了一辆双轮单马车来到莱瑟黑德，又从那里赶到您这边，就是来向您求助的。”

“你这样做很明智，”我的朋友说道，“但是你把所有事情都告诉我了吗？”

“是的，所有的。”

“不，你没有。斯托纳小姐，你在袒护你的继父。”

“为什么这么说？你这是什么意思？”

作为对她的提问的回答，福尔摩斯揭起了挡着她放在膝盖上的那只手的黑色花边袖口的褶边。只见她白皙的手腕上，有五块青紫色的伤痕，是四个手指和一个大拇指的指痕。

“他虐待过你。”福尔摩斯说道。

女士此时满脸通红，急忙掩盖住受伤的手腕。“他是一个身强体壮的人，”她说道，“他可能不清楚自己有多大的力气。”很长一段时间大家都处在沉默之中，福尔摩斯手托着下巴，聚精会神地望着噼啪作响的炉火。

“这件案子非常复杂，”他最后说道，“在我决定要采取行动之前，还有很多细节我急切渴望去了解。但是，现在已经没有时间了。如果我们今天到斯托克莫兰去，我们能否察看一下这些房间，而不让你继父知道呢？”

“正巧，他说过今天会进城里处理非常重要的事情。可能一整天都不在家，没有什么会打搅到您。我们家现在只有一位年纪很大的女管家，但是她十分愚钝，很轻易地就能把她支走。”

“太好了，华生，我们走一趟你没有意见吧？”

“当然没有。”

“那么，我和华生都会去的。你自己打算做点什么呢？”

“既然进了城，我正好有一两件事情想去办。不过，我会赶十二点钟的火车回去，以便及时在家等着你们。”

“我们会在午后不久到达的，我也有些工作上的私事需要处理一下。你不留下吃点儿早餐么？”

“不，我要走了。在我把我的烦恼向你们倾诉了以后，我的心情一下好了很多。我期待我们下午再见。”说完，她拉下那厚厚的黑色面纱，把脸蒙上，悄悄地走了出去。

“华生，对这一切你有什么看法？”夏洛克·福尔摩斯倚靠在躺椅上问道。

“依我看，这是一个极其阴险和恶毒的阴谋。”

“的确是阴险和恶毒。”

“可是，如果房间里的地板和墙壁真像那位女士所说的那样完好无损，而且门窗和烟囱也被封住了，那么，在她姐姐神秘地死亡的那个晚上，毋庸置疑，只有她一个人在房里。”

“可是，怎么解释深夜的口哨声呢？那女人临死前说的奇怪的话又意味着什么呢？”

“我不清楚。”

“深夜时的口哨声和那些与她继父关系极其密切的吉卜赛人

的出现，使我们有充足的理由相信一个事实，那就是她继父想阻止继女结婚。他临终时暗示的有关带子的话，还有，海伦·斯托纳小姐听到的‘叮当’的金属碰撞声，很可能是扣紧百叶窗的其中一根铁条落回到原处时发出的。当你把所有的这一切联系在一起的时候，我有理由认为：只要抓住这些线索查下去，就一定可以解开这个谜团。”

“但是，那些吉卜赛人又做了些什么呢？”

“我不知道。”

“我认为任何这类的推理都有很多不足之处。”

“我也这样认为。正因为如此，我们今天才一定要去斯托克莫兰。我想看看这些推理中的不足是没办法弥补，还是可以讲得通。真是活见鬼，这究竟是怎么了？”

我的朋友之所以这样大声叫喊是由于我们的门突然被撞开了，一个身形高大的汉子站在房门口。他的穿着很奇怪，就像是专家和农民的混合体。他戴着一顶黑色礼帽，身穿一件长礼服，脚上穿着一双高筒靴，手里还舞动着一根猎鞭。他的个头很高，礼帽都碰到房门的横楣了。他的体形也很宽大，几乎把整个房门给堵得没有一点儿空隙了。一张被太阳烤得发黄的大脸满是皱纹，神情还带着邪恶。他看了看我，又看了看福尔摩斯。他那双深陷进去的眼睛露出凶狠的光芒，还有高高挺起的细长鹰钩鼻，使他看起来活像一只暴躁的老猛禽。

“你们谁是福尔摩斯？”这个怪人问道。

“先生，我就是福尔摩斯，可是恕我不敬，你是谁？”我的朋友平静地说道。

“我是格里姆斯比·罗伊洛特医生，来自斯托克莫兰。”

“哦，是医生啊，”福尔摩斯殷勤地说道，“你请坐。”

“别来这套，我一路跟着我的继女，知道她到你这里来过。她都对你说过什么？”

“现在的天气怎么还这样冷。”福尔摩斯说道。

“她究竟对你说过些什么？”老头暴怒般地尖叫着。

“不过我听说番红花会开得很好。”我的朋友泰然自若地接着说道。

“哈！你是在敷衍我，对不对？”我们这位新客人挥舞着猎鞭向前迈出一步说道，“我认识你，你这个恶棍！我早就听说过你。福尔摩斯，你是个好管闲事的家伙。”

我的朋友微微一笑。

“福尔摩斯，好管闲事的混蛋！”

他笑得更加厉害。

“福尔摩斯，你这个苏格兰自作聪明的小侦探！”

福尔摩斯咯咯地笑出声来。“你的话还真是很有意思。”他说道，“你走的时候请把门带上，因为有一股冷风吹进来。”

“我把话说完自然会走。你胆敢管闲事管到我头上来了！我知道斯托纳小姐到你这里来过，我一路跟着她。我这个人你可是惹不起的！你瞧好。”他飞快地往前走了几步，抓起火钳，用他那双褐色的大手一下就把它拗弯了。“小心别栽在我手里。”他一边怒骂着，一边将扭弯的火钳扔到壁炉里，大步地走出了房间。

“他似乎是一个很友善的人，”福尔摩斯大笑着说道，“尽管我没有他那么高大，可是如果他再多留会儿，我会让他知道我的手劲儿并不比他的小。”说着，他拾起那根钢火钳，猛地用力，就把它又弄直了。

“他竟然傲慢地把我和那些警探混为一谈，简直可笑！然而，这段小插曲会为我们的调查增加不少情趣，我只希望我们那年轻的朋友不要因为她轻率的行为，被这畜生跟上而遭受折磨。好了，华生，我们吩咐他们开早饭吧，吃完我要去医师协会一趟，希望在那儿能弄到一些资料来帮助我们破案。”

夏洛克·福尔摩斯快到下午一点的时候才回来。他手里拿着一张用潦草笔迹写着些文字和数字的蓝纸。

“我查看了他那位已故妻子的遗嘱，”他说道，“为了确定这份遗嘱的准确含义，我只能被迫对遗嘱中所列的那些投资有多少收入进行计算。在那位女士去世的时候全部收入比一千一百英镑稍微少一点，而目前由于农产品价格下降，总收入不超过七百五十英镑。可是一旦每个女儿结婚，她们就有权每年索要二百五十英镑的收入。因此，很明显，如果两个女儿都结婚，留给这位怪人的钱就微乎其微了，甚至即使只有一个出嫁，也会搞得他狼狈不堪。我这一上午的工作没有白费，因为已经能够证明他对阻止女儿结婚这件事情有着非常强烈的动机。华生，现在情况已经十分紧急了，尤其那家伙已经意识到我们对他的事很感兴趣；所以，如果你准备好了的话，我们就叫一辆马车，赶往滑铁卢车站。如果你能把你的左轮手枪带上，我会十分感激的。用埃利二号手枪对付一个能把钢火钳弄弯的家伙应该是没问题了，我认为我们所需要的就是一把手枪和一把牙刷。”

我们到滑铁卢车站时，刚好赶上一列开往莱瑟黑德的火车。到达莱瑟黑德后，我们在车站旅店雇了辆双轮单马车，顺着美丽的萨里大道走了四五英里。真是非常好的天气，阳光灿烂，万里晴空。路边的树木和树篱刚刚抽枝发芽，空气中弥漫着一种沁人心脾的湿润的泥土气息。就我个人而言，觉得这浓浓春意和我们从事的这件险恶凶案的调查形成了鲜明的对比。我的朋友坐在马车的前面，两臂交叉，帽子耷拉着把眼睛遮住，头低垂至胸前，处于沉思之中。但是他突然抬起头，拍了拍我的肩膀，指向对面的草地。

“看那儿。”他说道。

眼见在缓和的坡地上有一片树木葱郁的园地，一直向上延伸到最高处，形成了一片密密的丛林。一座有着灰色山墙和高高屋顶的古老邸宅耸立在树丛之中。“斯托克莫兰？”他说道。

“不错，先生，那正是格里姆斯比·罗伊洛特医生的邸宅。”

车夫说道：“那边正在翻修宅院。”

福尔摩斯说道：“我们就是要去那里。”

“村子就在那边。”

“但是，”车夫指着左边一些房屋的屋顶说道，“如果你们想去那座邸宅，你们可以跨过篱笆两边的台阶，再顺着地里的小路走，那样会近一些，就是那位小姐正在走的那条路。”

“我认为，那位小姐就是斯托纳小姐。”福尔摩斯一边用手遮着阳光，一边仔细地观察着说，“好的，我们就按你说的办。”我们下车后付了车钱，车夫掉转马头向莱瑟黑德的方向驶去。“我是这么想的，”当我们登上台阶时，福尔摩斯说道，“还是让这个车夫把我们当成是建筑师或者是做生意的人为好，省得他夸夸其谈。下午好，斯托纳小姐。你看，我们说到就到。”

我们这位早上见到过的委托人兴高采烈地迎上前来，看上去是那么地迫不及待。“我一直在热切地盼着你们来，”她热心地握着我们的手大声说道，“一切都很顺利。罗伊洛特医生进城了，估计天黑前是回不来了。”

“我们已经荣幸地见过这位医生了。”福尔摩斯说道，接着他用几句话把经过说了一下。斯托纳小姐听着听着，嘴唇渐渐变得煞白。

“上帝啊！”她哭喊道，“他一直在跟踪我。”

“应该是这样。”

“他太狡猾了，以至于我不知道我什么时候是安全的。他回来后会怎么对付我呢？”

“他必须先让他自己受到保护，因为他知道，有个比他更狡猾的人在盯着他。你今晚必须把自己锁在房间里不让他进去。如果他发狂，我们就把你送去你姨妈的家里。现在，我们必须抓紧时间，所以请你马上带我们到那些需要检查的房间里去。”

这是一座用灰色的石头砌成的宅子，石壁上满是青苔，宅子的中部高高矗立，两侧是弧形的房间，像一对蟹钳似的向两边延伸开来。一侧房间的门窗是破碎了的，用木板钉着，房顶的一部分也坍陷了，俨然一副破败的景象。房子的中央部分也没怎么修葺，但是，右手边那一排房子相对比较新，窗子上挂着窗帘，烟囱上冒着袅袅青烟，表明这家人是居住在这里的。山墙边立着一些脚手架，石壁已经被凿穿了，可是我们到那里的时候并没有看见有工人在工作。福尔摩斯在那块还没有修剪好的草坪上缓缓地来回踱步，非常仔细地检查着窗子外部的情况。

“我猜这是你曾经居住的卧室，中间是你姐姐的卧室，靠着主楼的那间是罗伊洛特医生的卧室。”

“没错。但是我现在住在中间那间卧室里。”

“我想这是因为你的卧室正在修葺中吧。顺便说一句，那座山墙看上去好像并不需要急于修葺吧？”

“完全没必要，我认为那只不过是让我从我的房间里搬出来而找的一个借口。”

“啊，这里面很有问题。嗯，这排狭窄房间的另一边是那条三个房间的房门都对着的走廊吧？里面应该也有窗子吧？”

“有，不过窗子都非常窄小，人钻不进去。”

“既然你俩的房门晚上都是锁着的，从走廊那边进入你们的房间应该是不大可能了。现在，请你到你的房间里去，然后闩上百叶窗。”

斯托纳小姐按照他所说的做了。福尔摩斯很仔细地检查打开的窗子，并想方设法打开百叶窗，但就是没法打开，连用一把刀子插进去把窗闩撬起来的裂缝也没有。随后，他用放大镜检查了合叶，但是合叶是铁制的，牢牢地嵌在坚硬的石壁上。“嗯？”他摸着下巴，疑惑不解地说道，“看来我的推理遇到了些难题。假如这些百叶窗是闩好了的，没人能够钻进去，那么，我们来看看在房里是不是能找到些有用的线索。”

一扇小小的侧门通向刷成白色的走廊，这个走廊正对着三间卧室的房门。福尔摩斯没有检查第三个房间，所以我们直奔第二间，是斯托纳小姐现在居住的房间，也是她姐姐遭遇不幸的那个房间。这是一个很小且很简陋的房间，完全是传统乡村住宅的风格，天花板不高，还有一个敞开着的壁炉。房间的一个角落竖着一个带抽屉的褐色橱柜，另一角摆放着一张窄小的罩着白色床罩的床，窗子的左边放着一个梳妆台。这些家具加上两把藤椅就是这个房间的所有摆设了，此外在房间的中央还铺着一块四方形的地毯，房间周围的木板和墙板是褪了色的棕色橡木，布满了蛀孔，极其陈旧。看起来当年盖这座宅子时用的就是这些木板和墙板，一直没换过。福尔摩斯搬了一把椅子，放到角落里，静静地坐着，他的眼睛不停地环视着周围，仔细观察着房间里的每一个细节。

“这个铃通向哪里？”最后，他指着挂在床边的一根粗粗的拉铃的绳问道，那绳头的穗子实际上是搭在枕头上的。

“通向管家的房间。”

“看上去它比别的东西都要新一些。”

“是的，才装上一两年。”

“我猜是你姐姐要求装上的吧？”

“不是，我从来没有听说她用过，我们想要什么都是自己动手去拿的。”

“确实，看上去在那里安装这么好的一根铃绳没有必要。请原谅我要花几分钟时间检查一下地板。”他边说边趴到地下，手里拿着他的放大镜，迅速反复地来回移动，认真地检查着木板间的每条裂缝，然后同样认真地检查了房间里的墙板。最后，他走到床前，一动不动地凝视着床，然后又沿着墙壁来回查看，最后用力拉了一下铃绳。

“咦？这玩意儿只不过是个摆设。”他说道。

“没有响吗？”

“没有，甚至根本没有接上线。这多有趣，现在你能看到，这绳子正好是系在通风口上面的那个钩子上的。”

“多么可笑的做法啊！我以前一直没有注意到这个铃绳。”

“真是奇怪！”福尔摩斯一边拉着铃绳一边咕哝道，“这房间有几个地方非常地古怪。比如，建造房子的人是那么愚蠢，他完全可以把通风口通向屋外的，可是他却将它通向了隔壁的房间。”

“那也是最近才弄的。”那位女士说道。

“是和铃绳一起安装的吗？”福尔摩斯问。

“是的，那时还进行了几处改动。”

“这些东西实在太有意思了，摆设用的铃绳、不向外通风的通风口。斯托纳小姐，你要是不介意，我们能否到里面那一间去检查一下？”

格里姆斯比·罗伊洛特医生的房间和他继女的比起来要更为宽敞一些，但房间里的布置仍然很简单。一张行军床，一个小小的木制书架，上面摆满了书籍，大部分是关于技术方面的，床边放着一把扶手椅，靠墙放着的是一把普通的木椅、一张圆桌和一只很大的铁制保险柜，主要的家具就是这些了。福尔摩斯在房间里慢慢地踱步一周，把每件东西都很认真地检查了一遍。

“这里头装的是什么？”他敲敲保险柜问道。

“是我继父生意上的文件。”

“哦，这么说你看见过里面的东西了？”

“只见过一次，那是好几年前的事情了，我记得里面塞满了文件。”

“打个比方，里面会不会有一只猫？”

“不会，多么奇怪的念头！”

“那么，来看看这个！”他从保险柜顶上拿起一个盛着牛奶的小碟子。

“不，我们没养过猫，不过有一只印度豹和一只狒狒。”

“啊，是的，当然！嗯，一只印度豹和一只大猫也差不多大，不过，我敢说一碟牛奶恐怕远远不能满足它的需要。还有一点，我得搞清楚……”他在木椅前蹲下，认真仔细地把椅子检查了一遍，“谢谢你，基本搞清楚了。”说着，他站了起来把放大镜放回了口袋里。“喂，这件东西很有意思！”吸引他注意力的是挂在床头上的一根打狗用的小鞭子。不过，这根鞭子是盘成一个圈的，而且还打了活结。

“你是怎么看的，华生？”

“那只是一根很普通的鞭子。我只是不明白，为什么要打成活结？”

“这并不是很普通的鞭子吧，唉，这个充满罪恶的世界，当一个聪明人把脑子用在犯罪上的时候，那就真的太糟糕了。我想我现在已经看得足够多了，斯托纳小姐，如果你愿意的话，我们不妨到外面的草坪上走走。”

我的朋友在离开调查现场时，脸色是那么难看，一脸阴沉，这是我从来没有见到过的。我们在草坪上来来回回地走几遍，我和斯托纳小姐都不想打断他的思路，直到他自己停止沉思为止。

“斯托纳小姐，”他说道，“一切事情你都必须按照我所说的去做，这非常重要。”

“我一定照您说的做。”

“事情非常严重，不能有半点儿犹豫，你是否按我所说的去做关系到你的命运。”

“我保证，一切听从您的安排。”

“首先，我和我的朋友今晚都必须在你的房间里过夜。”我和斯托纳小姐都面带惊愕地看着他，“对，必须这样做，让我来解释一下。我相信那边就是你们的乡村旅店吧？”

“是的，那是克朗旅店。”

“很好。从那儿能看到你的窗子吗？”

“当然能。”

“等你继父回来后，你一定要把自己锁在房间里，然后假装头疼。等你听到他上床睡觉后，你必须打开你那扇窗户上的百叶窗，打开窗闩，在那儿放上一盏灯作为给我们的信号，然后带上你可能需要的东西，悄悄回到你以前住的房间。我一点儿也不怀疑，虽然那房间还在修葺当中，你还是能在那里住上一晚的。”

“哦，好的，没问题。”

“其他的事情就由我们来处理好了。”

“但是，你们准备怎么办呢？”

“我们要在你的卧室里待上一夜，把打扰你的那种声音调查清楚。”

“福尔摩斯先生，我相信，您已经下定决心了。”斯托纳小姐拉着我朋友的袖子说道。

“也许吧。”

“那么，求您告诉我，我姐姐的死因是什么？”

“等我掌握了更确凿的证据之后再告诉你吧！”

“至少请您告诉我，我的猜想是否正确，她是不是因为突然受到惊吓而死的？”

“不，我不这样认为。我想应该有某种更为切实的原因。好吧，斯托纳小姐，我们得走了，否则，如果罗伊洛特医生回来看见我们，我们这次行程就没有任何意义了。再见，勇敢一点，只要你照我说的去做，你大可放心，我们很快会把对你造成威胁的危险解除掉。”

我和夏洛克·福尔摩斯没费什么力气，就在克朗旅店订了一间卧室和一间起居室。我们的房间在二楼，从窗户可以俯瞰到斯托克莫兰庄园林荫道旁的大门和住人的那排房间。黄昏时分，我们看到格里姆斯比·罗伊洛特医生坐着马车经过，他那庞大的身躯在给他赶车的瘦小少年的映衬下，异常显眼。那男仆在打开沉重的大铁门时，动作稍微迟缓了点，我们就听到他嘶哑的怒吼声，而且看到他怒气冲冲地对着那个男仆挥舞着拳头。马车进了大门继续前行。几分钟过后，我们看到树丛里突然闪出一道灯光，原来是一间起居室点上了灯。

“你知道吗，华生？”福尔摩斯说道。此时，夜色逐渐变浓。我们坐在一块交谈，“我还在想，今天晚上你该不该和我一起去，因为确实有些危险。”

“我能帮得上忙吗？”

“你在场可能对我有很大的帮助。”

“那我一定得来了。”

“非常感激！”

“你说有危险，显然说明你在这些房间里看到了很多我没有看到的东西。”

“不，我想你和我看到的东西一样多，只不过我能多推断出一些东西。”

“除了那根铃绳，我没有看到任何引人注意的东西。我不得不承认，我实在想象不出那根铃绳有什么用处。”

“你也看到那个通风口了吧？”

“是的，不过我认为在两个房间之间开个小洞，也不是什么特别的事情。那洞口是那么小，甚至连耗子都很难钻得过去。”

“在我们来斯托克莫兰之前，我就料到，我们应该会发现一个通风口。”

“啊，亲爱的福尔摩斯！”

“哦，是的，我已经料到了。你记得吗？她曾经提到过她姐姐能闻到罗伊洛特医生的雪茄烟味，这不就表明在两个房间当中必定有相通的地方吗？而且它只能是很窄小的，否则验尸官是不会没有发现的，由此我推断是一个通风口。”

“但是，那有什么危害呢？”

“嗯，至少在时间上非常凑巧，凿了一个通风口，挂了一条铃绳，睡在床上的一位小姐丧了命。这些难道你没有注意到吗？”

“我还是看不出这些事情之间有什么联系。”

“你发现那张床有什么特别之处吗？”

“没有。”

“它是用螺钉固定在地板上的，你以前见过这样的床吗？”

“我不能说我见过。”

“那位女士无法移动她的床。那张床就必然始终处在一个相对的位置上，既面对着通风口，又对着铃绳，姑且我们可以称呼它为铃绳。因为有一点很清楚，它从来也没有被当作铃绳使用过。”

“福尔摩斯，”我叫喊道，“我对你的暗示似乎有所领悟了，我们正好来得及阻止某种阴险而恐怖的罪行。”

“的确是阴险而恐怖的。当一个医生步入邪道，他就会成为首要罪犯，因为他不但有胆量而且还有知识。帕尔默和气里查德就是他们之中的佼佼者，但这个人的手段更加高深。但是，华生，我想我们要比他更高明。不过天亮之前，让人担心的事情还有很多，看在上帝的份上，让我们安静地抽上一斗烟，休息一下。在这几小时的时间里，想点儿让人高兴的事情吧。”

大约九点钟的时候，树丛中照射过来的灯光熄灭了，庄园邸宅一片漆黑。两个小时缓缓地过去了，时钟刚刚到十一点钟的时候，我们的正前方突然出现了一盏灯，亮着明亮的灯火。

“那正是我们的信号，”福尔摩斯跳起身来说道，“是从中间那个房间里发出来的。”

在我们出门的时候，福尔摩斯和旅店老板交代了几句话，向他解释说我们晚上要去拜访一个老朋友，也许会在那里过夜。片刻工夫，我们就踏上了漆黑的道路，冷风萧瑟，吹打着我们的脸，昏黄的灯光在我们的前方闪烁着，趁着朦胧的夜色引导我们去执行险恶的任务。

由于庄园长年失修，院墙有不少缺口，所以我们很容易地进入了庄园。我们穿过树丛，又越过草坪，正准备跨过窗子进屋，忽然从一丛月桂树中，蹿出了一个看上去像畸形孩子一样的东西，它扭动着四肢纵身跃到草坪上，随后飞快地跑过草坪，消失在黑暗中。

“上帝啊！”我低声地惊叫道，“你看见了吗？”

这时，福尔摩斯和我一样，也很吃惊。他激动地用老虎钳一般的手攥住了我的手腕。然后，他很小声地笑了笑，把嘴凑近到我的耳边。

“真是很好的一家子！”他低声地说道，“这就是他的那只狒狒。”

我都已经忘记了这个医生所宠爱的奇特动物了。他还有一只印度豹呢！也许它随时都有可能跃到我们的肩上。我跟着福尔摩斯的动作，脱掉鞋，钻进了卧室。我承认，直到进了卧室，我才松了一口气。我的朋友不声不响地关上百叶窗，把灯挪到桌子上，将屋子的周围扫视了一遍。屋内的一切，和我们白天见到的没有什么不同，他踮着脚走到我跟前，把手圈成喇叭状，再次对着我的耳朵悄悄地说道：“哪怕一丁点儿的动静，也会破坏我们的计划。”声音轻得我只能勉强能够听到。

我点了点头，意思是我听清楚了。

“我们不得不在黑暗中坐着，他会从通风口看到亮光的。”

我又点了点头。

“千万别睡着，这是性命攸关的事情。把你的手枪拿出来，以防万一。我坐在床边，你坐在那把椅子上。”

我拿出左轮手枪，放在桌子角上。

福尔摩斯将带来的一根很细很长的藤鞭放在身边的床上，床边放了一盒火柴和一个蜡烛头。然后，他把灯吹灭了，我们就在黑暗中待着。

那次恐怖的守夜令我无法忘记。我听不见一点声音，甚至连呼吸的声音也听不见。但我知道，我的伙伴正瞪大着双眼坐在那儿，离我只有几步的距离，和我一样神经高度紧张。百叶窗把最微弱的光线都给遮住了，我们在一片漆黑中守候着。屋外偶尔传来几声猫头鹰的叫声，有一次就在我们的窗前传来两声猫叫似的长长的哀嚎，这表明那只印度豹确实在四处乱窜。我们还听到远处教堂传来的低沉的钟声，每隔一刻钟就重重地敲响一次。但是每个一刻钟都显得那么地漫长！十二点、一点、两点、三点，我们一直静静地坐在那里等待着可能发生的任何事情。

突然，一道亮光从通风口那个方向闪出，很快便消失了，但是随之而来的是一股燃烧灯油和加热金属的浓烈气味。隔壁房间里点亮了一盏遮光灯，我听到了微弱的移动的声音。接着，一切又变得安静下来。可是那气味却越来越浓烈。我竖起耳朵又坐了整整半个小时，突然，我又听到了另外一种声音——一种非常轻柔的声音，就像烧开的水壶嘶嘶地喷气声一样。在我们听到这声音的一刹那，福尔摩斯猛地从床上跳了起来，划了一根火柴，扬起他手中那根藤鞭狠狠地抽打了那根铃绳。

“你有没有看见，华生？”他大声地喊道，“你有没有看见？”

但是我什么都没看见。就在福尔摩斯划着火柴的那一刻，我听到一声低低的并且清晰的口哨声。但是，我疲倦的眼睛被突如其来的耀眼火光照着，使我无法看清我朋友刚才拼命抽打的是什么东西。但是我看到，他的脸布满恐怖和憎恶，脸色像死人一样苍白。

此时他已经停止了抽打，抬头注视着通风口，突然，一声我这辈子从未听到过的令人毛骨悚然的尖叫声，在黑夜的寂静之中爆发出来。这尖叫声越来越高，交织着痛苦、恐惧和愤怒。据说这尖叫声能令远在村里，甚至远教区的人们从睡梦中惊醒，这一叫声把我们也吓得魂飞魄散。我一步都没动，呆呆地望着福尔摩斯，他也呆呆地望着我，直到最后的叫声渐渐消失，一切又恢复到原来的寂静为止。

“这是什么意思？”我气喘吁吁地说道。

“意思就是事情就这样结束了，”福尔摩斯回答道，“而且，也许这是最好的结局。拿着你的手枪，我们到罗伊洛特医生的卧室去。”

他一脸严肃地将灯点着，领着我穿过走廊。他敲了两次卧室的房门都没有回音，他随手拧动了门把手，进入了房间，我紧随其后，手里拿着拉开保险的手枪。

在我们眼前出现的是一幅奇特的景象。一盏遮光板半敞开着的遮光灯放在桌上，一道亮光照到柜门半掩着的铁保险柜上。格里姆斯比·罗伊洛特医生就坐在桌边的那把木椅上，身上披着一件灰色的长睡衣，一双赤裸的脚脖子暴露在睡衣下面，脚上穿着一双红色土耳其无跟拖鞋，我们白天看到的那把短柄长鞭就横放在膝盖上。他的下颚向上翘起，双眼恐怖地、死死地盯着天花板的一角。他的额头上盘着一条很特别的、带有褐色斑点的黄带子，那条带子似乎紧紧地绕在他的头上，我们进门的时候，他没有出声，一动不动。

“带子！带斑点的带子！”福尔摩斯压低声说道。

我向前迈了一步，只见他那条很特别的黄带子开始动了起来，从他的头发中间竟然钻出一条又粗又短的毒蛇，它的头部呈钻石状，脖子鼓胀着，真是令人恶心。

“这是条沼地蝰蛇！”福尔摩斯叫喊道，“印度最毒的毒蛇。

医生被咬后不到十秒钟就死了。真是害人害己，阴谋家自己挖的陷阱要了自己的性命。我们先把这东西弄回到它的窝里去，然后我们就能把斯托纳小姐安置到一个安全的地方，然后再告诉地方警察到底发生了什么。”

说着，他迅速拿起死者膝盖上的鞭子，甩过活结套住蛇头，把它从恐怖的栖息地拉了起来，伸长了手臂把它甩到保险柜里，然后顺手关上柜门。

斯托克莫兰的格里姆斯比·罗伊洛特医生死亡的真实过程就是这样。这个叙述已经太长了，至于我们怎样把这悲痛的消息告诉那被吓坏了的小姐，怎样乘坐早车把她送到她哈罗的姨妈家，漫长的警方调查是如何最后得出结论，认为医生是在不明智地把玩他豢养的危险宠物时丧命的等等，在这里就没必要多加赘述了。对于这件案子我还有些不太了解的情况，第二天在回城的路上，福尔摩斯都告诉了我。

“亲爱的华生，”他说道，“我曾经作了一个错误的结论，这说明在材料不充分的情况下进行推论是多么危险，那些吉卜赛人的出现，那可怜的小姐所用的‘band’这个词，一定是她在火柴光下仓促看到的东西，这些情况足以引导我去追踪一个完全错误的线索。当我发现那威胁到屋内人安全的危险既不能从窗子而来，也不能从房门而来后，我立刻重新考虑我的想法，我觉得只有这一点才是我的成绩。正如我以前对你说过的那样，我的注意力迅速地转移到那个小通风口和那个悬挂在床头的铃绳上来。此后我发现那根铃绳只不过是个摆设，那张床又是被螺钉固定在地板上的，这两件事立刻引起了我的怀疑，我怀疑那根铃绳只不过是为了让什么东西钻过通风口来到床上而架起的一座桥梁。于是我立刻就想到了蛇，我知道医生豢养了一些来自印度的动物，我把这两件事情联系起来，我发现我的思路很可能是对的。使用一种无法用任何化学试验检验出来的有毒物质害人，这样的念头正是一个受过东方式训练的聪明而冷酷的人才能想得到的。医生认为，这种毒液的可取之处就在于能够迅速发挥作用。的确，如果哪位验尸官能够发现被那毒牙咬过的两个小黑洞，那他的眼光就算是非常敏锐了。然后，我想到了那口哨声。当然，天一亮他就必须把蛇召回去，以免被他想要谋害的人发现。他训练那条蛇能一听到口哨声就回到他那里，很可能用的就是我们看到过的牛奶。他会在他认为最适当的时候把蛇送过通风口，保证它会顺着绳子爬到床上。蛇可能会咬床上的人，也可能不会，也许她整整一星期都能够每晚幸免于难，但她迟早逃脱不了厄运。

“在我进入他的卧室之前就已经得出了这个结论。我检查了他的椅子，发现他经常站在椅子上，为了够得着通风口，有把椅子是很必要的。后来见到保险柜，那一碟牛奶和打成活结的鞭绳就足以消除我余下的全部疑问了。斯托纳小姐听到的金属叮当声很明显是因为他继父匆匆忙忙把他那条可怕的毒蛇塞进保险柜而引起的。之后我做出了决定，后来我采取了什么步骤来验证这件事你已经知道了。我听到那蛇嘶嘶作响时，我想你肯定也听到了，我马上划着了火柴并用力地抽打它。”

“结果把它赶回了通风口。”

“到头来还让它在另一边咬了它的主人一口。我用藤鞭子把它抽打得很厉害，彻底激起了它的毒蛇本性，所以它就对第一个见到的人狠狠地咬了一口。这么说来，我无疑要对格里姆斯比·罗伊洛特医生的死负有间接责任。但是老实说，我是不会为此而感到愧疚的。”

工程师的大拇指案

在我和福尔摩斯交往十分密切的那些年月里，他解决了许许多多的难题和案子。但是在这其中，只有两件案子是通过我介绍给我的朋友福尔摩斯的，一件是哈瑟里先生的大拇指案，另一件是沃伯顿上校的发疯案。在这两个案件中，沃伯顿上校的发疯案似乎更受那些敏锐而且又有独特见解的读者们喜欢一些，但是我个人认为，哈瑟里先生的大拇指案不仅在开始就显得异常地不同寻常，即使是在它所有的细节上也是极富戏剧性的，因此我认为它理所当然应该地比后者更值得人们关注一些。即使在整个案件中，福尔摩斯在破案中惯用的推理方法根本没派上什么用场，而以往的事实告诉我们，福尔摩斯正是凭借着这些富于理据的推理取得那些突出成就的。可以肯定的是，这个故事在报纸上的报道不止一次两次了，但是雷同于所有类似的事件，即使有印刷品用整版整版的篇幅来对它进行大肆渲染，它的震撼力也仅限于一般而已，若想亲身体验震撼的感觉，你首先必须亲身体验这个故事，看着所有的故事情节慢慢地在你的眼前呈现，每一个崭新的发现都能让你觉得疑点在慢慢减少，而真相逐渐变得触手可及。我是亲身感受如此强烈震撼的，当时的环境、氛围就给我刻下了深刻的烙印，即使现在两年时间过去了，仍然难以消减这种影响。

接下来我扼要地讲述一下这个故事，那是在一八八九年的夏天，当时我新婚不久，住所离福尔摩斯所在的贝克街道的公寓并不是很远，尽管那时候我偶尔会去拜会他，甚至还绞尽脑汁地想要说服他让他舍弃他那豪放不羁的性格，也来回访我们，但是这似乎并不奏效。

我最终搬离了那个地方，回到了城市重操旧业。由于我的住所离帕丁顿车站并不是很远，也救治了一些铁路员工，因此我的生意开始渐渐地有所起色。在这些人中，有一位员工的痛苦难缠而且相当顽固的疾病被我治愈了，也正因为如此，他总是不遗余力地向所有人宣传我医术高超，而且只要他可能认识的病人，他都要介绍他们到我这里来就医。

有一天早上，大概七点钟左右，我被仆人急促的敲门声惊醒了，他说有两个从帕丁顿车站来的病人，现在正在候诊室里等候。经验告诉我，火车上不出事则已，一出事绝对非常严重，于是我火速穿好衣服，狂奔下楼。刚到楼下，我的老伙计，那个铁路员工正好从候诊室里出来，并且轻轻地带上了他背后的门。

"我把他带到这儿来了。"他悄悄地对我说，并且越过他的肩膀，用他的大拇指回指着身后，"他现在好多了。"

"这是怎么回事？"我问他，因为他的行为和表情让我感到好像关在我的候诊室里的人是个怪物一样。

"这是一个新病人，"他悄悄地说，"我想我应该亲自把他带过来，这样他就不会偷偷地溜走了。他现在在里边很安全而且已经安静下来了。我现在必须要走了，医生，我跟你一样，还得去值班呢。"说完这些之后，他就走了，甚至连让我感谢他的时间都没有给我。

我打开候诊室的门，发现一位男士就坐在桌子边上。他的衣着朴素，穿着一套粗花呢衣服，戴着一顶软帽子，帽子已经取下来放在了我的书上了。他的一只手上缠了一块手帕，手帕上面沾满了斑斑点点的血迹。他很年轻，估计还没超过二十五岁，脸庞看起来阳刚成熟，但是脸色却极其苍白。看起来他正在承受什么非常强烈的激动情绪，这种情绪强烈到需要他极力忍耐才能控制得住。

"华生，我很抱歉一大早就把你吵醒了。"他说，"但是就在昨天晚上，我经历了一件十分恐怖的事情。今天一早我就坐火车过来了，想在帕丁顿找到一位医生，一个能够很好地医治我的医生。我给了你的仆人一张名片，但是我发现他把名片落在桌子边上了。"

我拿起名片来看了看，上面写着："维克多·哈瑟里先生，水利工程师，维多利亚大街16A3楼。”这就是我今天清晨来客的姓名，职业和住所。

“很抱歉让你久等了，”我在我的候诊室的椅子上坐下来，对他说，“看得出来，你刚从夜晚的旅途中解脱出来，夜间乘车本来就是一件非常单调沉闷的事情。”

“噢，我的这个夜晚可不单调沉闷。”他一边说，一边禁不住笑了起来，这是一种发自内心的笑，笑声高亢而响亮，他往后靠在椅子上，整个身体仿佛都随着他的笑而晃动。这笑声引起了我出于医学本能的极大的反感。

“别笑了，”我几乎是喊出来的，“你安静一下吧！”同时从旁边的玻璃水瓶中给他倒了一些水。

但是这并没有起什么作用。他的状态接近于一种歇斯底里式的爆发，这是一种性格坚强的人在承受了一场巨大危难之后所产生的歇斯底里。没过多久，他就慢慢地安静下来了，面色苍白，看上去非常疲倦。

“我看上去一定很傻。”他喘着气说。

“别那么说。喝点这个吧。”我冲了一些白兰地到水里，他喝了之后，面颊红润了些，看上去比刚开始有血色多了。

“我好多了！”他说，“但是现在，医生，或许你应该好好地检查一下我的大拇指，或者说应该好好看看我的大拇指原来所在的那个部位。”

他解开手帕，把手露了出来。即使是铁石心肠的人，也不忍目睹。他的手上只有四根手指头，还有一大片触目惊心的红色，而在他的大拇指原来所在的地方只剩下一堆海绵状的皮肤。就好像他的大拇指是直接从根部被劈下来的，或者是被扯下来的。

“天啊！”我抑制不住地大叫了出来，“这太惨了，肯定出了很多血。”

“是的，确实如此。当这一切发生的时候，我昏迷了，我想我肯定很长一段时间都毫无知觉。当我苏醒过来的时候，我发现它仍然在流血，于是我就拿着我手帕的一端绕着我的手腕紧紧地绑了一圈，并且最后用一个小东西把它固定住了。”

“你做得很对！你原本应该做一名外科医生才对！”

“这是一个水利问题，你看，本来就属于我的专业范围。”

“这应该是被一个很重而且很锋利的工具伤的。”我边检查他的伤口边说。

“就像屠夫用刀剁的一样。”他说。

“我猜，这是一个意外事故吧？”

“当然不是。”

“怎么！难道是一个谋杀案？”

“确实是十分凶险的案子。”

“太可怕了。”我用海绵擦拭着他的伤口并清洗干净，然后将它包扎好，最后用脱脂棉和消毒绷带将它包裹起来。他往后靠着，一点儿退缩害怕的样子也没有，尽管他时不时地咬着嘴唇。

“现在感觉怎么样？”当我处理完一切之后问他。

“棒极了！通过你的白兰地和你的包扎，我感觉自己已经像变了一个人一样。尽管我还是虚弱无力，但是接下来我还有很多事情要做。”

“你最好还是不要谈论这件事情。因为很明显，你每次谈到的时候，对你的神经都是一种很大的折磨。”

“哦，不，现在已经不会了，我必须把这件事情报告给警察。但是，我现在可以跟你说，如果不是我自己所受的伤，警察会相信我所说的话才怪呢，因为这件事情本身就离奇古怪，而我的证据又十分稀少。况且，即使警察相信了我，就拿根据我提供的这些模糊的线索来说，也很难找出充分的理由去让他们相信。我能否获得公正的裁判还是个问题。”

“哈！”我喊道，“如果你真的有一些问题非常希望得到解决的话，那么在你去警察局之前，我强烈推荐你去见见我的朋友，夏洛克·福尔摩斯先生。”

“哦，我听说过这个人，”我的来客回答道，“而且如果他愿意受理我的这桩案件，我会十分高兴的，但是尽管如此，我想我还是会同时求助于警察。你能帮我引荐一下吗？”

“我当然非常乐意，我还会亲自带你去见他。”

“太感谢你了。”

“我们叫一辆马车一起去吧，可能还正好能赶上跟他一起吃早餐呢。但是你的身体还好吗？”

“好着呢，更何况要是不说说我的遭遇的话，我是永远不会舒服的。”

“那好，我的仆人会去给我们叫马车，我很快就下来跟你一起去。”我快步走上楼，简短地对我妻子说了几句话，五分钟之后，我就已经跟我这位新结识的朋友坐着马车来到了贝克大街。

正如我想象的那样，夏洛克·福尔摩斯正穿着他的睡衣悠闲地躺在起居室里看《泰晤士报》上的专栏，只见他嘴里叼着烟斗，这是他每次早餐前必备的功课。烟斗里放的是前一天吸烟时剩下来的烟丝，都被精心烘干过之后放在壁炉架上。他亲切而友好地接待了我们，并叫仆人端上来了一些新鲜的肉片和鸡蛋，为我们准备了一顿丰盛的早餐。我们吃完之后，他把我的新朋友安置在沙发上，拿了一个枕头放在他的脑后，并且倒了一杯加了水的白兰地。

“哈瑟里先生，看得出来你的遭遇肯定是与众不同的。”福尔摩斯说道，“请躺在沙发上彻底放松，不要有任何的压力和担忧。把你能告诉我们的一切慢慢讲出来，累了就休息一会儿，喝口酒提提神。”

“谢谢你。”我的病人说，“自从这位医生给我缠上绷带之后，我就已经好多了，您的早餐更让我感到完全康复了。我就不浪费你宝贵的时间了，我现在就开始跟你讲讲我的奇怪的经历吧。”

福尔摩斯在他的大椅子上坐了下来，他的面部表情开始变得沉重起来，将他那热切的心情和敏锐的眼神掩饰了起来，我坐在他的对面，静静地倾听着这位客人给我们详细讲述着一个离奇的故事。

“你们一定知道，”他说，“我是一个孤儿，也是一个单身汉，独自一个人住在伦敦的家里。我的职业是一个水利工程师，在我参加工作的七年时间里，我一直是格林威治有名的维纳和马特森公司里的学徒，也正是在这段时间里，我收获了相当宝贵的非常丰富的工作经验。两年前，我的学徒期满了，加上我父亲的突然过世，让我获得了一笔可观的遗产，于是我决定开始自己创业，并在维多利亚大街开始了自己新的工作生涯。

“我相信，每个人都会发现，第一次独立创业是十分枯燥乏味的。对于我来说尤其如此。在两年的时间里，我只受理过三次简单的咨询和一件小活，这就是我的职业带给我的全部东西，我总共赚了二十七英镑十先令。每天，我在我的办公室里从早上九点一直等到下午四点，直到后来我彻底死心了，我终于知道我可能再也无法获得一丁点儿的业务了。

“但是，就在昨天，当我准备离开办公室的时候，我的一个职员跑来告诉我说，有位绅士想见我，和我谈点儿业务，同时他也给了我一张名片，上面写着‘莱桑德·斯塔克上校’。看完名片之后，我就见到了斯塔克上校本人。他个子很高，极其瘦削。我想我还从来没见过那么瘦的人。他的整个面部瘦得只剩下鼻子和下巴了，脸颊也瘦成皮包骨了。但是看得出来，他的这种瘦是天生的，而并不是疾病导致的，因为他的眼睛看上去明亮有神，步伐劲健有力，举止灵活自如。他的穿着朴素整齐，年龄估计四十岁的样子。

"'你就是哈瑟里先生吧？'他的声音听上去有一些德国口音，'哈瑟里先生，听说你不仅是一个谙熟业务的人，同时又是一个谨慎保密的人，于是我就来拜访你了。'我觉得十分受用，我相信任何人在听到这样的恭维之后也禁不住要洋洋自得。'你能否告诉我，谁告诉你这些的呢？'

"'哦，我想现在还是不告诉你这些为好。我还听说你是一个孤儿，同时也还是单身，独自一个人住在伦敦。'

"'你说的这些都非常正确。'我答道，'但是请原谅我，因为我觉得你现在说的这些，跟我的业务范围实在没什么太大关系，我相信你来找我肯定是为了一些业务上的事情吧？'

"'确实是为了一些业务难题，但是你一会儿就会发现，我没说半句废话。我们想委托你办件事，而且是绝对需要保密的，你知道吗？我们希望接手我们这件事情的应该是一个单身独居的人，而没有跟家族人住在一起。'

"'如果我承诺了要保密的话，'我说，'你完全可以相信。'

"在我说话的时候，他用质疑的眼神一直紧盯着我，我还从未见过这样的眼神。

"'那么你能保证吗？'他后来说。

"'是的，我能。'

“‘在事情的整个过程中，你都能始终保持彻底的沉默吗？就是说，丝毫不跟外人提起这桩业务，无论是以文字的形式还是口头的形式？’

“‘我可以完全保证。’

“‘很好。’他突然跳了起来，飞速地冲到门边，打开门看了看。外面的走廊空空的，一个人也没有。

“‘那么很好！’他之后走回来说，‘我知道公司的职员很多时候会对上司的事情感到好奇。但是现在我肯定我们的交谈是没人偷听的。’他把他的椅子移到离我很近的地方，又开始用那种充满猜忌和质疑的眼神盯着我看了。

“突然我的内心深处开始对这个骨瘦如柴却有着奇怪行径的人生出来一种厌恶和类似于恐惧的感觉。即使我不愿意失去顾客，但是我仍然抑制不住自己不耐烦的情绪。

“‘请你尽快告诉我到底是什么业务，先生。’我说，‘你要知道我的时间也是有一定价值的。’真希望老天能原谅我最后说出来的那句话，但是我不禁脱口而出。

“‘我给你一晚上五十个畿尼的报酬怎么样？’他问我。

“‘可真不少。’

“‘虽然我说的是需要一个晚上，但是事实上很可能只需要一个小时。我只是希望你能够去检查一个齿轮松脱了的水利冲压器，然后给出意见就好。只要你告诉我们哪里出问题了，我们自己就能很快修好。你认为这个业务怎么样？’

"'事情和报酬好像不怎么匹配啊，事情听起来很容易，但是报酬却实在是太多了点。'

"'确实是这样。同时想请你今天晚上搭最后一班火车过来。'

"'去哪里呢？'

"'去位于博克郡的埃弗顿，它是位于牛津郡旁边的一个小地方，离雷丁不到七英里，从帕丁顿到那里的火车大概是在十一点十五分的样子。'

"'很好。'

"'我会乘辆马车来接你。'

"'也就是说还要坐一段时间的马车了？'

"'是的，我们那个小地方离城镇还有一段距离。从埃弗顿车站到我们那里可能还要走七英里的道路。'

"'这就意味着我大概是午夜时分到你们那里了。我想到那时候也没有回来的火车了吧！那样我只能在那里过夜了。'

"'是的，但是为你安排住宿对于我们来说并不困难。'

"'不过那也很不方便，我不能在其他更方便的时候去那里吗？'

"'你最好还是晚上过来。也正是因为考虑到这个业务会带给你的种种不方便，我们才会对你这样一个年轻而且毫无经验的人开那么高的价。不然的话，有这些钱，我们已经可以请到你这一行的权威人士了。当然，如果你不想接手这个业务的话，现在拒绝还来得及。'

“我当时想得到五十个畿尼，你知道吗？这笔钱对我将是多么有用！‘不，一点儿都不，’我说道，‘我会很乐意接手这个业务的，非常愉快地接受你的安排。但是，我想了解得更多一点，你具体希望我做些什么呢？’

“‘当然会告诉你的。我们一再让你严守秘密，这本身就会唤起你的好奇心，这是再自然不过的了。我们并不想让你去办事却不让你清楚对方的底细。我们现在说话安全吗？你确定没有人偷听吗？’

“‘绝对没有。’

“‘事情是这样的。我想你应该知道漂白土吧，那是一种很珍贵的矿藏，而且时至今日只在英格兰的一两个地方能找到了。’

“‘嗯，我听说过。’

“‘就在不久之前，我在离雷丁不到十英里的地方买了一块很小很小的地。幸运的是，在这一小块地里，我发现了一些漂白土。在仔细勘探之后，我发现我地里的矿床较小，而在它连接的左边和右边的两块地里的矿床却大得多。但是，这两块地是我邻居的。到目前为止，这些单纯的村民们对地里埋藏的和金矿一样贵重的东西还毫不知情。自然而然，我就想在他们发现这个事实之前把他们的土地买下来。然而不幸的是，我没有足够多的钱来购买他们的地。我把这个秘密告诉了我的几个朋友，他们建议我把我地里的这一小部分漂白土先开采出来，当然这一切都要悄悄地、秘密地进行，这样的话就可以赚到一些钱，然后我们就有能力去购买邻居的那些土地了。我们已经这样干了很久。同时为了帮助我们能够顺利进行这项工作，我们还添置了一台水压机。但是就像我跟你说过的那样，这台水压机最近出了问题，因此需要你提供一些修理的建议。我们很谨慎地保守着我们的秘密，因为一旦有人知道我们请了一个水利工程师过来，人们很快就会对此感到好奇，并且想知道这是怎么回事。如果一旦事实被别人发现，那么购买土地开矿的计划就会落空。这就是我一直要你承诺不会将你今天晚上到埃弗顿的事情泄露出去的原因。你都听明白了吗？'

"'我听得十分明白，'我说，'我唯一不太明白的就是你们开挖漂白土，要水压机干什么呢？据我所知，漂白土是像从矿坑里掏沙砾那样挖出来的。'

"'啊！'他漫不经心地说，'我们有自己的想法。我们用水压机把所有的漂白土压成砖块，这样在运输的时候，别人就不知道是什么了，但这是一个很小的细节。哈瑟里先生，我已经把所有的事情都告诉你了，相信你也看得出来我有多么信任你。'他一边说一边站了起来，'那么十一点十五分的时候在埃弗顿车站见。'

"'我会准时到那里的。'

"'记住不要跟任何人提起。'他还是用那种质疑的眼神看了我一段时间，用他阴湿且冰冷的手握了握我的手，然后就迅速起身离开了房间。

“当我后来冷静下来，就所有发生的事情，就这件突如其来的业务进行全盘考虑的时候，我自己也感到十分震惊。一方面，对于他们开出的酬金我是十分高兴的，因为这个价钱至少是我提供给我顾客的十倍，而且很有可能完成这项业务之后，更多的业务会纷至沓来；另一方面，我的这位客人的脸色和行为举止实在是让我不快，而且我认为他关于漂白土的解释不足以使我深信有必要深夜前往，也不能解释他为什么如此担心。然而最后，我把我所有的这些担忧都置于脑后，在享受了一顿丰富的晚餐之后，我坐火车到了帕丁顿，而且在出发之前没对任何人提及此事。

“在雷丁，我不仅需要换车，同时还要换车站。但是我仍然及时赶上了最后一班到埃弗顿的火车。十一点之后，我到达了那个光线灰暗的小车站。在那里下车的人只有我一个，在站台上除了一个提着灯笼在打盹的搬运工人外，再也没有一个人影。当走出车站的大门之后，我发现早上来的那位朋友正在马路对面的暗处等着我。他没有说一句话，就抓住我的手臂，并且迅速地把我拉到了马车里面，马车的门始终是开着的。他把两边的窗户都关了起来，敲了敲马车的木门，接着马就奔驰而去。”

“只有一匹马吗？”福尔摩斯突然打断道。

“是的，只有一匹马。”

“注意到马的颜色了吗？”

“是的，当我踏进马车的时候，借着仅有的灯光，我看到了它是栗色的。”

“那马看上去是很疲惫还是很有精神？”

“哦，精神百倍而且毛色看上去也很光滑。”

“谢谢，很抱歉打扰了你。你的讲述很有趣，请继续吧！”

“然后我们就出发了，马车行驶了将近一个小时。莱桑德·斯塔克上校以前跟我说只有七英里，但是从我们行驶的速度和时间来看，差不多有十二英里。上校一直坐在我的旁边一声不吭，而且我发现，每次我朝他的方向看过去的时候，他也总是紧张兮兮地盯着我。那条乡村的道路似乎不太好，因为一路上我们都颠簸得十分厉害。我试图透过车窗看看外面，以确定一下我们到底经过了哪些地方，但是车窗都是用毛玻璃做的，除了偶尔经过亮着灯的地方看见一些微弱的光之外，什么东西都看不到。时不时地，我会故意找些话茬来试图打破这个旅程的枯燥乏味，但是上校都只用只言片语来敷衍了事，于是谈话很快就又陷入了僵局。后来，原先那条颠簸的道路变成了平整的碎石路，马车也开始不再那么颠簸了。莱桑德·斯塔克上校跳了出来，我也跟着他跳了出来，他猛地把我拉到前面的门廊上面。我们向前走着，就好像是刚出马车就立即进入了大厅，让我根本没有办法稍微看看房子的正面。刚一进门，就听到门在我身后重重地被关上了，同时隐约地听到了渐行渐远的马车车轮声。

“房子里面一片漆黑，上校先生到处摸索着，看样子是在找火柴，并且嘴里还在嘟囔着些什么。在走廊的另一边，有一扇门突然打开了，在我们的前方出现了一道长长的金色亮光。慢慢地，随着亮光越变越宽，出现了一个手里提着一盏灯的女子，她把灯举在头上，朝前看着我们。她非常漂亮，从她穿的黑衣服上反射的灯光来看，就知道那是很华贵的衣料。她用外语说着什么，好像是在问什么问题。当上校用相当粗暴的语气回答她的时候，她感到非常吃惊，灯笼差点儿从她的手上掉下来。斯塔克上校连忙走了上去，在她的耳边嘀咕了一些什么，就把她往房间里面推。然后他就向我走了过来，手里提着那个灯笼。

"'要劳烦你在这个房间里面待上一会儿。'他一边说，一边推开了另外一扇门。我慢慢看了看四周，这是一间安静的、不大的，而且装修也很简单的房子，房子中间有一张圆桌，上面随意地放着几本德语书，斯塔克上校把灯笼放在门旁边的手风琴顶端。

"'我不会让你等太长时间的。'说完他就没入了夜色之中。

"我翻了翻桌面上的那些书，尽管我不懂德语，但是我仍然能够看出其中有两本书是科学论文集，其他的是诗集。放下书本，我走到窗户旁边，想看看这个乡村的景色，但是一个橡木的百叶窗把窗户遮得密不透风。这个房间里实在是太安静了，除了走廊上不知何处的一只旧钟在滴答滴答作响之外，一片死寂。突然，一种不祥的预感开始涌上我的心头：这些德国人是什么人物？他们住在这样一个奇怪偏僻的地方做什么？而且这里是哪里？我只知道自己现在已经远离埃弗顿车站十英里或者更远了，但是这究竟是在车站的什么方位，我却一点概念都没有。

“如果是这样的话，那么雷丁，可能还有其他的一些大的城镇都在十英里的范围之内，那么这个地方就肯定不偏僻。但是当时那么安静，我确信当时一定是在一个乡村里面。我在房间里面来回地踱着步，轻轻地哼着一些小调子来稳定自己的情绪，并且始终让自己确信只不过是为了赚五十畿尼的酬金来到这里的。

“突然，在这种极度的寂静中，没有任何预备地，我房间的门突然被慢慢地打开了。刚开始出现的那个女人站在门缝里，她的后面仍旧是一片黑暗，从我房间灯笼中发出来的微黄的灯光照出了她脸上的焦虑和美丽。我看到她的神色惶恐不安，这种感觉让我的心不禁打了一个寒战。她举起她的一只手指暗示我保持安静，由于紧张她的手指也剧烈地抖动着，同时很快对我说了句不太熟练的英语。她就像一匹受了惊的马驹，时刻望着自己身后的那片黑暗。

“‘我如果是你，我就跑了，’她说着，好像是努力想让自己说得轻松些，‘我是你的话，肯定离开了。你待在这里不会有好处的。’

“‘但是，夫人，’我说，‘我还没有完成任务呢。在我还没有看到那台机器之前，我是不能离开的。’

“‘你继续在这里等下去是不值得的，’她接着说道，‘你从这扇门跑出去，没有人会阻挡你的。’我笑了笑，并且摇了摇头，她看到我的反应之后，突然不顾一切地走上来了一步，并且双手紧握。‘看在上帝的份上！’她低声说道，‘快点儿离开这里吧，否则就来不及了！’

“事实上，我生性就固执，我在做一件事情的时候遇到的阻力越大，我反而会更加坚定不移。我想起了那五十畿尼的酬金，想起了那令人厌倦的旅行，同时也想起了可能要经历的不愉快的夜晚。难道让这所有的一切都付诸东流吗？为什么还没有完成我的任务，甚至还没有拿到我该得的报酬就偷偷溜走呢？这个女人也许是一个偏执狂。因此，尽管她的言行举止使我大为震惊，远远超过了我愿意承认的程度，但是我仍然摇了摇头，一副态度坚定的样子，表明我想继续留在这里。她正想再次对我进行劝说时，头顶上突然响起了一声重重的关门声，然后楼梯上传来了脚步声。她静静地听了一阵子，晃动着她的手摆出了一个绝望的姿势，然后就迅速消失了，一点儿声音也没有，就像她出现的时候一样。

“这个新来的人正是莱桑德·斯塔克上校，另外还有一个矮矮胖胖的男人，在他双下巴的褶皱里面长着一些栗色胡须，斯塔克上校说他叫弗格森先生。

“‘这是我的秘书兼经理，’上校先生说，‘顺便说一句，我刚刚离开的时候好像是把门关起来了吧，因为我担心你会被风

吹着。’

“‘相反，’我说，‘是我自己把门打开了，因为我觉得这房间有些闷。’

“他又用他狐疑的眼神看了看我。‘那么，接下来我们应该开始谈论我们的业务问题了吧，’他说，‘弗格森先生和我会带你到楼上去看看那台机器。’

“‘我想我最好把帽子戴上。’

“‘哦，不用戴帽子了，机器就在房子里面呢。’

“‘什么，你在房间里面挖漂白土吗？’

“‘没有，没有，这里只是我们压缩的地方，别太介意了。我们所希望你做的事情就是检查一下机器，然后告诉我们出了什么问题。’

“接下来我们就一起上楼了，上校拿着灯走在最前面，胖经理和我走在他的后面。这是一座迷宫似的古老建筑，里面布满了走廊、过道、窄窄的盘旋的楼梯和小小的矮门，门槛由于几代人的踩踏已经凹陷下去了。除了一楼之外，上面的楼层都没有铺设地毯，也没有任何家具的痕迹，墙上的塑料画都已经剥落了，在灯光的照射下反射出一些暗绿色的、难看的斑斑点点。我尽量让自己假装不在乎所看到的这一切，但是我却始终没有忘记那位夫人的警告，虽然我还是不太在意，但我仍然很警惕地注意着我的两个同伴。弗格森看上去是一个沉默寡言的人，但是从他说的不多的言语中，至少能够推断出他是上校的同胞。

“莱桑德·斯塔克上校最后在一个开着的矮门前面停了下来。门太小了，以至于我们三个人都不能同时进去。门里面是一个小小的四方空间。弗格森留在了外面，上校把我带到了屋里。

“‘我们到了，’他说，‘我们现在实际上是在水压机里。如果有人把这台机子启动的话，对于我们谁来说都将是一件可怕的事情。这个小房间的天花板事实上就是下降活塞的末端，在这个金属地板的重力作用下，这个天花板会掉落下来。在这个外边的侧面有一些小小的水柱，受压后会按照一种你十分熟悉的方法将这些力量进行传导和混合。其实机器一直都运转得很稳定，但就是有些不灵活，因此浪费了一部分压力。请你用心地去检查一下，然后告诉我们怎样才能修好。’

“我从他的手上把灯接了过来，彻底地检查了这台机器。这真的是一个庞然大物，并且能够承受住巨大的压力。但是当我检查它的外部，并且拉下操纵杆时，我马上通过它搅拌的声音判断出这个机器内部有一个微小的裂缝，正是这个裂缝使得水流通过圆柱体的一边倒流回来。通过检查发现，原来是这个机器杠杆顶部的一个橡胶圈磨损了，使得它无法完全填满带动运转的插头。很明显，这就是动力不足的原因所在，我把破损点给他们指了出来。他们在听了我的话之后，仔细地在机器上检查着我说的那些地方，并且问了我好几个如何让这个机器良好运转的实际问题。当我把一切跟他们解释清楚之后，我回到主机房里，出于好奇，仔细地检查了这个小房间。我稍微一看，就立即明白上校说的那个关于漂白土的故事明显是编造出来的。因为如果这样一台庞大而且如此有力量的机器仅仅是为了他说的那样一个目的，那真是荒唐透顶。房子的墙壁是木头做的，但是地板却是由一个大大的铁槽构成的。当我开始察看地面时，我发现地面上到处都是金属碎片。我蹲下身来，想看个究竟，正在这时，我突然听到声德国口音的惊呼，声音里充满了紧张和害怕，我顺着声音望过去，看到了一张如死尸般苍白的脸孔——上校正往下看着我。

"'你在那里做什么呢？'他问。

"当时由于我识破了他精心编制的故事，变得非常生气。'我正在欣赏你的漂白土呢，'我对他说，'如果我早些知道你们机器的真正用途，那么我一定可以给你们一些更好的建议。'

"我这些话一说出口，就立即为自己的冲动感到后悔了。他的脸色这时变得极其难看，灰色的眼睛里射出了冷酷的光芒。

"'很好，'他说，'我会让你知道关于这个机器的一切的。'他向后退了一步，重重地关上了那扇小门，紧接着我就听到了上锁的声音。我立即冲到门边上，并且拉扯着门闩，但是门关得严严实实，无论我怎么踢和拉，它都丝毫没有反应。

"'喂！'我大叫着，'喂！上校！让我出去！'

"突然，在一片死寂之中，传来了一个声音，使我的心都快跳出来了——是杠杆拉动发出的当啷声，同时还有那个已经有缝隙的水管发出来的哗哗声。显然，他已经启动了那台机器。灯仍然静静地躺在地板上，是我蹲下去看那些金属碎片时就在那儿的。灯光使我看见那个黑色的天花板正慢慢地、抖动着向我压了下来。没有人比我更清楚了，在这种力量的作用下，我在一分钟之内就能被压成肉饼。我大声呼救，使劲儿地拍打着门，用指甲抠着那把锁。我大声恳求上校把我放出去，但是无情的杠杆发出的声音淹没了我的呼喊声。天花板距离我只有一两英尺了，我举起手来，甚至能够感觉到它坚硬冰冷、粗糙的表面。然后我的头脑中迅速出现了痛苦的死亡想象，我甚至想到一个人死亡时的痛苦在很大程度上取决于他死亡时的姿势。如果我把脸朝下的话，那么所有的重量都会压在我的脊背上。但是想到脊背被压断时的可怕声音，我不禁浑身战栗。或许有死得轻松点的姿势，那就是我将脸朝上，但是我又从哪里来的勇气躺在那里，看着这个死亡的黑色阴影摇摇晃晃地逼近我呢？我甚至已经无法完全站直了，这时候，我突然看到了一些东西，心里迸发出了希望的火花。

“我已经说过尽管这个地板和天花板是用铁制的，但是墙壁却是用木头做的。当我最后环顾四周的时候，我看见了在墙壁的两块木板中的一条细小的黄色光线，随着一块小面板向后推过去，这条黄色的光线变得越来越宽了。我简直无法相信这里还有一扇门，通过它我就可以逃离死亡了。我立即反应过来，快步冲了过去，然后我终于魂飞魄散地躺在了墙的外边。面板终于在我的身后合拢了，随后传来了那盏灯被压碎发出的声音和两块铁板合拢时的撞击声，自己真是死里逃生。

“有人疯狂地拉扯我的手腕，我才苏醒了过来。我发现自己躺在一条狭窄的走廊间的石头地板上，一个女人正弯着腰对着我，她的右手里拿着一根蜡烛，并用她的左手拼命地摇着我。她就是那位曾经给过我善意的警告，却被我愚蠢地拒绝了的女人。

“‘快醒过来！快醒过来！’她上气不接下气地大叫着，‘他们马上就要过来了。到时候他们就会发现你并没有在那里的。哦，别浪费宝贵的时间了，赶紧醒过来吧！’

“至少这次，我没有蔑视她的建议。我挣扎着站了起来，跟着她沿着走廊跑，然后快步跑过一个回旋的楼梯。她把我带到了一条宽宽的走廊上面，突然我们就听到了一些急促的脚步声，同时还有两个人的吼叫声。一个人就在我们刚刚待的那层地板上，另外一个人在下面的那层，两人大声呼应。这个女人突然停了下来，环顾了一下四周，好像是一个走投无路的人。然后她打开了一扇通往卧室的房门，皎洁的月光正透过窗户照进来。

“‘这是你唯一的机会了，’她说，‘这里很高，但是你也许可以跳下去的。’

“她还在说话的时候，一束灯光从走廊的尽头照了过来。透过这束光，我看到了莱桑德·斯塔克上校那瘦长的身影，他正对着我们这边跑过来，一只手拿着一个灯笼，另一只手上拿着一个武器，有点儿像是屠夫用的砍刀。我快步穿过这间卧室，打开窗户向外看过去。月光下的花园看上去是那么的静谧、甜美、和谐，而且看上去它应该也只有三十英尺高的样子。我爬上栏杆，但是我却迟迟不敢跳下去，因为我还不确定我的救命恩人和那个追赶我的恶徒之间会发生什么事情。如果她受到任何威胁的话，我想我一定会不顾一切地跑回去帮她的。这个念头刚刚从我的头脑中闪过去，那个恶棍就已经到了门边上，想推开她冲进来，但是她牢牢地抱住他，使劲儿把他往后拽。

"'弗里茨！弗里茨！'她用英语尖叫着，'还记得自从上次那件事情之后你给我的承诺吗？你说过那样的事情再也不会发生了。他不会说出去的！哦，他一定不会把他看到的事情说出去的！'

"'你疯了啊，爱丽丝！'他大声吼着，拼命地想从她的拉扯之中挣脱出来，'你会毁了我们的。他看到的实在太多了。快让我过去，你听我的！'他猛地把她推到了一边，然后快步地冲到窗户边，用他那重重的武器朝我砍了过来。当他砍过来时，我的手还扒在阳台护栏的边沿上面，正准备往下面跳。

"我被他砍了一下之后，身体急剧地震动了两下，然后掉了下去，但是并没有摔伤。于是我马上站了起来，在前面的那片灌木丛中用我生平最快的速度跑了起来，因为我明白我还远远没有脱离危险。然而，就在我奔跑的过程中，我突然感觉到一阵剧烈的晕眩和恶心。我感觉到有一种钻心的疼痛正从我的手上面传过来，我低下头来看了看，这时才发现我的大拇指已经被砍下了，血正从伤口中不断地涌出来。我用力地把手帕绑在受伤的地方，但是我的耳朵里突然传来了一阵令人眩晕的嗡嗡声，然后我就在玫瑰花丛中倒了下去，完全昏迷过去了。

“我不知道自己昏迷了多长时间。但是我肯定一定很长，因为当我苏醒过来的时候，月亮已经不见了，正好是破晓的时候，这预示着又是一个明媚的早上。我身上的衣服被露水弄得湿透了，而我的衣袖也已经被伤口的血染透了。难忍的疼痛，瞬间唤起了我昨天晚上冒险的所有记忆，我担心自己可能还没有完全脱离那个坏家伙的魔爪，想到这，我立刻挣扎着站了起来。但是让我感到惊讶的是，当我环顾四周的时候，却发现那些马啊，花园啊全都不见了，而我自己正躺在高速公路旁边的一个篱笆的边上，就在下面不远的地方，有一幢长长的建筑物，当我往那个建筑物方向走过去的时候，我发现它就是我昨天晚上下车的那个车站。如果不是我受伤的那个伤口告诉我这一切是真实的，那么我一定以为这段可怕的时间里的一切都是一个噩梦。

“我迷迷糊糊地进了那个车站，向工作人员打听早班火车的时间。大概一个小时左右，就正好有一班到雷丁的火车。我发现，同样是我来时看到的那个搬运工人在值班。我问他是否听说过一个叫莱桑德·斯塔克上校的人。他说他并没有听说过这样一个人，我又问他有没有注意到昨天晚上在车站门口接我的那辆马车，他说也没有看到。我又问他这附近有警察局吗？他告诉我最近的一个警察局离这里也有三英里远。

“对于我来说，我实在是没有力气走三英里路了，因为我实在是太疲惫也太疼痛了。当我回到我居住的城市时正好是六点多一点，最要紧的当然是找个地方把我的伤口处理一下，后来碰到了这位医生，他就热心地把我带到你这里来了。我把这件案子的所有经过都详细地讲述了一遍，那么接下来我应该怎么做，我将完全按照你的建议去办。”

听完他所叙述的这个非同寻常的故事之后，我俩都沉默了很长一段时间。然后，夏洛克·福尔摩斯从他的书架上那些厚厚的书本里面取下来一本，那是他经常放他剪贴报的地方。

“这里有一则消息也许你会感兴趣的，”他说，“一年之前，这则新闻几乎在所有的报纸上都出现过。你听，寻人启事，杰里迈亚·海林先生，二十六岁，水利工程师。于本月晚上十点左右在他的住所里面消失，至今毫无音讯，身穿……”

“哈！我想这则消息告诉我们这位上校上次精细检修机器的时间了。”

“天哪！”我的病人尖叫了出来，“难怪那位夫人说那样的话了。”

“毫无疑问。很明显这位上校是一个冷血的亡命之徒，他绝不容许任何人挡住他的去路。就像那些海盗们一样，如果他们截获了一艘船，也是绝对不会留任何一个活口的。那么现在我们的每一分钟都是十分宝贵的，所以你现在如果感觉能行的话，我们就必须立刻赶到苏格兰场，之后我们再一起前往埃弗顿。”

大概三个小时过去之后，我们全部都在火车上了，正从雷丁前往贝克郡这个小乡村。一起去的有五个人：夏洛克·福尔摩斯、那个水利工程师、苏格兰场的警官布雷斯瑞特、一个便衣警察，还有我自己。布雷斯瑞特在座位上摊开了一张该村的军事地图，并在上面用圆规画了一个以埃弗顿为中心的圆圈。

“大概是在这里。”他说，“这个圆圈大概是以这个乡村的车站为圆心，且以十英里为半径绘制的。你昨天到的这个地方应该就在这个圆圈线上。你说过大概是十英里，是吧，先生。”

“那确实是将近一个小时的驾程。”

“那么同时你也认为在你昏迷了之后，他们把你从那么远的地方扛了回来？”

“他们应该是这么做的，因为在我昏迷的时候，我迷迷糊糊地感觉到有人把我抬了起来，然后把我运到什么地方去了。”

“但是有一点我无法理解，”我说，“他们发现你昏迷在花园里面时，怎么会大发慈悲地突然放过你了呢。难道是那个恶棍被那位夫人的恳求感化了，并最终放你一马？”

“我很难想象是由于你说的这个原因。因为我活这么大，还没见过那样冷漠无情的脸庞，他应该是很难被说服的。”

“哦，这个谜不久就会解开的，”布雷斯瑞特警官说，“现在，我已经把这个圆基本上画出来了，现在只希望能够尽快知道下车之后我们要前往哪里去寻找那个家伙。”

“我想我能说清楚那个地方在哪里。”福尔摩斯不动声色地说道。

“真的啊，现在就知道吗？”警官大声地说道，“你已经判断出来了！快，现在我们大家都来说说自己的意见，看看谁的意见与你的一致。我认为那些人住在车站的南边，因为那边要比其他地方更荒凉一些。”

“我认为是东边。”我的病人说。

“我说是在西边，”那个便衣警察说，“因为那边有许许多多的小村庄。”

“我觉得他们应该是在北边的，”我说，“因为北边基本上没有山，我们的朋友说他在那段旅行中并没有上山下山的感觉。”

“来吧，”这个警官笑着说道，“这些意见都是完全不同的。那么现在你最后的指南针要指向哪边呢？”

“你们全部都错了。”

“怎么可能，我们四个方向都说到了，肯定有一个人是对的啊。”

“哦，确实你们全部都错了。我的观点是，”他同时将他的手指放在圆圈的中心位置，“这就是我们将会找到他们的地方。”

“那个十二英里的驾程你又怎么解释呢？”哈瑟里先生问道。

“出去六英里再回来六英里，没有比这更简单的了。你自己也说当你看到那匹马的时候，它是油光发亮、精神百倍的。如果它是行驶了十二英里之后到火车站的，那么经过这样一个长途的路程之后，它还怎么可能油光发亮、精神百倍呢。”

“事实上，这确实是一个很合理的计谋。”布雷德瑞特在深思熟虑之后说，“当然根据这伙盗窃分子的性质来说，似乎听上去确实没什么好怀疑的。”

“一点儿都不，”福尔摩斯说，“他们是大规模制造假币的组织，他们使用那台机器的目的就在于生产可以替代白银的一种混制品。”

“我们知道有一伙聪明的家伙正在做着这样的事情，并且已经有相当一段时间了。”警官说，“他们一直在大批量地制作半克朗的硬币。我们甚至追踪他们到了雷丁，但是每次一到这里就再也没有任何进展了，因为他们总是能用一种十分隐蔽的方式掩盖自己的踪迹，看得出来，他们真是一群经验丰富的老手。但是现在，感谢这个幸运的机会，我想我们这次一定可以将他们抓捕归案了。”

但是这位警官最终还是失策了，那些罪犯早已逃之夭夭。就在我们的火车开进埃弗顿车站的时候，我们发现就在隔壁的一个小树丛中升起了巨大的浓烟柱，就像一大片鸵鸟毛悬挂在美丽的田园上空。

“房子起火了吗？”当火车在站台上停下来的时候，布雷斯瑞特问道。

“是的，先生！”火车站的站长说。

“这是什么时候的事情？”

“我听说是在昨天晚上起的火，先生，但是情况变得更糟糕了，后来整个地方都变成了一片火海。”

“起火的是谁家的房子啊？”

“比克先生的。”

“快说，”水利工程师先生突然激动地说，“比克先生是不是一个德国人，很瘦，而且鼻子也长长的、尖尖的？”

这个站长会心地笑了：“不，先生，比克先生是英国人，在我们这个教区里面他穿得最为讲究得体的了。但是倒是有一个跟你说的很像的人跟他住在一起，听说是他的病人。据我所知，这个人是外国人，而且他确实很瘦，我估计要是让他吃一顿上好的贝克郡的牛排的话，他也丝毫不会感到油腻或者吃不下的。”

站长的话音还没落，我们几个人就急忙朝着起火的方向赶了过去。穿过一个矮山的山顶，我们前面就出现了一栋高大的白色房子，然而这栋房子里的所有地方，包括窗户都在向外吐着火苗，房子的花园里有三辆消防车正在努力地控制火势，但是一切都无济于事。

“就是这里！”哈瑟里大叫了起来，口气里充满了兴奋，

“那就是我们开车经过了的碎石马路，那里就是我躺过的玫瑰花丛，那边的第二个窗户就是我昨天晚上跳下来的地方。”

“那么，至少，”福尔摩斯说，“你已经为自己报仇了。很明显，是你昨天拿的那盏油灯在被挤压破碎的时候，火星溅到了木质的墙壁上。而当时他们只是一门心思地想着怎么抓到你，以致刚开始的时候并没有觉察到墙壁起火了。现在你要注意盯着看这里的人群，看看里面是否有昨天晚上的那些人，不过我估计他们早就已经远走高飞了。”

福尔摩斯的估计最终变成现实，因为自从那天之后，我们就再也没有听到任何关于那个漂亮的女人、凶恶的德国男人或者怪僻的英国男人的任何消息了。一个农民跟我们说，就在那天大清早的时候，他看到了一辆马车载着几个人和几个很大的箱子朝着雷丁的方向开过去了，速度很快。但是从这以后，所有逃亡的踪迹都消失了，即使像福尔摩斯这样足智多谋的人也无法找到有关他们去向的哪怕是一丁点儿线索。

消防员们发现房子内部的布局非常奇怪，尤其是当他们在二楼的窗台上发现一截被砍下来的大拇指时，他们感到恐惧不安。大概到了日落西山的时候，他们的努力终于最终见效了，大火得到了控制。但是房顶已经烧塌了，整个地方被破坏得面目全非了，最终只剩下一些扭曲的圆筒和铁管。那台让我们这位不幸的工程师为之付出了巨大代价的机器，竟然没有留下任何痕迹。我们发现在外面的一间房子里面储存了大量的镍币和锡纸，但是却没有找到一枚硬币，也许这就解释了那位农民说的他们逃走的时候带着的那几个沉甸甸的大箱子的原因。

至于我们的这位水利工程师是怎样从花园里面被运到他醒过来的那个地方的，也许将永远都无人知晓了，但是幸好花园里那些松软的泥土上留下来的脚印告诉了我们一个简单的故事。很明显他是被两个人抬到那个地方去的，其中有一个人的脚非常大，而另一个人的脚却很小。联系那天发生的事情来看，很可能就是那个比较安静的英国男人并不像他的同伙那样残忍无情，最后是他帮助那个女人一起把这个不省人事的人抬离了险境。

“唉，”当我们重新坐火车回伦敦的时候，我们的工程师可怜兮兮地说，“对于我来说，这真是件糟糕透顶的事！在这件事的过程中，我失去了我的大拇指和五十畿尼。虽然失去了那么多，但是我却不知道我究竟得到了什么。”

“经历和经验，”福尔摩斯笑着说，“同时你知道吗？你肯定还会通过这件事情得到一些间接的价值。一旦这事传播出去，你就会因此收获一个很不错的名声，将来你的事务所也会声名远扬的。”

单身贵族谜案

圣西蒙勋爵的婚事及其令人惊讶的结局，早就不再是他这位不幸的新郎所浸淫的上流社会的人士们所感兴趣的话题了。社会上新的丑闻已经使之黯然失色，那些更加妙趣横生的事情，已将四年前的这一戏剧性事件推向被人遗忘的角落。然而，就我来说，有理由认为这件案子的全部真相从未向大众披露过，而我的朋友夏洛克·福尔摩斯又曾为弄清这事件做出过令人瞩目的贡献。所以，我觉得如果不对这一令人惊讶的事件作一简要的描述，那他的工作记录将是不够全面的。

我结婚几个星期前的一天，那还是我和福尔摩斯一起住在贝克街的时候，福尔摩斯下午散步回来，注意到桌子上有一封写给他的信。那一天，秋风裹着阴雨突然光临，我的胳臂由于残留着作为我当年参加阿富汗战争的纪念品的那颗步枪子弹，又开始疼了起来，因此我整天都留在家里。我依偎在一张安乐椅里，双腿搭在另一张椅子上，埋头看着身边堆满的报纸，直到我看完了当天所有的新闻，才把报纸丢开，索然无味地躺在椅子里，盯着桌子上那封信的信封上端的巨大饰章和字母图章，同时懒洋洋地猜测着是哪位贵族给我的朋友写了这封信。

“这儿有一封非常精致的书信。如果我没有记错的话，你早晨收到的那些来信是一个鱼贩子和一个海关检查员写的。”在他进屋时，我这样说道。

“对，写给我的信件肯定是五花八门的，”他笑着答道，“通常越是底层的人写来的信越是有趣。可是这封看起来像是一张令人讨厌的社交上用的传票式的信，让你不是感到厌烦就是去敷衍性地回应它。”他拆开信封，扫了一眼信的内容。

“噢，这说不定倒真是一件有意思的事呢！”

“那么不是社交问候方面的了？”

“不，显然是有关案情的。”

“一位贵族的委托人写来的？”

“英国地位最高的贵族之一。”

“老伙计，我该祝贺你了。”

“说实话，华生，我可以肯定地对你说，对我来说，这位委托人是什么社会地位我没有兴趣，我更想了解的是他的案情。不过，在这件新案子中，很可能他的社会地位与案情是密切联系的。你最近一直很仔细地在看报纸，不是吗？”

“看起来是这样。”我指了指角落里堆放的一摞报纸百无聊赖地说，“我没有什么能做的事情。”

“太好了，也许你能向我提供一些最新的信息。我在看报纸时，除了犯罪的消息和寻人启事栏外，别的都不看，寻人启事栏总是有很多线索。既然你那么留心最近发生的事情，一定看到过圣西蒙勋爵婚礼的消息吧？”

“噢，当然，我是怀着浓厚的兴趣来看这条消息的。”

“很好，我手中这封信就是他写来的。我念给你听下，你也务必要翻一遍这堆旧报纸，告诉我所有有关这件事的信息。他是这么写的：

亲爱的夏洛克·福尔摩斯先生：

巴克沃特勋爵告知我，可以完全信赖您的分析和判断力，因此我决定来拜访您，就有关我举行婚礼而发生的令人非常难过的意外事件向您请教。这一案子已经被苏格兰场的雷斯垂德先生受理。但是他向我声明，他认为没有理由不和您合作，而且他认为与您的合作很可能会对解开谜团有所帮助。今天下午四点，我将登门求教，如您另有约会，希望稍后仍能与您见面，因为这件事情对我极其重要。

您忠实的圣西蒙

“这封信是从格罗夫纳大厦寄出来的，是用鹅毛笔写的。尊贵的勋爵粗心地在他右小指外侧沾上了一点墨水。”福尔摩斯一边叠着信一边嘟囔着。

“他约定四点钟来。现在是三点，一小时后他就要到了。”

“那么在这一个小时的时间里，我希望你能帮我把这件事理清楚。查查这些报纸，把有关的摘录按时间顺序排好，让我来看一下我们这位委托人的背景。”他从壁炉架侧面的一列参考书中抽出一本红皮书。“它在这儿，”他边说边坐了下来，并把书平铺在腿上，“罗伯特·沃尔辛厄姆·德维尔·圣西蒙勋爵，巴尔莫拉尔公爵的次子。瞧！勋章！天蓝色纹章，带着三个铁蒺藜的黑色绶带。他生于一八四六年，今年四十一岁，这已是成熟的结婚年龄了。他在上届政府中担任过主管殖民地的副长官，他的父亲有一段时期还当过主管外交的长官。他们继承了安茹王朝的血统，是其直系后裔，母系为都铎王朝的血统。嗨！这些并没有什么有价值的意义。华生，我认为还得请你提供些更有用的信息。”

“我不费吹灰之力就找到了你想要了解的信息，”我说道，“他婚礼的事情刚刚发生，留给我的印象非常深刻，只是我前段时间没有告诉你。因为我知道你手头正在处理一件案子，你也不喜欢在调查时被其他案子打扰。”

“噢，你是说格罗夫纳广场家具搬运车的那件事情吧。现在已经大致搞清楚了——其实这件事从一开始就很明白，你先把从报纸上看到的信息提供给我吧。”

“这是我找到的《晨邮报》启事栏里的第一条消息，发生在几周以前——有人称：巴尔莫拉尔公爵的次子罗伯特·圣西蒙勋爵，与美国加利福尼亚州旧金山阿洛伊修斯·多兰先生的独生女哈蒂·多兰小姐的婚事即将举行。”

“简明扼要。”福尔摩斯说着，同时把他那瘦长的腿伸到火炉旁边。

“这儿还有条在同一周内，一份上流社会的报纸上对这件事更详细的报道。”

我读道：“不久，在婚姻市场上将会出现要求保护的呼吁，因为从表面上看，目前这种自由贸易式的婚姻政策对我们英国同胞非常不利——大不列颠的贵族们大权旁落，接连被来自大西洋彼岸的女表亲们所掌握。上周，这些婀娜多姿的入侵者们在她们夺走的战利品中，又多了一位重要人物。圣西蒙勋爵二十多年来从未堕入婚姻的陷阱，现在却明确地宣布即将与加利福尼亚百万富翁的女儿哈蒂·多兰小姐成婚。多兰小姐是一位独生女，她优雅的气质和倾国倾城的容貌在韦斯特伯里宫的庆典欢宴上，引发众人的关注，有传闻说她的嫁妆将远高于六位数。由于巴尔莫拉尔公爵近年来已经沦落到变卖自己藏画的地步，这已成为公开的秘密，而圣西蒙勋爵除伯奇穆尔那点财产之外，已经一无所有，所以这位美国加利福尼亚州的女继承人通过这一联姻使她由一位女共和党人易如反掌地一跃成为英伦贵妇，显然这桩婚事对双方而言都是各取所需。”

“还有其他的信息吗？”福尔摩斯边打哈欠边问我。

“多了去了。《晨邮报》上还有另一条短讯说：婚礼将绝对不铺张浪费；预定在汉诺佛广场的圣乔治大教堂里举行；届时将请几位亲友参加；婚礼后，新婚夫妇及亲友等将返回阿洛伊修斯·多兰先生在兰开斯特盖特租下的备有家具的房子。两天后，也就是上星期三，报纸上又有一个简单的通告，宣布婚礼已经举行。新婚夫妇将在彼得斯菲尔德市郊的巴克沃特勋爵别墅度蜜月，这是新娘失踪前的全部消息。”

“在什么以前？”福尔摩斯吃惊地问道。

“在这位新娘失踪以前。”

“那么她是在什么时间失踪的呢？”

“在婚礼后吃早餐时。”

“哦，这比我原本想象的要有意思得多。事实上，这个案子的确具有戏剧性。”

“是的，正是这个消息太过离谱，才引起了我的注意。”

“新娘们常常在举行结婚仪式之前失踪，偶尔也有在度蜜月期间失踪的。但是我还想不起来哪个人是在婚礼早餐上失踪的。你把一些细节说给我听听吧。”

“我先声明，这些材料是片面而且不完整的。”

“也许我们可以把它们凑成一条线。”

“昨天晨报上的一篇文章对这件事的报道还比较多，我读给你听听，标题是《单身贵族婚礼中的离奇事件》。

“罗伯特·圣西蒙勋爵在举行婚礼时发生了奇怪而悲哀的事

情，使他们全家非常恐惧。正如昨天报纸上报道的那样，婚礼仪式是在前天上午举行的；可是直至日前，才终于可以对不断到处流传的奇怪传闻予以证实。尽管勋爵的亲朋好友们极力掩盖，但此事已引起公众的极大注意。因此对已经成为公众谈资的事情，故意装作不理不睬、不予回应的做法是没有任何好处的。

“这场婚礼是在汉诺佛广场的圣乔治大教堂举行的，整个过程非常低调。参加婚礼的来宾只有新娘的父亲阿洛伊修斯·多兰先生、巴尔莫拉尔公爵夫人、巴克沃特勋爵、尤斯塔斯勋爵和克拉拉·圣西蒙小姐（新郎的弟弟和妹妹）以及艾丽西亚·惠廷顿夫人。结婚仪式结束后，一行人准备动身前往位于兰开斯特盖特的寓所。寓所里的早餐已经准备就绪。此时似乎有一个女人引起了某些小麻烦。她跟随在新娘及其亲友之后，试图强行闯入寓所，声称她有权向圣西蒙勋爵提出要求。经过长时间的纠缠，管家和仆役们好不容易才把她撵走。幸亏新娘在发生这件不愉快的纠纷前已经进入屋内，同亲友一起就座共进早餐了。可是她突然说自己感到不适，就回到自己的房间去了。由于她长时间离席不归，引起了人们的议论，于是她父亲当即就去找她。但她的女仆告知，新娘只到她自己的卧室去了一趟，很快拿了一件长大衣和一顶无边软帽便急匆匆地下楼了。一个男仆声称他看到一个这样装束的太太离开寓所，但是不敢相信那就是他的女主人，以为她还和大家在一起。阿洛伊修斯·多兰先生在寻找女儿无果之后，立刻和新郎一起报警。目前警方正在大力调查，这件离奇的事情可能很快就会水落石出。然而，直到昨晚，这位失踪的小姐依然下落不明。社会上出现了许多关于这件事的谣言，比如说认为新娘可能已经惨遭毒手。据说警方目前已经控制了那个最初非要闯进寓所里的女人，认为不管是出于妒忌还是其他动机，她都很可能与新娘奇怪的失踪有牵连。”

“就这些吗？”

“在另一份晨报上只有一小条消息，但是却可能很有价值：弗洛拉·米勒小姐，也就是找麻烦的那个女人，已经被警方逮捕。她之前似乎在阿利格罗当过芭蕾舞演员。她和新郎相识多年，再没有更多的细节了。现在报纸上就发布了这些消息，剩下的就看你的了。”

“这听起来还真是一件离奇的案子，我无论如何也不能放过。华生，你听，门铃响了，刚过四点钟一点儿，我肯定这一定是我们高贵的勋爵来了。别离开，华生，我非常希望有一个见证人在场，哪怕只是给我一点儿提示也行。”

“罗伯特·圣西蒙勋爵来了！”我们的小童推开房门说。紧接着，一位绅士走了进来。他仪表堂堂，显得颇有气质：隆起的鼻子，苍白的面色，上扬的嘴角，以及惯于发号施令的人所具有的一双神色镇静的大眼睛。他行动敏捷，但整个外表却给人一种与年龄很不相符的老态。当他走路时甚至还略带点儿驼背和屈膝。他的头发也是如此，当他脱去他那顶高帽子时，立即显现出一圈灰白的头发以及发量稀疏的头顶。而他的穿着却十分考究：高领黑色大礼服，白背心，黄手套，漆色皮鞋和浅色的细腿裤。他慢慢地走进房内，眼睛从左到右打量了一番，右手还不忘晃动着那根金丝眼镜的链子。

“很荣幸见到您，圣西蒙勋爵。”福尔摩斯说着站起来，微微欠身，“请坐。给您介绍，这位是我的朋友和同事华生医生。劳驾往火炉前靠近一点儿，让我们来谈谈这件事吧。”

“你应该清楚这是一件对我来说十分伤心的事，福尔摩斯先生，这真叫我难过。我知道你曾经处理过几件这类奇怪的案子，不过当事人的社会地位应该和我不可同日而语。”

“我的当事人有比您社会地位高的。”

“什么？请再说一遍。”

“我这类案子的委托人上次是一位国王。”

“噢，真的吗？我真没想到，是哪位国王？”

“斯堪的纳维亚国王。”

“什么！他的妻子也失踪了吗？”

“请理解，”福尔摩斯和善地说道，“和对您的承诺一样，我对其他委托人的事情一样守口如瓶。”

“当然是这样，我赞成你的想法！很对！请你务必原谅。至于我这个案子，我会向你提供一切有价值的信息。”

“谢谢，我已经看到了报纸上的全部报道，不过加起来也很少。我估计这些报道是属实的吧——比如这篇有关新娘失踪的报道。”

圣西蒙勋爵瞄了一眼说道：“的确，这篇报道完全属实。”

“但是，无论是谁，在提出他的看法以前，都需要大量的补充材料。我想我可以通过向您提问而直接得到我所需要了解的事实。”

“请便。”

“你什么时候第一次见到哈蒂·多兰小姐？”

“一年前，在美国的旧金山。”

“当时您在美国旅行？”

“是的。”

“你们那时订婚了吗？”

“没有。”

“但是有着亲密的来往？”

“我为能和她交往感到很高兴，她明白这一点。”

“她的父亲很有钱？”

“据说他是太平洋彼岸最有钱的人。”

“他是怎样致富的呢？”

“开采矿产，几年前他还一无所有。有一天，他挖到了金矿，于是投资开发，从此飞黄腾达，迅速积累起了一大笔财富。”

“您对您这位年轻新婚妻子的性格有什么印象呢？”

这位单身贵族的眼睛一动不动地盯着壁炉。“你知道，福尔摩斯先生，”他说道，“我的妻子在她的父亲赚到大钱之前就已经二十岁了。在这时期，她生活上无拘无束，整天在山上或树林里游走，所以她所受的教育，与其说是来自于书本和老师，还不如说是来自大自然。一方面，她是一个英国人眼里的假小子，性格泼辣而又任性，放荡不羁，不受任何习俗的约束。她性格暴躁，很容易就能做出决定，干起事情从来不计后果；另一方面，要不是我考虑她是一位高贵的女人（他严肃地咳嗽了一声），我是决不会让她享受我所享有的高贵荣誉的。我相信，她是宁可牺牲，也不会做出任何破坏名誉的事情的。”

“您有她的照片吗？”

“我随身带着。”他打开表链上金色的盒子，让我们看到了一位美丽女人的面孔。图案并不是一张照片，而是用一个象牙雕成的袖珍像。艺术家充分展现了她那光亮的黑发、又大又黑的眼睛和那优美的小嘴的感染力。福尔摩斯仔细地看了一段时间，然后合上盖子，把它还给勋爵。

“那么，这位年轻的小姐来到伦敦后你们便重叙旧情？”

“是的，她父亲和她来参加这次年底伦敦的社交活动。我和她约会了几次，并且缔结了婚约，现在又和她结了婚。”

“我听说她带来了一份相当值钱的嫁妆？”

“嫁妆的确很丰厚，适合我的社会地位。”

“既然婚礼事实上已经举行过了，这份嫁妆当然归您了？”

“我确实没有来得及过问这件事。”

“没有去过问是自然的，婚礼前一天您见过多兰小姐吗？”

“见过。”

“她心情好么？”

“那是她最愉快的一天，她一直在谈着我们未来的生活。”

“真的！非常有趣。那么在结婚那天早上呢？”

“她满面春风，非常兴奋，至少直到婚礼结束一直如此。”

“此后您注意到她有什么变化吗？”

“坦白说，这时候我看到了之前并未察觉的迹象。她的脾气有些急躁，不过那是件小事，不值一提，并且不可能与这个案子有什么关系。”

“虽然如此，还是请您讲讲。”

“唉，简直是在耍小孩子脾气。那是当我们走进教堂的时候，她手里的花束不小心掉落了下来。当时她正走过前排座位，花束掉在座位前面。后来，座位上的绅士把花束捡了起来交给她。当时这束花依然完好无损，可是当我和她谈起这件事的时候，她回答我的话却显得很不耐烦。回家途中在马车里，她看起来还在为这件微不足道的小事而烦恼，实在可笑。”

“真的！您是说在前排座位里坐着一位男士，那么当时教堂里也有不少公众了？”

“哦，是的，教堂开门的时候，是不可能不让他们进去的。”

“这位男士会不会是您妻子的朋友？”

“不会，我称呼他为绅士是出于礼貌，他看上去不过是一个普通人，我几乎没有注意到他的容貌。但是，我想，真的，我们谈的离案子太远了。”

“您夫人婚礼结束回来时远没有她去时那么高兴。那么，当她重新回到父亲寓所的时候，她做了什么事？”

“我看到她和她的女佣在说话。”

“她的女佣是谁？”

“她名叫艾丽丝，是个美国人，从加利福尼亚和她一起来的。”

“一名贴身女佣？”

“这么说也许不太妥当。在我看来似乎她对女主人非常随便，不拘礼节。可是，当然美国人可能就是这样。”

“她和这位艾丽丝谈了多久？”

“可能有几分钟吧，当时我正在忙着想一些别的事。”

“您没有听到她们在说些什么吗？”

“圣西蒙夫人说了些‘强占别人土地’的话，她总是爱用这一类俚语。我不了解她指的是什么。”

“美国俚语有时是很能说明问题的。您妻子和女佣谈过话后去做什么了？”

“她走进用早餐的房间。”

“您挽着她走进去的吗？”

“不，她自己一个人。她是一向不讲究这种礼仪的。接着，在我们就座约十分钟后，她突然急匆匆地站起身来，说了几句道歉的话，就离开了房间，从此就再也没有影子了。”

“但是，据我了解，那位女佣艾丽丝作证说，女主人走进自己的房间，穿上一件长外套，戴上一顶软帽，就出去了。”

“的确如此。过后，有人看到她和弗洛拉·米勒一道走进了海德公园。弗洛拉·米勒就是现在被拘留的那个女人。那天早上，她曾经在多兰的寓所里闹事。”

“啊，是的。关于这位年轻女士，我想知道她的一些具体情况，还有你们的关系。”

勋爵耸了下肩膀，扬起眉毛说道：“我们交往多年，可以说是非常好的朋友。她过去常住在阿利格罗。我对待她一向慷慨，她对我也没什么怨恨的地方。不过，福尔摩斯先生，你了解女人，弗洛拉很可爱，但是脾气急躁，而且一直爱恋我。当她知道我要结婚时，给我写过几封骇人的信件。坦率地说，我之所以这样低调地举行婚礼，就是不愿她让我在教堂里出丑。她刚好在我们回来的时候来到寓所的门前，企图闯进来，她公然用污言秽语辱骂我的妻子，甚至还威胁她。但是我对此事早有防范，在那里安排了两名便衣警察。他们很快就把她赶出门外，最后，她也知道吵闹不会有什么好结果，所以就不闹了。”

“这些事情您妻子听到了么？”

“谢天谢地，她没有听到。”

“后来，有人见到她正是和这个女人一起走了？”

“是的，这正是苏格兰场的雷斯垂德先生为什么认为事态严重的原因。据他推测，就是弗洛拉把我的妻子骗了出去，并且对她设下了某种可怕的圈套。”

“噢，这只是一种推测，并且有一定道理。”

“你也这样认为么？”

“我并没有说事实就是这样，恐怕您自己也不会相信吧？”

“我认为弗洛拉连只蚊子都不肯伤害。”

“可是，妒忌能让人丧失理智。请告诉我，对于这件事，您是怎样看待的呢？”

“哦，说实话，我到这里来是寻求帮助的，不是来谈自己的看法的，我已经把我知道的全都告诉你了。既然你问我，我或许会这样说，在我看来可能是婚礼让我妻子感到兴奋，以及她意识到她的社会地位一下子提高了很多，因此造成我妻子的精神有点儿错乱。”

“简单地说，她突然精神错乱了？”

“哦！真的，她抛弃了我——我不想说我，但这是那么多女人热切地想得到而得不到的东西——我无法做出其他解释。”

“噢，当然，这种假设也不无道理。”福尔摩斯微笑着说道，“现在，圣西蒙勋爵，我想我基本已经掌握了所有的材料。我想再问一下，你们在早餐桌上是不是可以看到窗外？”

“我们能够看到马路的另一边的海德公园。”

“我想也是。没必要再耽搁您的时间了，我以后会再跟您联系的。”

“祝你好运，顺利解决这个案子。”我们的委托人说着站了起来。

“我已经解决它了。”

“啊？事情是怎样的？”

“我是说我已经解决了这案子。”

“那么，我的妻子在哪儿？”

“那是一个我很快就能提供的细节。”

勋爵摇了摇头。“看来我还需要找一个比你或我更聪明的人。”他说着，行了一个庄严的传统的鞠躬礼便转身走了。

“真荣幸圣西蒙勋爵将我的脑袋和他自己的脑袋相提并论。”夏洛克·福尔摩斯笑着说道，“经过这么长时间的盘问，我想我得喝一杯苏打威士忌，抽一支雪茄。在我们的委托人进门之前，我就已经得出了这个案子的结论。”

“老伙计，你真了不起！”

“我有好几个破解类似案子的经历，只是像我曾经说过的那样，没有一个像这件案子这么突然。我的全部调查有助于肯定我的推测。旁证往往是非常值得信服的。用梭洛的话来说，就像你在牛奶里发现了一条鳟鱼一样。”

“但是，你所听到的一切我也听到了。”

“然而，你缺少相关的经验，这些经验对我判断案情提供了很大的帮助。几年前在阿伯丁有一个非常相似的例子。普法战争的后一年，在慕尼黑又有一件极为相似的事情。这只是这类案例中的一个……哈，雷斯垂德先生来了！下午好，雷斯垂德先生！餐具柜上有一只大酒杯，盒里有雪茄。”这位警探身穿一件水手粗线呢上衣，扎着一个老式领结，看起来就像一个水手。他手里提着一只黑色布包，简单地寒暄了几句就坐下了，点着了一根递给他的雪茄。

“情况进展得如何啊？”福尔摩斯眨了眨眼睛问道，“看你这样子似乎并不顺心。”

“这段确实不顺心。我对单身贵族这桩离奇的婚事，感觉没有一点儿头绪。”

“当真？你真叫我感到吃惊。”

“谁听说过这样一团复杂的事情？每一条线索似乎我都抓不住。我整天都在忙着思考和处理这件事。”

“看来把你搞得浑身都湿透了。”福尔摩斯说着，一只手搭在警探的胳膊上。

“是的，我正在塞彭廷湖里打捞。”

“上帝，这是为什么？”

“寻找圣西蒙夫人的尸体。”

福尔摩斯把身子靠在椅子上，开始哈哈大笑起来。

“你没有在特拉德尔加广场的喷水池里打捞吧？”他问道。

“什么意思？”

“因为在那里寻找到这位夫人的机会和在湖里寻找到的机会一样大。”

雷斯垂德气得瞪了福尔摩斯一眼。“你好像全知道。”他大声嚷道。

“哦，我刚刚才听说事情的经过，不过我已经得出了结论。”

“噢，真的啊！你认为塞彭廷湖和这件事毫无关系？”

“我认为根本不可能有关系。”

“那么，你怎么解释我们在湖里找到这些东西？”他打开布包，将被水泡掉颜色的一堆东西：波纹绸结婚礼服，一双白缎子鞋以及一顶新娘的花冠和面纱，全部倒在地板上。“还有，”他说着，把一只崭新的结婚戒指放到这堆东西上面，“你怎么解释这个，福尔摩斯大师。”

“哦，是吗？”福尔摩斯向空中喷出一个个蓝烟圈，“这些东西是你从塞彭廷湖里捞上来的？”

“不是，是一个园丁发现在湖面上漂浮着这些东西的。我已经判断出这些是她的衣服，我认为既然衣服在那儿，尸体就在附近了。”

“照这样说，每个人的尸体，都应该在他的衣柜附近找到了。警探，你想通过这个得出什么结论？”

“哈蒂·多兰小姐失踪的证据已经被发现了。”

“我想你很难做到。”

“你凭什么这么说？”雷斯垂德生气地大吼起来，“福尔摩斯先生，你的演绎法和推理并不是很实用。在两分钟内你就已经犯了两个大错误，这些衣服确实是多兰小姐的。”

“为什么？”

“衣服上有个口袋，口袋里有个名片盒，名片盒里有张便条。这就是那张便条。”

只见便条上写着：

> 一切准备就绪之后，你会看到我的，到时候请马上就来。
>
> F. H. M

“我一直认为圣西蒙夫人是被弗洛拉·米勒诱骗出去的。毫无疑问，弗洛拉·米勒和她的同谋者，应对这一失踪事件负责。你看，这张便条上就是她名字的起首字母。我肯定这便条是在门口悄悄地塞给这位勋爵夫人的，从而诱使她落入她们的陷阱。”

“太好了，雷斯垂德警探，”福尔摩斯大笑了起来，“你真出色，让我看下纸条。”他漫不经心地拿起那张纸条，但他的注意力立刻被吸引住了。“这的确非常重要。”他满意地说道。

“啊哈，你也发现的确如此了？”

“非常非常重要。恭喜你。”

雷斯垂德警探有些得意地站起身来，顺便低下头去看了一眼纸条。“为什么？”他吃惊地叫了起来，“你看的是纸条的背面！”

“恰恰相反，这才是正面。”福尔摩斯微笑着说道。

“正面？你疯了！这儿才是用铅笔字写的。”

“从这一面看来，这张纸条是一张旅馆的账单，这使我很感兴趣。”

“那上面没有什么，我也看过。”雷斯垂德失望地说道，“‘十月四日，房间八先令，早餐两先令六便士，鸡尾酒一先令，午餐两先令六便士，葡萄酒八便士。’我看不出这能说明什么问题。”

“即使你看不出来，它仍然是十分重要的。至于便条，也很重要。或者说，至少这些起首字母的签字是很重要的，所以我再次向你表示祝贺。”

“我时间浪费得很多了，”雷斯垂德说着站了起来，“我相信细致艰难的实地考察，不相信坐在壁炉边就能编造出来的那些出色的理论。再见，福尔摩斯先生，是谁先把事情弄个水落石出，咱们走着瞧。”他收拾起地上的一堆衣服，把它们塞进提包后，就要向门口走去。

“顺便给你一点提示，雷斯垂德，”在他的对手走出去之前，福尔摩斯懒洋洋地说道，“我可以把这件事的真正答案告诉你。圣西蒙夫人是位空前绝后的传奇人物。”

雷斯垂德不屑地看了福尔摩斯一眼，接着回过头来瞧瞧我，轻轻地在前额上拍了三下，一本正经地摇了摇头，急急忙忙地走了。

他刚一关上身后的房门，福尔摩斯就站了起来，穿上外衣。“这家伙说的实地勘察有点儿道理，”他说道，“所以我想，华生，我得把你撇下一会儿，你去看看报纸吧。”

福尔摩斯是下午五点多钟出的门。但是我并没有感到孤单，因为不到一个小时，就来了一个饭店的送餐人，给了我一个很大的盒子。他带来的一个年轻人帮助他打开盒子，我立即十分惊奇地看到一份十分丰盛的冷食晚餐：两对山鹬，一只野鸡，一块肥鹅肝饼和窖藏佳酿摆到了我们寒碜的公寓里。这些佳肴美酒摆放完之后，那两位不速之客，就像《天方夜谭》里的妖怪那样，一下子就消失了，除了声明这些东西已经付过账了，他们是按照吩咐送到我们公寓里之外，就再也没有说其他的话了。

快要到九点的时候，福尔摩斯愉快地回到公寓。他神情严肃但双目放光，这使我推断出，他之前所做的结论并没有令他感到失望。“哦，他们已经把晚餐送过来了。”他搓着手说道。

“你应该有客人要来。他们摆了五份。”

“是的，我相信，会有客人登门造访的，”他说道，“我很奇怪为什么圣西蒙勋爵还没有到。哈哈，我敢说我听到了他正在上楼的脚步声。”进门的确实是我们上午的客人。他急匆匆地走了进来，继续晃动着他的眼镜链子，贵族气十足的面容显得十分不安。

“我的信差到您那里去过了？”福尔摩斯问道。

“是的，我承认信的内容使我感到十分惊讶。你有充分的证据么？”

“最充分的证据。”勋爵一只手按着前额，坐了下来。

“如果公爵知道他的家庭中有人受到这等屈辱，他会是什么反应？”他忐忑地嚷着。

“这完全是一场误会，我不认为这是一种屈辱。”

“啊？你为什么这样看？”

“我不认为有谁该受到责备，虽然她处理这件事的方法有点儿鲁莽，但我很难想象这位夫人除此之外还有别的什么办法。很遗憾，在这样的关键时刻，她母亲没在跟前，所以没有别人能给她出主意。”

“这太侮辱人了，先生，这是公然的蔑视。”圣西蒙勋爵用手指敲着桌子大声说道。

“请您务必原谅这位可怜的姑娘，她的处境其他人很难体会。”

“我被无耻地玩弄了，我不可能原谅她，我气疯了。”勋爵正说着，“好像有人来了，”福尔摩斯说道，“对，楼梯口有脚步声。如果我无法让您宽容地看待这件事情的话，圣西蒙勋爵，我请来了一个人，这个人也许能胜任。”他打开门，让进了一位女士和一位先生。“圣西蒙勋爵，”他说道，“请允许我向您介绍，这是弗朗西斯·海·莫尔顿先生和夫人。这位女士，我想您已经见过。”

一见到进门的人，勋爵从椅子上一下子跳了起来，他笔直地站立着，双眼向下，一只手插进大礼服的前胸，一副尊严受到严重伤害的模样。那位女士向前跟上几步，向他伸出手，但是他还是不肯抬起头来看她，这样做或许是为了表示他的决心，因为她那恳求的脸色是很难拒绝的。

“你生气了，罗伯特。”她说道，“是的，我想你是完全有理由生气的。”

“你不用假惺惺地向我道歉。”圣西蒙勋爵充满醋意地说道。

“哦，是的，我知道我是太对不起你了。我在出走之前应当对你说一声，但是当时我的确有些六神无主。从我在教堂里又见到弗兰克开始，我简直不知道我说了些什么和做了些什么。我当时竟然没在婚礼圣坛前昏倒过去，真是不可思议。”

“莫尔顿夫人，也许你在解释的时候，希望我和我的朋友离开这房间一下吧？”

“我的看法是，”那位陌生的先生说道，“我们对于这件事已经保密得有些过头了。就我而言，我倒愿意整个欧美的人都来了解事情的真相。”这位先生高高瘦瘦、身形精干、皮肤黝黑，脸上刮得干干净净，面部轮廓分明，一副举止敏捷的机警模样。

“那么，我现在来告诉你们这件事的来龙去脉吧。”那位女士说道，“我和这位弗兰克是一八八四年在洛杉矶附近的麦圭尔军营认识的。我爸爸当时正在经营一个采矿场。我和弗兰克订了婚。后来有一天爸爸突然挖到了一个金矿，从此发了财。可是这位可怜的弗兰克所拥有的矿产却渐渐变小，直至完全消失。我的爸爸越来越富有，我的未婚夫弗兰克却越来越穷。所以，爸爸硬是不同意我们的婚约，他把我带到了旧金山。尽管如此，弗兰克仍不愿意放手，于是，他接着也到了那里，并且瞒着爸爸和我见面。这件事让爸爸知道只会让他发火，所以，我们就私订了终身。弗兰克说自己要去发一大笔财，直到他像我爸爸一样富有，他才会回来跟我结婚。我当时就答应说等他一辈子，并且发誓只要他活着，我就不会改嫁。‘那么，为什么我们不马上就结婚呢？’他说，‘这样我就可以放心而去，不必再等我回来以后要求别人承认我是你的丈夫。’我们商量好之后，他把一切都安排妥当，并专门请来了一位牧师来主持我们的婚礼。过后，弗兰克就离开了我去外面奋斗，而我则回到了爸爸身边。

“我再次听到弗兰克的消息是他到了蒙大拿，接着在亚利桑那探矿。以后我又听说他在新墨西哥。在那以后报纸上登出了一篇长篇报道，说有一个矿场遭到亚利桑那州印第安人的袭击，死者名单中赫然有弗兰克的名字。我看了以后就昏了过去，接着就长病不起。爸爸以为我得了痨病，带我看遍了整个旧金山半数的医生。由于他一年多来毫无音信，因此我对弗兰克的死讯并不怀疑。后来，圣西蒙勋爵来到旧金山后我们相识，接着我们到了伦敦。

“听说我和勋爵的婚事定了下来，爸爸非常高兴。但是我总觉得世界上再没有哪一个男人能代替我心中可怜的弗兰克。

“即便如此，既然我嫁给了圣西蒙勋爵，虽说我不能勉强自己的爱情，但是却可以约束自己的行为，我当然会尽我作为勋爵夫人的义务。我和他一起步向结婚圣坛时是怀着未来做一位好妻子的真诚愿望的。但是你们可以想象到我当时的窘迫——正当我要走到结婚圣坛时，我回头一看，天哪！忽然看到弗兰克站在第一排座位那里望着我，刚开始我还以为那是我的错觉。但是当我继续往那儿看时，发现他仍在那里，他疑惑的眼神好像在问我，我见到了他，是高兴还是难过？我现在还奇怪自己当时怎么没有昏过去。我顿时感到头顶天旋地转，牧师的话就像一只蜜蜂嗡嗡地在我的耳朵旁边飞，我不知道该怎么办才好。难道我能打断结婚仪式的进程，在教堂里闹出一场风波吗？我又瞧了他一眼，他看起来好像知道我的心思，因为他把手指放在嘴唇上，示意我不要作声。接着我看到他在一张纸上草草地写了几个字，我明白他是在写一张便条给我。我在经过教堂那排座位时，把花束故意掉在他的座位前，当他捡起花束给我时，悄悄地把纸条给了我。纸条上只有一行字，要我在他向我发出信号时，就跟着他走。当然，我义无反顾地按照他的要求做了。

“回到寓所，我马上把这个消息告诉了女佣。她在加利福尼亚时就认识他，并且一直是他的朋友。我叮嘱她不要把这件事情告诉任何人，让她给我收拾一些东西，准备好我的长外套和帽子。我知道我应该向圣西蒙勋爵进行解释，但是在他母亲和那些贵宾面前实在难以启齿。我只好决定来个不辞而别，以后有机会再向勋爵解释。我在餐桌前坐了还不到十分钟，就看见弗兰克站在窗外马路的另一边。他向我挥了下手，然后就钻进了公园，我穿戴好立马出去跟上他。这时有一个女人过来跟我谈了些圣西蒙勋爵的绯闻，她似乎暗示勋爵结婚前也有一点自己的秘密。我没有理会，很快就赶上了弗兰克。我们随后坐上了驶往他在戈登广场寓所的一辆马车。在盼了这么多年后，这次我才真的算是结婚了。原来，弗兰克在亚利桑那州被印第安人囚禁了起来，但是后来他越狱逃了出来，跋山涉水地来到旧金山。他打听着消息一路赶到了这里，终于在我举行婚礼的当天早上找到了我。”

“我是在一张报纸上看到的，”这位美国人补充道，“报纸上有教堂的名字，但没有提到新婚妻子的住处。”

“接着我们就商量该怎么办，弗兰克主张把这件事公之于众。但是我对这一切感到非常地惭愧，我更愿意从此销声匿迹，永远不再见到这里的任何一个人——也许，我应该给爸爸写张纸条，告诉他我并没有死。我一想起那些爵士们、夫人们正围坐在早餐桌旁等我回去，心里就七上八下。于是，弗兰克为了使别人看不出是我，就把我的结婚礼服和其他东西捆成一包，扔到一个没有人找得到的角落。要不是这位善良的福尔摩斯先生今天晚上来找我们的话，本来我们明天就可能到法国巴黎了。虽然我不知道他是怎样知道我住在那里的，但是他诚恳地指出是我错了，应该听弗兰克的，如果一切偷偷进行的话，会犯下不可原谅的错误。然后，他提出给我们一个与圣西蒙勋爵解释的机会，所以，我们就立即到这里来了。勋爵，这是事情的来龙去脉，如果我让您感到不适的话，我确实是太抱歉了。希望您不要把我看成是一个卑鄙的女人。”

圣西蒙勋爵仍然保持着他那防备的姿势，皱着眉头，紧绷着嘴唇，听着这件事情复杂的经过。

“请见谅，”他说道，“我不喜欢这么公开谈论我自己的私事。”

“也就是说您不会原谅我了？您能在我走之前和我握下手吗？”

“噢，随便，如果这样做会使你感到高兴的话。”他用手冷淡地握了一下她伸过来的手。

“我原本希望您能和我们共进一顿友好的晚餐。”福尔摩斯提议道。

“你的要求我觉得有点儿过分了，”勋爵答道，“我或许不得不接受这个事实，但肯定不会为此感到高兴。祝各位晚安。”他向一群人很快欠了下身，就余怒未消地走了。

“我相信你俩不会不买我面子吧？”福尔摩斯向弗兰克夫妇说道，“很高兴能结交一个美国人，莫尔顿先生，包括我在内的许多人都认为，多年前的一位君王和一位大臣的愚蠢，并不会妨碍我们的后代在未来某一天生活在英国和美国合并成的新国家里。”

我们的客人走后，“这是一件非常有趣的案子。”福尔摩斯说道，“因为它明显地表明，一件在开始时看起来几乎无法解释的案子，后来解释起来却又是多么简单。没有任何事情比这位女士所叙述的事情发生的先后次序更自然的了。可是另一些人，比如说苏格兰场的雷斯垂德先生，依他看来，就没有什么事情比这事情的结局更奇怪的了。”

“那么，你在整个过程中就没有判断失误过吗？”

“事情一开始，我就对两件事情非常肯定。一件是那位女士原本是十分愿意举行婚礼的；另一件是她在回公寓后不到几分钟的时间里就后悔了。因此很显然，一定是婚礼那天早上发生了一些事，让她改变了主意。这件事会是什么呢？出了教堂门以后，新郎一直陪着她，因此她不可能同任何人说话。那么，她是否看到了什么熟人呢？如果是的话，这个人肯定是从美国来的。因为她来到这个国家的日子很短，不可能会有什么人能给她造成如此深刻的影响，只是看了她一眼，就会使她完全改变她之前的打算。按照这种思路，经过一系列的演绎推论，我基本上已经得出这样一个推断，那就是她可能在这个过程中看到了一个美国人。那这个美国人能是谁呢？他何以对她产生那么大的影响？可能是她的情人，也可能是她之前的丈夫。我了解到，她年轻时生活比较艰难。在圣西蒙勋爵找我谈话之前，我只了解到这些东西。当他告诉我们说在教堂前排座位里有一位男人，使得新娘的态度开始变化，那么从手里掉下花束就只是一个为了拿到纸条的把戏，她求助于她的心腹女佣以及她提到的‘侵占土地’——这句采矿者的行话，意味着侵占别人原来已占有的探矿权——这是一个很明显的暗示，所以，整个事情就一清二楚了。她跟一个男人走了，那么这个男人或者是她的情人，或者是她之前的丈夫，是丈夫的可能性要大一些。”

“你到底是如何找到他们的呢？”

“本来几乎是不可能找到的，不过雷斯垂德警探手里掌握了连他自己都不知道价值何在的情报。当然了，那几个姓名的起首字母是最重要的，但是比这更有价值的是，我推断出他在一周内曾在伦敦一所最豪华的旅馆住过。”

“你怎么推断出来那是最豪华的旅馆呢？”

“我是根据高昂的价格推断出来的：八先令一个床位，八便士一杯葡萄酒，从中可以推测出这是伦敦最豪华的一家旅馆。在伦敦，价格这么贵的旅馆并不多。在诺森伯兰大街我调查到第二家旅馆时，我在登记簿上发现有一位来自美国的弗朗西斯·莫尔顿先生，一天前曾在这里住过。在查看他的账目清单时，我又偶然发现有些跟我在那张纸条上发现的账目一模一样。这位美国先生在留言里要求将寄给他的信件转到戈登广场226号。于是，我就赶到那里，很幸运地发现两个人正好在家。我冒昧地以长辈的口吻向他们提了意见。我告诉他们，不论从什么角度来说，他们都最好向公众，特别是向圣西蒙勋爵解释清楚这件事情。我邀请他们到这里来和他见面，并且我也使勋爵如约赴会。”

“但是，这件事的结局并不完美，”我说道，“勋爵的举止看来还是不够宽容。”

“嗨，华生，”福尔摩斯微笑着说道，“如果是你经过求婚、结婚等一系列复杂的事情之后，却发现突然间妻子和马上要到手的财富不翼而飞，你恐怕也不会很宽容。我认为对圣西蒙勋爵不如更宽容些，并且希望上帝不要让我们有一天落到同样的境地。请你将椅子向壁炉那边移一下，把小提琴递给我。我们现在还需要解决的唯一问题是，如何消磨接下来这无聊和清冷的秋夜。”

绿玉皇冠案

“福尔摩斯，”一天早晨，当我站在矮窗前往街道上面眺望的时候，我说，“那个正往这边过来的人看上去似乎是个神经病，没想到他的家人居然会把他独自扔在外面，太不可思议了。”

我的朋友懒洋洋地从扶手椅里站了起来，双手插在睡衣口袋里，站在我的背后向外看去。这是一个明亮的、一尘不染的二月的早晨。昨天刚刚下过一场大雪，地上还铺着厚厚的一层，在清冷的阳光照射下反射着光亮。由于过往车辆的碾压，贝克大街马路中心的雪只剩下一条灰褐色的线了，但是在马路两边以及靠近人行道的地方仍然是一片素白，仿佛是雪花刚刚落下来的一样。人行道上由于有人清扫过，已经没有什么雪了，露出了它原本灰色的面目，不过走在上面还是会滑得厉害。所以路上的行人也就没平常那么多了。更确切点地说，从大都会车站方向朝这边走过来的，除了这位孤独的先生之外，就再也没有其他人了，而这位先生的古怪行为引起了我的注意。

这个人差不多五十岁光景，长得高大结实，脸庞厚实，他那看上去仪表堂堂的样子，很容易给人留下深刻的印象。他的衣着虽然色泽暗淡，但是却很奢华时尚，他身穿一件黑色大礼服，头戴一顶有光泽的帽子，脚蹬一双式样雅致的有绑腿的棕色高筒靴，裤子剪裁考究，是珠灰色的。然而，他的行动却与他端庄尊严的衣着和仪表形成鲜明的反差，显得十分荒唐可笑。因为他正在费劲地奔跑着，偶尔还夹杂着小小的蹦跳，好像一个疲惫困顿的人试图通过这种蹦跳来减轻完全附着在他脚上的压力一样。当他跑的时候，双手也随着不停地上下挥动，脑袋也摇摇晃晃的，他的脸部甚至因此有些变形了。

“他一定是出了什么事情才会变得如此吧？”我问，“他看上去是在找一栋房子。”

“我想他不久之后就会找到我们这里来了。”福尔摩斯搓着手说。

“到我们这里来？”

“没错，我确定他是来找我请教问题的，我能够看得出来。哈！难道你以前不知道我有这么厉害吗？”话音未落，那个人已经跌跌撞撞地冲到了我们的门口，使劲儿地拉着门铃，仿佛整间房子都是那门铃的声音。

片刻之后，他已经站在我们的房间里了，由于还没缓过气来，他急着试图通过肢体语言表达些什么，两眼布满着忧愁和失望。见到此情此景，我们的笑容骤然消失，剩下的只有震惊和同情。他一时还说不出话来，只是颤动着他的身子，抓着头发，像一个失去理智的人。随后他突然跳起来将头部用力向墙壁撞过去，吓得我们两人赶紧拉住他，把他拖到房间的中央来。夏洛克·福尔摩斯将他按到一张安乐椅上坐下，自己就坐在他的边上，轻轻地拍着他的手，并十分在行地运用他那标志性的温和语调和他侃了起来。

“你是特意跑到我这里来跟我讲你的故事的吧？”他说，“你跑得太快了，所以感觉很疲惫。请稍事休息，等你缓过气来，我会很高兴地倾听并努力帮你解决你可能向我提出的任何问题。”

那个人静静地坐了一两分钟，大口大口地喘着气，正努力地想把情绪稳定下来。然后他用手帕擦拭了一下他的前额，紧闭着嘴，接着将脸转了过来。

“你们一定在怀疑我疯了吧？”他说。

“我看你准是遇到了非常大的麻烦。”福尔摩斯答道。

“老天啊！你们简直无法想象我碰到的是怎样的麻烦……这麻烦来得措手不及，而且相当严重，都快让我崩溃了。我向来是一个谨慎得不给自己抹黑的人，可是我却要因为这件事情蒙受公开的耻辱。每一个人都会有自己的麻烦，这是命中注定的，但是这两桩事以这样可怕的形式同时加诸到我的身上，这简直要把我折磨疯了。而且，事情还不止牵涉到我一个人，这件可怕的事情如果最终也没有办法解决的话，最终还会连累我国最尊贵的人。”

“先生，请先放松，”福尔摩斯说，“你得先跟我们说清楚你是谁，并且在你身上究竟发生了什么事情。”

“我的名字，”我们的客人回答说，“也许你们听过，我是针线街霍尔德—史蒂文森银行的亚历山大·霍尔德。”

这个名字我们的确听说过，还很熟悉，他是伦敦城里第二大私人银行的主要股东。那么究竟发生了什么，竟然让这样一位伦敦第一流公民沦落到如此可怜的境地？我们带着好奇，耐心地等待着他打起精神来跟我们说他的故事。

“我们的时间并不宽裕，”他说，“所以当警厅检察官建议我来找你们合作的时候，我就火急火燎地赶到这里来了。我是搭地铁然后急急忙忙步行来到贝克大街的，因为马车在雪地上的速度实在太慢了。我之所以这么容易气喘吁吁，归咎于平时太缺乏锻炼的缘故。现在我感觉好一点儿了，我尽量事无巨细地把事实情况讲给你们听。

“当然，想必你们也都知道，一家银行要不断发展壮大，就必须善于找到有效的投资方法，同时还要尽量多地增加业务联系和储户的数量。我们投放资金利润最大化的方法之一是通过那些证明可靠的担保，将钱贷给那些提供了担保的人。这几年来我们做了很多笔这种交易，许多名门望族以他们珍藏的名画、图书或金银餐具作为抵押品在我们银行贷了大笔大笔的款项。

“昨天早上，我正在自己银行的办公室里上班，我的工作人员递了一张名片给我。上面的名字让我着实吓了一跳，因为这不是别人，他的名字简直就可以说是全世界家喻户晓，在英国具有最崇高的地位，也是英国最为尊贵的名字。他的到来，让我深感意外，我正想表达他对我的知遇之恩，可他却显然不愿过多地客套，而是直接入题，像是要让一个不怎么愉快的事情赶快过去似的。

“‘霍尔德先生，’他说，‘我听说你们这里可以办理贷款。’

“‘如果抵押品值钱，本行是乐意受理这种业务的。’我回答说。

“‘现在的情况是，’他说，‘我有急用，需要五万英镑。当然，我可以轻而易举地从我朋友那里筹到十倍于这个数额的款项，但是我需要郑重其事地对待它，而且还要亲自跑一趟。如果你能够跟我换位思考，那么我相信你也会有同感，那就是不愿意随便去打扰别人，或者是接受别人的恩惠。’

“‘那么请问，这笔钱您需要贷多长时间呢？’我问。

“‘下星期一我就有一大笔数额巨大的钱要到期了，到那时候我就可以百分百立马归还这笔借款，利息随便你，只要你给我一个合理的数字就行。对于我来说，当务之急是必须马上将这笔钱拿到手。

“‘照理来说，我本不应该继续多嘴，而以个人名义直接给您办理这个业务，这样就能马上解您的燃眉之急了，这对于我也倍感荣幸，’我说，‘但遗憾的是，那已经远远超出了我能够负担的能力范围。另外，如果我站在银行的立场跟您交涉，为了公平起见，同时对公司其他股东负责，即使是对您我也不能放弃原则，您必须能够提供一种东西用来抵押，您知道，这是我们银行贷款的流程。’

“‘自然应当如此。’他一边说，一边把他座椅旁边的一只四四方方的黑色摩洛哥皮盒置于桌上，‘想必你一定听说过绿玉皇冠吧？’

“‘哦，那是我们王国最宝贵的财产之一。’我说。

“‘确实如此！’然后我就看到了它，盒子里面是一块非常有手感的肉色天鹅绒，其上正是那件闻名遐迩、价值连城的宝贝。他继续说道：‘这上面还有三十九块绿玉，你光是看这上面镂刻的那些图案，就会发现已经相当贵重了。这顶皇冠至少值十万英镑，你觉得我可以将它作为抵押贷款的凭据吗？’

“我把这贵重的物品拿在手上，用有些复杂迷茫的眼神看着我的委托人。

“‘你不相信它的价值吗？’他问。

“‘不，丝毫不会。我只是担心……’

“‘我之所以愿意把这样一个宝贝留在这里，是有绝对的信心的。因为我有充足的把握能够在四天之内将它赎回，不然我是决不会走这条路的，这不过是一种形式上的过场而已。这样说你明白了吗？’

“‘太明白了。’

“‘霍尔德先生，请你务必要上心，通过所有我对你的了解，才让我决定把所有的信任都置于你和你们公司身上，我希望你对于此事要守口如瓶，切忌在闲聊中提到这件事情的只言片语。当然，更重要的是你要对这顶皇冠采取最严密的防范措施，不能让任何的不幸降临在它身上，否则若有丝毫破损，后果将会不堪设想，这是不言而喻的。对它的任何损坏也几乎和丢失它同等的严重，因为这些绿玉是举世无双的，世界上再也找不到同样的了。出于对你的无限信赖和肯定，我现在把它留在你这里，星期一上午我会再次登门造访将其取回的。’

“意识到我的委托人似乎急于离去，我就不便多说什么，马上吩咐出纳员给我的委托人支了五十张票面为一千英镑的钞票。当屋子里恢复平静，只剩我一个人时，当然还有放在我前面桌子上的这只贵重的盒子，面对如此巨大的责任，我开始惴惴不安起来。面前的这件国宝，如果在我的手上受到任何伤害，如潮的公愤必定会把我淹没的。我开始后悔自己贸然就接受了这个业务。然而，现在为时已晚。我只好先把它锁了起来，然后去做手头上的工作了。

“到了准备下班的时候，我觉得实在不放心将这么贵重的东西放在办公室里。因为此前银行的保险箱就曾经被人强行撬开过，说明我的保险箱也不是万无一失的。万一被我说中了，那我的后果该是多么无法想象啊！最后我下定决心，无论我在哪里都要随身携带着这只盒子，寸步不离地保护着它。下定决心之后，我就叫了一辆出租马车把我和这件宝贝一起送到了我在斯特里特哈姆的家里。我把它锁进了我起居室的保险柜里面，这才放心。

“接下来说说我家里的具体情况吧，福尔摩斯先生，也许这会有助于你对整个案情有充分的了解。我的马夫和听差一般是不会进我房间的，因此他们两人可以忽略不计。家里的女佣有三个，我跟她们是多年的主仆，因此我觉得对她们是绝对放心的。不过，有个叫露茜·帕尔的当帮手的侍女，她才刚刚到我家来了几个月，但是凭借着她自身优良的品质，我对她也是没话可说的。她是个非常漂亮的姑娘，而且偶尔也会招惹一些对她有意思的人，他们总是对她念念不忘，这是我们唯一觉得她不可取的地方，其他的无论从哪方面讲，我们都相信她是个彻头彻尾的好姑娘。

“关于家仆就介绍到这儿了。我的家庭是很简单的，根本没有什么别的可讲。我是个鳏夫，膝下有一独子，叫阿瑟。他令我很失望，福尔摩斯先生，真是让人没有想头啊，但这完全是我咎由自取。人们都说是我把他惯坏了，我想这可能是真的。自从我爱妻去世后，我觉得这世界上只剩下他一个可以让我疼爱的人了，我甚至不愿意让他有丝毫的不高兴，对他总是有求必应。如果起初我能对他严格要求一点儿，也许对我们彼此都要好些，但是现在这只能是一种奢望了。

“子承父业是自然而然的一种想法，我也希望他将来能够继承我的事业，可是他不是那种有事业心的人。他放荡而又不受管教。说实在的，我甚至从来不敢带有信任地把大笔的业务款项交给他去打理。在他还小的时候就加入了一家贵族俱乐部，他在那里面因为良好的行为举止，很快就跟一批富家子弟成了好朋友，但是这些人都是挥霍无度的人。跟着他们，我的儿子很快就学会了在牌桌上疯狂下赌注，在赛马场里面砸钱，每次输了钱之后就会到我这里来预支他平时的零花钱，同时一次又一次地跟我保证会戒掉这些不良习性。确实，他也曾经多次努力过，试图和那群危险分子断绝关系，但每次都很不自觉地在他的朋友乔治·伯恩韦尔爵士的影响下，又变成了老样子。

“而且，事实上，像乔治·伯恩韦尔爵士那样的人我相信是很有感染力和影响力的，我儿子经常把他带回家来，他的翩翩风度和迷人魅力连我这样的人都几乎要被他吸引了。他年纪比阿瑟大，是一个地地道道的玩世不恭的人。他的生活阅历很丰富，能说会道，并且外表出众。然而，一旦忽视掉他仪容的魅力，冷静地去评价他这个人的时候，我发现他总是一副愤世嫉俗的样子，尤其是通过他看人的眼神，我更加确定他不是一个能够推心置腹的人。我是这样想的，我的小玛丽跟我也有同样的共识，她是一个很敏锐的人，具有一种天生的女性直觉。

“现在只剩下玛丽的情况没有跟你介绍了。她是我的侄女，五年前我兄弟不幸过世，我看她孤苦伶仃地实在太可怜，便收养了她，并把她当成我的亲生女儿对待。她给了我家里温暖——柔顺、漂亮、懂事，在家务上也是一把好手，而且具备理想女人那种清新文静、温和柔顺的气质。她是我有力的帮手，我甚至不敢想象如果没有她我该怎么办。只有一件事她跟我的想法背道而驰，我的儿子确实是深爱着她，并且两次向她求婚，但是两次都被她拒绝了。我觉得如果说在这世界上还有一个人能把我儿子挽救回来的话，那么绝对是她，如果他们能结合的话，他婚后一定会变成另外一个人。可是现在，哎呀！已经是无可救药了——永远都无可救药了。

“福尔摩斯先生，我已经把所有家里成员的情况跟你说清楚了，接下来就让我来跟你讲讲究竟发生了什么可怕的事情吧！”

“那天晚饭后，我和阿瑟，还有玛丽在客厅里喝咖啡。闲聊的时候，我把我那天早上的经历讲给他们听了，而且还告诉他们那件贵重的宝物现在就在我们这间房子里面，我只是只字没提那位委托人的姓名。我肯定露茜·帕尔在给我们送来咖啡以后就离开了房间，但是她出去时有没有把门带上，我就没注意了。玛丽和阿瑟都满是兴趣十足的样子，都说想开开眼界，让我拿出皇冠来给他们看看，但是我想还是不要轻举妄动比较好。

“‘你放在哪里了？’阿瑟问道。

“‘在我自己房里的柜子里。’

“‘唔，老天保佑千万别在夜里被偷走才好。’他说。

“‘柜子锁起来了。’我回答说。

“‘哎，随便找把用过的钥匙都可以把那个门打开的。我记得小时候就用厨房柜子的钥匙把它打开过的。’

“他说话总是脱口而出，所以我经常不把他的话当一回事。那天晚上他尾随着我回到房间，面色十分沉重。

“‘爸爸，’他耷拉着眼皮说，‘你能给我二百英镑吗？’

“‘不，不能！’我话说得很重，‘在金钱方面我对你已经够纵容了！’

“‘你一直都很好说话的，’他说，‘你今天一定要把这笔钱给我，不然我这辈子都没有颜面再进那家俱乐部了！’

“‘那再好不过了，我巴不得呢！’我嚷着。

“‘是的。但是你总不至于让我灰溜溜地离开吧。’他说，‘我丢不起那个脸。我必须想办法筹到这笔钱。如果你不肯给我，那我就得采取其他的行动了。’

“我简直气急败坏了，因为这个月他已经问我要过三次钱了。‘你别想从我这里得到一个子儿。’我大声说。这之后，他鞠了个躬，什么也没说就走了。

“等他走后，我将柜子的门打开，确定我的宝物安然无恙之后就又把柜子锁上了。接着我围着房子四处巡视了一番，看看是否一切安全。在平时，这是玛丽的任务，但我那天晚上还是决定亲自检查一遍才放心些。我下楼梯的时候，发现玛丽独自靠在大厅的边窗那里，注意到我之后，她迅速地把窗户关了起来。

“‘你说，’她说，神情慌张的样子，‘你今天晚上叫露茜出去了吗？’

“‘当然没有。’

“‘她刚从后门回来。我看到她刚才到边门去见了一个什么人，我觉得一点儿都不放心，必须警告她一下才行。’

“‘你明天早上跟她说说，当然如果你不乐意的话，那就我跟她讲好了。你肯定各处都关好了吗？’

“‘当然。’

“‘那好吧，晚安！’我跟她吻安之后便上楼去睡了，而且很快就睡着了。

“我尽可能将一切都详细地讲给你听，福尔摩斯先生，这些跟这整个案子也许都是有关联的。如果你有地方没听懂，请你务必提出来。”

“恰恰相反，你的陈述十分清楚。”

“现在我要说到的就是这个案子最重要的一部分了。我不是睡得很酣的人，而且这两天的心事，无疑使我更加无法踏实入睡。大约是凌晨两点钟的时候，屋里的某种响声把我惊醒了。但是，在我还没完全醒过来之前，这声音就消失了，但给我感觉像是什么地方有一扇窗户曾经被打开又轻轻合上了一样。我竖着耳朵全神贯注地倾听着。忽然间，从隔壁房间传来了慢慢的脚步声，在夜里听得十分清楚。我轻轻地从床上爬了起来，心里实在是紧张到极点了，我躲在房门的角落偷偷地向外面看过去。

“‘阿瑟！’我尖叫起来，‘你这个恶棍，还当起小偷来了！你居然敢对那皇冠下手？’

“透过还在那里的煤油灯，我看见了阿瑟，而我那个遭天谴的孩子只穿着衬衫和裤子就在灯边上，手里拿的正是这顶皇冠，看上去像是在用大力气在扳着它，或者说，是抠着它。听到我的喊声，他吓得措手不及，手一松，皇冠便掉在地上，他的脸色也随之变得苍白。我迅速把皇冠捡起来检查，发现在一个角落里的三块绿玉不翼而飞了。

“‘你这个混账！’我气得尖叫起来，‘你居然把它弄坏了！你真是把我的脸丢到家了！你把那几块宝石偷到哪儿去了？’

“‘什么，我偷的？！’”他叫了起来。

“‘是的，你这个贼！’我将近咆哮了，使劲儿摇着他的肩膀。

“‘没有啊，不可能会丢的啊。’他说。

“‘这三块绿玉去哪里了？一定是你把它们藏起来了。你已经是贼了，难道还想做骗子吗？我看见你的时候，你不是还在扳第四块吗？’

“‘你羞辱够了吧，’他说，‘我再也受不了你了。既然你这样怀疑我，那么我不会再多说什么了。等天亮了我就会离开这里远走高飞。’

“‘你别想走，我要把你交给警察！’我简直快气疯了，‘这

件事我要一查到底！’

“‘你别想从我这里知道任何事情。’我没想到他竟然像变了个人似的，‘如果你要叫警察，就叫警察来搜好了。’

“这时候，因为我们的大喊大叫，全家都被惊动了。玛丽第一个跑了过来，目光一接触那顶皇冠和阿瑟的表情，她就仿佛明白了全部的情况，然后她尖叫了一声，就昏过去了。我让女佣迅速报了警，请他们立即着手调查。当警察和随从一起来到我家里的时候，阿瑟一副破罐子破摔的表情，插着双手悻悻地站在那里，问我是不是真的准备以盗窃罪名起诉他。我告诉他在他手上弄坏的这顶皇冠是国家的公有财产，鉴于此，这就已经上升为一种国家的行为了。既然如此，我就不得不把所有的问题都交给法律去解决。

“‘至少，’他说，‘你不至于现在就把我缉捕归案啊。要是能让我离开五分钟，对我们彼此都有好处。’

“‘这样，你就可以趁机逃跑，或者就可以将赃物给转移了吧？’我说。这时我突然意识到我的处境是多么可怕，于是我对他阐述这件事情的严重性，不仅是我，甚至那个比我重要得多的人也会因此而名誉受损，甚至可能惹出一桩震惊全国的丑闻，但是如果他能够告诉我那三块绿玉究竟在什么地方并且交出来的话，这一切就还为时不晚。

“‘你自己也应该清醒一下了。’我说，‘要知道你是当场被抓住的，抗拒的话只会从严处罚。如果你还希望宽大处理的话，

就告诉我们绿玉藏在哪里，那么一切都还来得及，并且你也会被宽恕的。'

"'将你的仁慈留给那些有用的人吧。'他露出了轻蔑的微笑，转过身去。我看到他如此顽固，知道我自己再说什么也没有用了。没有别的办法，最后我只好让检察官对他进行了全面看管，并做全身的仔细搜查。他的身上，房间里面以及屋里每一个可能有宝玉的角落都被翻了个底朝天，但是仍然没有任何蛛丝马迹。尽管我们软硬兼施，已经用尽了各种方法，可这个混账孩子还是一个字也不肯说，今天早上他已经被关到牢房里去了。而我在办完了按流程需要办理的所有手续之后，便急忙赶到这儿来向你求助，希望你能用你的本领帮助破案，警察已经无计可施了。只要你认为对破案有利的，花多少钱我都不在乎。我已经为此悬赏一千英镑来破案了。天啊，我真的快不行了。一夜之间，我的信誉，我的宝玉和我的儿子都被毁灭了。啊！我该怎么办呢？"

他双手抱头，全身不停地摇晃，一直像个小孩子一样自言自语，仿佛像是哑巴吃黄连一般——有苦说不出来。

夏洛克·福尔摩斯听了之后，一言不发地坐在那儿，眉头紧锁，眼睛盯着炉火一动不动。

"你平时在家里会客多吗？"他问。

"就是几个合伙人和他们的家眷，其他就是阿瑟的朋友。除了乔治·伯恩韦尔先生最近造访得比较频繁之外，其他就没什么人了。”

“你社交活动的次数如何？”

“阿瑟的次数比较多，我通常和玛丽两个人待在家里，我们俩对这种活动都不是很感兴趣。”

“作为一个年轻姑娘，这简直太奇怪了！”

“她生性内向。此外，她并不像你认为的那么年轻，她已经二十四岁了。”

“这件事情，照你所说，好像她也受了不小的惊吓。”

“吓坏了！她受到的影响比我还大。”

“难道你们俩都认为你儿子有罪吗？”

“这还有什么可怀疑的呢？当时是我亲眼看到赃物在他手上拿着的啊。”

“我并不认为这是证据确凿的事情，皇冠还有其他什么地方弄破了吗？”

“有的，它被扭歪了。”

“那么可能也有这样一种情况，他也许只是想要将它弄直？”

“上帝啊！我知道你是希望能够有一个对我和我的儿子都好的万全之计，但是这个任务过于艰巨了。他到底在那里干些什么？如果他并没有做那样的事情，他为什么一直沉默呢？”

“分析得很对。如果他犯了罪，为什么不说假话来为自己辩护呢？他的沉默其实是有两种可能的。而且这个案子中还有一些不是很清楚的地方。警察是怎么解释那些让你从睡梦中苏醒过来的声音的呢？”

“他们说这是阿瑟关门的时候弄出来的声音。”

“像说故事一样！如果一个人存心作案的话，他又怎么会粗手粗脚，唯恐天下人不晓呢？好吧，他们又是怎么界定宝玉的失踪的？”

“他们现在都还正在家里翻箱倒柜呢，想看看是不是能够找到它们。”

“房子的外面看过了吗？”

“看过了，他们已经费了很大力气了，把整个花园都搜查过一遍了。”

“那么到现在，我亲爱的先生，”福尔摩斯说，“所有的一切难道不是都已经很明显地告诉你，这件事的确比你或警察当初所想的要复杂得多了吗？在你们看来，这只不过是一桩简单的案子；但在我看来它似乎特别复杂。想想你们的判断都是依据什么做出来的，你们分析的是你的儿子特意从床上爬了下来，顶着巨大的危险，潜入你的卧室，打开柜门，拿出皇冠，用尽全身力气扳下来三块绿玉，然后再离开房间把那三块绿玉藏在一个没人知晓的地方，然后再带着剩余的三十六块回到家里，冒着谁都能想到的巨大的风险。听完对这整个故事的分析，你们觉得这样是合情合理的吗？”

“可是除此之外，还有什么可能呢？”这位银行家几乎是以一种绝望的姿态嚷着，“要是他没有什么邪恶的动机，那他为什么不做出合理的解释呢？”

“这正是我们接下来要做的工作。”福尔摩斯回答说，“所以现在如果你愿意的话，霍尔德先生，我们就一起前往你在斯特里特哈姆的家里去仔细查看一下吧！”

我的朋友坚持要我陪同他们一起前往，这也正中我的下怀，因为刚刚听到的一切已经强烈地激起了我的好奇心和同情心。我承认，在这个银行家的儿子人赃俱获的这点上，我当时和这位不幸的父亲的看法雷同，都认为他的犯罪行为是很明显的；但与此同时，我对福尔摩斯的判断力总是信心满满的，因此我觉得既然他并不赞同大家所公认的解释，那么这在一定程度上肯定也说明这件事情还有转机。在去南郊的路上，他一直沉默着，下巴耷拉到了胸口上，帽子掉下来盖住了眼睛，陷入了深深的思索之中。我们的委托人，感觉像是突然看到了一线生机一般，感觉又有了新的希望和勇气，他甚至开始和我聊着一些其他业务上的事情。在一小段的火车车程之后，再稍稍步行一阵子，我们终于到达了目的地——这位银行家并不怎么奢华的费尔班寓所。

他的寓所离大马路有些许距离，是一所规模比较大的用白石建的房子。双向的车道沿着一块积雪的草坪一直通到两扇紧紧闭着的大铁门前面。房子的右面有一小丛灌木，其间有一条狭窄的、两旁有小树篱的小径，这条小径从马路口一直延伸到厨房门前，主要是供那些零售商人进出的。在房子的左边有一条小道通到马厩，这条小道位于庭院外部，是一条少有人来往的公共马路。福尔摩斯让我们在门口稍等，他自己慢慢地在房子周围巡视着，经过屋前沿着那供零售商人走的小道，再绕过花园进入后面那条通往马厩的小道。他这样来来回回走了很长一段时间，霍尔德先生和我索性先进去，坐在客厅的壁炉边等他。我们两个人都没有说话，突然房门打开了，进来了一位年轻的女士。她中等身材，苗条有致，头发和眼睛都是乌黑的，尤其是在她十分苍白的皮肤的衬托下，更显得分外黑。我想我从来没见过如此脸色苍白的女人。她的嘴唇也很苍白，眼睛却是红肿的，可能是长久哭泣的缘故。她悄无声息地走进来，看起来她正承受着无以复加的痛苦，比银行家更甚。如果一个人本身是定力很强同时自制力也很强的人，那么他表现出的很痛苦的样子一定会让你印象很深刻，当时这位女士就给我这样的感觉。她全然不顾我的存在，径直走到她叔父的跟前，以女性独有的温情抚摸着他的额头。

“你已经让他们将阿瑟释放了，是吗？”她问。

“不，没有，我的姑娘，这件事必须要一查到底的。”

“但是我笃信他是无罪的。你一定知道女人的本能是怎么回事。我知道他并没有做什么过分的事，而你这样粗暴地对待他，将来会后悔的。”

“那么，如果他无辜的话，那为什么没有丝毫的申辩呢？”

“谁知道啊？也许他是因为没想到你会这样怀疑他而生气了。”

“他怎么能让我不怀疑呢？当时他手里拿着那顶皇冠是我亲眼所见的。”

“哎，也许他只是将它拾起来看看而已。哦，请务必相信我的话吧！他绝对是无辜的。这件事就这样过去算了吧，别再提它了。

“想到我们亲爱的阿瑟此刻正待在监狱里面，这是一件多么让人痛心疾首的事情啊！”

“找不到绿玉我是绝对不会善罢甘休的——决不，玛丽！因为你对阿瑟的感情，使你看不到这件事对我有多么大的伤害。我绝不能就这么算了，我还从伦敦请了一位先生来帮助调查这件事。”

“就是这位先生吗？”她转过身来看着我问道。

“不，这是他的朋友。他跟我们说他想要一个人走走，现在正在通往马厩的那条小道边。”

“通往马厩的小道？”她扬起她的黑眉毛，“他在那里找什么啊？啊，莫非就是这位先生？先生，我相信你一定能证明我坚持的都是实情，也就是说我的堂兄阿瑟是无罪的。”

“同感，我跟你想的一样，而且，我相信，有你的得力帮助，我们很快就能让阿瑟无罪释放的。”福尔摩斯一边说着，一边在擦鞋垫上来回磨蹭想把鞋底下的雪蹭掉，“那么你一定就是玛丽·霍尔德小姐吧，我可以向你请教一两个问题吗？”

“请便吧，先生，只要能对澄清这件可怕的事件有所帮助就行。”

“昨天夜里你听见什么声音了吗？”

“没有，直到后来我听到了叔叔的吼声，然后我才下来。”

“你昨天晚上说已经将门窗都关上了，那么你确信已经将所有的窗户都闩上吗？”

“是的。”

“直到今天早上都还是闩着的？”

“确实如此。”

“你的女仆有个情人吧？我听说你昨晚曾经告诉过你叔叔说他们出去幽会了？”

“是的，就是那个在客厅里侍候的女佣，她也许偷偷听到了叔叔关于皇冠的谈话。”

“我明白了，也就是说很有可能是她偷偷溜出去将这事泄露给了她的情人，然后他们合伙来把这顶皇冠偷出去了。”

“但是这样一味地猜测有什么用呢？”银行家不耐烦地嚷了起来，“我亲眼看见的是皇冠在阿瑟手中拿着的啊？”

“别着急，霍尔德先生。我们所有的事情都必须追问清楚。霍尔德小姐，关于这个女仆，你说你是看见她是从厨房门附近进来的，是吗？”

“是的，当我意欲去查看那扇门闩的状况时，我正好看见她偷偷地溜了进来。在朦朦胧胧中，我也看见那个男人就在黑暗处站着。”

“你认识那个男人吗？”

“噢，是的！他就是给我们送蔬菜的小商贩，叫弗朗西斯·普罗斯珀。”

“他当时站在，”福尔摩斯说，“门的左边——也就是说，远离这扇门的马路上？”

“是的，是这样。”

“他的一只腿装着木头假腿是吗？”

突然，这位年轻小姐那内涵丰富的黑眼珠突然显现出一些害怕的神情。“怎么？难道你是魔法师吗？”她说，“不然怎么连这个都知道？”她当时面带笑容。但是福尔摩斯瘦削而激动的脸上却相当严肃。

“我迫不及待地想要上楼去。”福尔摩斯说，“我很可能还想要到房子外围看一遍。当然在上楼之前，我先去看看楼下的窗户。”

他顺着一个个窗户慢慢地走过去，只是在那扇可以正对着马厩前面小道的大窗户前停了下来。他把这扇窗户打开，拿出随身携带着的高倍放大镜小心翼翼地检查着窗台。过了一阵子之后，他说：“现在我们上楼去吧。”

这位银行家的卧房布置得很简单，而且不是很大，地上铺着的是灰色地毯，还有一个大柜橱和一面长长的镜子。福尔摩斯靠近柜橱跟前，开始检查那把锁。

“他开这把锁的钥匙呢？”他问道。

“就是我儿子前面说到过的——那把开厨房食品橱的锁的钥匙。”

“在这儿吗？”

“就是化妆台上的那把。”福尔摩斯把它拿过来打开了柜子。“这是一把无声的锁，”他说，“难怪你没有被它吵醒。我想，这只盒子就是装那皇冠的，我们必须检查一下。”他打开盒子，把皇冠拿出来放在桌子上。这是一件工艺精湛的艺术品，那三十六块绿玉是我见过的最精美的玉石。皇冠的一边有一道裂口，正是那个角上的三块绿玉被扳掉了。

“现在，霍尔德先生，”福尔摩斯说，“你看这个角和那个被扳掉了绿玉的角是互相对应的。我想麻烦你试试能否将它掰开。”

那银行家惊慌失措地踉跄了几步。“我连碰都不敢碰它。”他说。

“那么我来试试。”福尔摩斯突然弯下腰去，用尽了所有力气去掰它，但是丝毫没有一丁点儿的反应。我觉得它有点儿被掰动了，”他说，“但是，虽然我的手指特别有劲，但要把两者分离开也需要相当长的时间。一个普通人是难以把它掰开的。好了，霍尔德先生，如果它真的被掰开的时候，会是什么情况呢？那声音简直就像枪击一样。那么请问你相信这样的事情会发生在跟你的卧榻咫尺之遥的地方，而你却什么也没听见吗？”

“我不知道，也不知道自己该想什么。现在我真的好迷茫。”

“但是随着事情的进展，一切都会慢慢水落石出的，你意下如何呢，霍尔德小姐？”

“我不得不承认我的迷茫程度不比我叔叔低。”

“当你看到你儿子的时候，他没有穿鞋，包括拖鞋，霍尔德先生，是吗？”

“只穿裤子和衬衫。”

“谢谢你。通过这次的询问，我想我获益颇多，简直幸运极了。到了如此地步，我们还不能把事情弄个明明白白的话，那就完全是我们自己的失职了。霍尔德先生，如果你允许的话，那么我就继续要到外面进行调查了。”

他坚持独自一人前往，因为他认为，人去多了会踩出一些不必要的脚印，那样会给他的工作增添不必要的负担。大约一个多小时之后，他回来了，脚上满是积雪，而他的面孔仍然是那样的神秘，让人捉摸不透。

“我想该看的我都已经看过了，霍尔德先生，”他说，“为了最好地为你效劳，首先我必须回到我的住处去。”

“但是那些绿玉，福尔摩斯先生，你有它们的下落了吗？”

“我暂时还没有十足的把握。”这位银行家搓着双手。“可能我永远都见不到它们了！”他大声地说，“还有我的儿子呢？你给了我希望的！”

“我一如既往地坚持我前面的看法。”

“那么，我的天哪，昨晚上在我屋子里究竟发生了些什么事情？”

“如果你能在明天上午九点到十点间到我位于贝克大街的住所来的话，我将尽力去把它讲得更清楚些。另外你似乎是花高薪来请我帮你调查这件事情的，也就是说如果我能给你找回所有的绿玉，你就会兑现当初给我的承诺，同时还可以在你银行不限次数地取款吧？”

“如果能把它们全部找回来的话，给你我全部的财产我都没有二话。”

“很好，我会继续调查这件事。再见，另外在傍晚之前，我可能还得再来这里一趟。”

根据我的了解，我相信我的伙伴对这个案子已经胸有成竹了，至于他究竟得出一些什么样的结论，谁都没有办法猜出来。在我们回家的途中，我屡次试图从他那里探听出一点儿内幕，但是他总是巧妙地转移话题，最后我也只好识相地放弃那个想法。我们回到屋里的时候，还不到下午三点。他直奔自己的房间，几分钟后便打扮成一个落魄的流浪汉了。他把领子竖了起来，穿着看上去像许久不曾洗过的破外套，系着红领带，穿着一双破破烂烂的皮靴，活脱脱一个地道的流浪汉。

“我这样打扮还挺煞有介事的吧？”他一边说一边对着壁炉上的镜子做着一些调整，“我真希望你能陪着我一起去，华生，可这次只怕不行。因为到目前为止，我可能已经找到了破案的线索，但也可能只是一些不成熟的构想，很快就会知道一切的，我过几个小时就会回来的。”餐柜上放着一大块牛肉，他从中割了一块下来，夹在两片面包里，然后把它塞进口袋，就开始了一个短暂的探险之旅。

当他回来的时候，我刚喝完茶，显而易见，他的情绪相当不错，他把那只在手里晃着的一只边上有松紧带的旧靴子扔在角落里，便去倒茶喝。

“我只是顺道经过这里进来看一下，”他说，“我很快就得走。”

“到哪里去？”

“噢，到西区的另外一边去。可能得过好一阵子才能回来。如果我回来得晚了的话，就先睡觉去吧。”

“事情进展得怎么样了？”

“噢，还可以，没什么可顾虑的了。下午去过之后，我后来又折回斯特里特哈姆去了，不过这回我没进去。有个小问题我不想轻易放过。但是，如果我再在这里闲聊的话，我就无法原谅自己了。当务之急是要脱下这身不怎么光彩的衣服，回归到本色的自己中去。”

我从他的行为举止推测出，他的骄傲甚至比他的言语渗透出的那种自豪更加充足。他的眼睛里有一种莫名的光彩，不怎么健康的面颊上甚至泛出了红晕。他快步地上楼，几分钟过后，从大厅里传来了“砰”的一阵响声，我知道他又一次出发去历险了，仿佛他生来就是为此而存在的。

我一直等到半夜，还是没有他的消息，我就回房就寝了。他惯常一连几天几夜地在外面追踪一条线索，我早都习惯了，因而对于他今天的半夜不归，丝毫不足为奇。对于他什么时候回来的，我一点儿概念也没有，但是等我早晨下楼去吃早餐时，发现他已经坐在那里了，一只手端着盛咖啡的杯子，另一只手拿着一份报纸，精神饱满，仪表端庄。

“不好意思，华生，没等你一起来进餐。”他说，“但是你知道我们还和我们的委托人在今天早上有一个约会呢！”

“怎么，现在已过九点钟了，”我回答说，“我肯定他已经在叫门了，我好像听到了门铃响。”

果然是我们的银行家朋友。他身上发生的变化让我一点儿心理准备都没有。只见他原本宽阔又健壮的脸庞，一夜之间就已经消瘦并干瘪了下去，他的头发好像也比以前更加灰白了。他看起来一夜未眠，脸庞显出萎靡疲乏的样子，看上去比昨天早晨那种狂暴更加让人心疼。他重重地把自己扔在了我推给他的扶手椅上。

“我不知道自己是不是做了什么缺德事才如此倒霉，”他说，“仅仅两天以前，我还是一个幸福和知足的人，觉得世界上没有什么烦恼可言。但是现在我却即将面临一个孤苦无依而且遭人指责的晚年。更加雪上加霜的是，我的侄女玛丽弃我而去了。”

“什么，玛丽走了吗？”

“是的。今天早晨我发现她的床没有人睡过的痕迹，她的房间也已经是空空如也，留给我的只有放在大厅桌子上的便条。我昨晚曾经对她说，要是当初她和我儿子结了婚，事情就不会发展到现在这地步。但是你应该理解，我只是过于悲伤了，事实上并不是真的生她的气，也许我这样说太欠考虑了，她的便条里也有这样说：

我最亲爱的叔叔：

我感到我已经给你增添了不少苦恼，如果我换一种做法，那么这件可怕的事情就永远都不可能发生了。我心里放不下这种念头，因此再也无法说服自己继续愉快地跟你同住一个屋檐下。而且必须地，我可能要永远离开你了。请不要为我操心，因为我有自己的方向和对前途的决定；更最重要的是，不要企图找我，那将是徒劳无功的，甚至会增添很多不必要的麻烦。无论我是活着还是已经死去，我永远是你最亲爱的玛丽。

“她这张写的是什么意思，福尔摩斯先生？难不成她想自杀吗？”

“不，不，绝对不会有这回事的。这也许是目前为止最好的解决办法。我相信，霍尔德先生，你的这些苦恼事很快就要画上句号啦。”

“哈！你确定吗？你是不是听说了什么，福尔摩斯先生，你一定是听说了什么吧？要不你就是发现了什么？那些绿玉现在哪里？”

“你不会认为为这区区小事花一千英镑划不来吧？”

“十倍我都愿意。”

“那太多了。我只需要三千英镑就够了。我想，还要有一笔不大的酬金。你带支票簿没有？给你笔，开一张四千英镑的支票好了。”

这位银行家照我朋友说的那样悉数开好了支票。福尔摩斯走到写字台前，取出一个不是很大的三角形的纸包，里面放的正是那三块绿玉，他顺手将它扔了过来。

我们的委托人像如获至宝一般，发出了喜悦的尖叫，并且一把抓了过来。“你找到了！”他激动地说，“我获救了！我获救了！”他这时候的高兴程度跟他之前愁苦的程度同样深刻。他将这几颗失而复得的绿玉紧紧地贴在胸前。“你另外还背负着一笔债，霍尔德先生。”福尔摩斯相当严肃地说。

“债？”他拿起笔，“欠了多少，我马上开支票。”

“不，你这笔债不在我这儿。而在你那个高尚的小伙子那儿，你欠了一声真挚的道歉，他独自揽下了所有的事情，如果我有一个这么勇敢的儿子，而且他也这么有作为的话，我会以他为骄傲的。”

“你的意思是说这件事情不是阿瑟干的？”

“我昨天就是这么说的，今天我再重复一遍，不是他。”

“你肯定吗？那么让我们赶快去救他吧，并且让他知道真相已经水落石出了。”

“他已经知道了。当我弄清事情的前因后果之后，就去跟他进行一个面对面的交谈。但是我发现他吞吞吐吐就是不愿意说出实情，我就把我的调查结果跟他说了。他听后不得不承认这整件事情，甚至通过他的叙述，还把我没理清的几个细节地方梳理通了，但是你今天上午带来的消息肯定会让他彻底开口的。”

“我的老天爷呀！那么，快告诉我这一系列离奇的事情究竟是怎么回事吧！”

“我当然会告诉你的，并且我还要按步骤跟你讲清楚我所有调查的过程。让我们从头开始吧，首先，这话可能很难说出口来，你可能也很难接受：那就是乔治·伯恩韦尔爵士和你的侄女玛丽其实一直在幽会，而且他们俩现在已经一起逃走了。”

“我的玛丽？怎么可能？！”

“不幸的是它不只是可能，而且已经是板上钉钉的事实了。当你和你的儿子把他接纳进你们家族的圈子里时，事实上你们谁都不知道他的真面目。他是全英国最危险的人物之一——一个心地邪恶的赌徒，一个凶狠透顶的流氓，同时也是一个没心没肺的人。而你的侄女对这种人毫不了解。当他又故技重施，对玛丽信誓旦旦，就好像他以前对成百上千个女人做过的那样时，单纯的玛丽就被他诱惑了。她虚荣得意起来，认定是她的魅力让她获得了这份自以为是的真情。而这个恶魔巧舌如簧，而且深知如何用花言巧语使这个单纯的姑娘为自己驱使，而且他们还几乎天天晚上都在约会。”

“我简直无法，也决不会相信有这样的事情！”银行家脸色灰白地嚷道。

“那么，让我来告诉你，前天晚上你们家里到底发生了什么事情吧！你的侄女，在确认你已经回房了之后，就蹑手蹑脚地溜了下来，在那扇朝向马厩小道的窗口和她的情人约会。他因为一直站在那个地方使得他脚踩的地方深深地印透了地上的雪，她和他聊到了那顶皇冠。这消息点燃了他对金钱的邪恶欲望，于是他动用自己的心机强迫她唯命是从。我相信她是深爱着你的，但是常有这种女人，她们一旦接触爱情就会因此而淹没其他一切感情，而她恰恰就是这样一个女人。他们还没完全说完，却发现你突然下楼来了，于是她急忙把窗户关上，并向你告密那女仆和她那装木头假腿的情人的偷情行为，不过这件事情也是确凿的。

“而你的儿子阿瑟和你交涉过后，便上床去就寝了，不过他因为欠俱乐部的债而辗转反侧，一直没睡着。半夜的时候，他听见轻轻的脚步声从他的房门前面移了过去，他好奇地爬起来向外看，让他惊讶的是，他居然看到他的堂妹轻手轻脚地顺着过道走了过去，然后就消失在你的起居室外面。这孩子被吓得差点儿失去意识，他赶忙随便找了一件衣服披上，躲在暗地里想看看她究竟要搞什么名堂。这时只见她又从你的房间里走了出来，他在过道灯光的照射下看见她手里拿着的正是那顶价值连城的皇冠，并且慢慢往楼梯那边挪过去了。他感到恐慌极了，便跑过去将身子隐藏在靠近你门口的帘子后面，在那里可以清清楚楚地看到下面大厅里所发生的一切。他看见她小心翼翼地将窗户打开，把皇冠递了出去交给外面黑暗中的什么人。之后她再把窗户重新拉拢过来，从他躲藏的地方的旁边——也就是那片帘子后面——经过，神色匆忙地回到自己的房间里去了。

“只有等到她不在现场了，他才可能采取行动，目的就是为了保护他心爱的女人，以免暴露她的罪证。等她一回到房里之后，他马上就意识到这件事将会给你带来多大的不幸，并明白他在此时此刻制止这件事是多么重要。于是他用最快的速度奔下楼，身上穿的仍然是那件随手披上的衣服，没有穿鞋子。他打开窗户，跳到雪地上，沿着小道一路追了过去。月光下，他看清楚了前面的黑影。乔治·伯恩韦尔爵士正企图带着皇冠逃逸的时候被阿瑟捉住了，两个人在那里厮打起来，他们一人拉扯着皇冠的一端。扭打之间，你的儿子狠狠地揍了乔治·伯恩韦尔爵士一拳，正中他的眼部。这时忽然间有个什么东西断了，两人的拉扯突然停止了，然后你的儿子发现皇冠已经在他手里，便头也不回地跑回家里，把窗子关好，走到你卧房旁边，正在检查因为扭曲而变形了的皇冠并用力想把它矫正过来的时候，你就出现了。”

“怎么可能这样？”那银行家大汗淋漓地说。

“正当他认为你会为他的勇敢进行大肆表扬和感谢的时候，你却对他劈头一顿谩骂，这彻底激发了他的怒火，但是他又不愿意将实情说出来，因为那样会出卖他曾经极力想保护的人。于是他做了一件非常有风度的事情，那就是独自承担了所有的责任，将她的秘密永远地埋藏起来了。所以这也就是为什么她一看到那顶皇冠后便会尖叫着昏过去的原因。”

霍尔德先生大声嚷着：“噢！我的天！我真是瞎了眼的笨蛋！是的，他曾经向我提出请求出去五分钟！这可怜的孩子原来是想到争夺的现场去寻找那从皇冠上掉下来的部分，而我是多么冷酷无情地错怪了他！”

“当我到你家里的时候，”福尔摩斯接着说，“我立即到四周进行仔细地检查，看是不是可以发现雪地里有什么痕迹有助于案子的调查。从前天晚上到当时都没有再下过什么雪，而且我知道这期间恰好有重霜使得那些印迹不至于被破坏。我经过商贩们常走的那条道，但是脚印都已经被践踏得没有章法了。不过，正好在它对面这边，也就是离厨房门稍远的地方，却留有一个女人同一个男人站在那里谈话时留下的痕迹，其中有一个脚印是圆的，因此看得出此人装着的是一条木制的假腿。甚至还看得出来有人惊动了他们，因为有痕迹显示那个女人赶紧跑了回去，因为从雪上面我们可以看出前脚印深后脚印浅。而那个装木头假腿的人待了一会儿才走开。这可能就是那女仆和她情人，你已经告诉过我他们俩的事。后来经过调查也证明你所说不假。后来我绕到花园，那里只剩下一堆杂乱的脚印，显然这是警察找绿玉时留下来的；但是当转到通往马厩的小道上时，雪地上的印迹告诉了我们一个很长而且很复杂的故事。

“那里有两个脚印是穿靴子的人留下来的，另外还有两个，则是一个赤脚的人留下来的。这让我感到由衷地高兴，因为根据你曾说的，这赤脚的脚印正是你儿子留下来的。前面那两条脚印是来回的，另外的两条也是来回，但看得出是速度很快而印出来的，而且光脚的脚印有些是覆盖在那穿靴子的脚印上面的，因此可以看出他是从后面追上去的。我按着前面的脚印走下去，来到了大厅那个大窗户的外面，发现那穿靴子的人在这里站了很久，因为四周的雪都已经融化了。随后我又沿着这脚印往回走，从小道一直走下去大约有一百多码。然后我看出那个穿靴子的人转过身来，地上的雪被踩得乱七八糟，凌乱不堪，似乎是在那里发生过一场激烈的搏斗。而且我还发现地上有几滴血，这说明我所有的推断都是正确的。后来，那穿皮靴的人又顺着小道跑了，在那里又留下了一小摊血，看得出来他受伤了。等他跑到大马路边上的时候，线索就没有了，因为那边的道路已经被清扫过了。

“我在进房子里面时，曾经用我的放大镜检查着大厅的窗户，你还记得吧，通过这个检查我发现有人从这里进出过。脚印的轮廓还清晰可见，看得出来是湿漉漉的脚在跨进来时踩下的痕迹。从那时起，我就对在这里发生的一切有了一个初步的想法。也就是说，曾经有一个人站在外边等着；然后有一个人将绿玉皇冠拿到这里；而这一切正好被你的儿子看见了。他去追贼，并且发生了格斗；他们同时抓住皇冠，一起使着力气，才使这个单个人根本无法破坏的皇冠造成严重的损坏。他把皇冠抢了回来，却也留下了一小部分在对方的手中，我当时能下的结论就是这样。接下来的问题是，那个人是谁？把皇冠拿给他的那个人又是谁？

“我记得有一句古老的格言曾经告诉我一个道理，当你把最不可能的情况排除过后，那么后来剩下的那些，无论它们是多么的不可能，也必定是真实的。我们可以知道，一定不是你将皇冠拿到下面去的，所以有可能的就只剩下你的侄女和女佣们。但是如果是女佣干的，那你的儿子怎么会愿意替她们承担罪行呢？这根本说不过去。而正是出于他对他堂妹的爱慕，所以他要维护她不让她受伤害，这样说就站得住脚了。因为事情本身并不是什么很光彩的事情，所以他才决定替她承担所有的过错。你曾经说看到过她站在窗户那里，而且后来听你说她一见到皇冠便昏迷了过去，我便开始对我的猜测有了百分之百的信心了。

“那么，接下来，她的同党又会是谁呢？显然是她的情人，因为我估计除了她的情人之外，没有人能够超过她内心对你的爱戴和感激之情了。你说你很少社交，朋友的数量也有限，而乔治·伯恩韦尔爵士却是其中之一。我以前就曾经听说过他，他在女性当中简直是众矢之的。我相信穿着皮靴并且手里有那遗失的绿玉的人一定是他。尽管他明白阿瑟已经知道了所有的内情，但他依然认为自己可以高枕无忧。因为这小伙子只要说出一个字，就极有可能会危及他的家庭。

“那么，凭你自身良好的感知能力应该可以猜到我接下来采取的步骤是什么了。我把自己扮成流浪汉的样子来到乔治爵士处，用了一些手段结识了他贴身的仆人，他告诉我他主人前天晚上划破了头。然后我用六先令买了一双他主人扔掉的旧鞋。我带着那双鞋来到斯特里特哈姆跟雪地上的脚印进行了核对，发现如出一辙。”

“难怪昨天晚上，我看到外面小道上有一个穷困潦倒的流浪汉。”霍尔德先生说。

“没错，那就是我。我感到事情已经进展得差不多了，人我也已经查到了，于是我就顺道回家换了衣服。接下来我还要扮演一个微妙的角色，因为只有这样才不至于把这件事情闹到法庭上去。而且我明白这个恶棍此刻正在为自己的保全洋洋得意着，因为他知道我们有很多顾忌，肯定是不会贸然起诉的，于是我找上门去。当然，刚开始的时候，他自然什么都不会承认的。但是，当我具体陈述出发生的每一具体情况——包括所有的细节以后，他从墙上拿下一根护身棒企图威胁我。当然，出于对他的了解，我事先早有防备，在他意欲敲击我以前，我迅即拿枪指着他的脑袋，这时他才慢慢老实了下来。我告诉他我们愿意出钱赎回那三块绿玉——一千镑一块。听到这里，他露出一种十分懊恼的神情：‘哎呀，背极了！’他告诉我他已经以六百英镑的价格将那三块绿玉卖给别人了。在我承诺不对他进行告发之后，他这才把收赃人的住址告诉了我。我找到了收赃人，经过一番讨价还价之后，我最终以一千镑一块的价格把绿玉悉数赎了回来。接着我还去会见了你的儿子，告诉他一切都已经结束了。然后，两点钟左右的时候，我终于回到家中休息了，这才真正结束了辗转辛苦的一天。”

“这一天绝对意义深远，几乎是将整个英国从一桩后果不堪设想的大丑闻中解救了出来。”银行家边说边站起身来，“先生，我不知道该用什么样的语言来表达我对你的感谢，但是相信我，我一定不会辜负你为此所付出的一切努力的。你的高超本领真是让我觉得望尘莫及，前所未见。现在我必须用最快的速度去找我亲爱的儿子，针对我对他的污蔑向他真诚地道歉。至于那个可怜的玛丽，她让我整颗心都伤透了。即使你有通天的本领，只怕你也说不上来她现在在哪里吧！”

“但是我想至少可以肯定，”福尔摩斯回答说，“她跟乔治·伯恩韦尔爵士在一起。与此同时，还可以确信的一点是，天网恢恢，疏而不漏，他们终将会受到严厉的惩罚的。”

铜山毛榉案

“为艺术而爱艺术的人，”夏洛克·福尔摩斯将《每日电讯报》的广告专页往旁边一丢说道，“往往是从看上去最微不足道和最琐碎的形象中得到最终极的乐趣。华生，通过你勤恳而诚实地对发生的案件所做的那些记录，我高兴地发现，你的行为已经接近了这个真理。甚至，我也敢说，你还会时不时地添色增彩。在案件中，你往往并不强调那些会受到人们普遍关注的案件的知名度或者审讯的轰动性，而关注于那些本身具有偶然性的情节，无论它们本身是多么平凡而琐碎，然而正是这些情节才具备推论的可能，综合逻辑判断，最终成为我的研究范围，并帮助我做出结论。”

“然而，”我微笑着说，“有时候我也会在记录中走入耸人听闻的误区，这也是确有其事的。”

“也许你这样做确实错了，”他边说边用火钳夹起通红的煤渣去点燃他那把长长的樱桃木烟斗——当他是在与人争辩的时候，常常是用这个烟斗，而不是思考问题时用的陶制烟斗，“也许你的错误在于总是力图把描述的一切写得栩栩如生，而不是将重点放在记叙那些严谨事物的因果关系上。而事实上，这些才是事件本身最重要的部分。”

“在我看来，我认为自己是在对所有的事情做出最冷静的评判。”我稍显冷漠地说道。因为我已经屡次感觉到我这位伙伴身上的自负性格，对此我总是无法宽容起来。

“不，我这并不是自私或者是自负。”他回答道，显然他已经看穿了我的心思，他总是有这种本领的，“你可以认为我在为我自身的技能申辩，但这事实上并不是一种私人的行为——而是一种超越了个人的行为。犯罪常有，但逻辑不常有。因此对于我们来说，或许应该更多地将注意力放在逻辑推理上，而不是案件本身上。只有这样我们才能真正达到一种教人喻世的高度，而不仅仅只是讲故事了。”

早春的早晨是清冷的，我们两人在贝克大街的老房子里吃过早餐后，坐在温暖的炉火边。炉火烧得很旺，以至于在那成排的暗褐色房子之间总是弥漫着厚厚的烟，对面的窗户在烟雾的笼罩之下变得若隐若现，在这些浓浓的黄色烟雾中甚至都看不完全形状了。我们点的是煤油灯，灯光照在白色的桌布上，当时的桌子还没来得及收拾，可以看到那些瓷器和金属等在灯光照射下反射的光线。夏洛克·福尔摩斯整个早上都很安静，一直在不停地翻阅着报纸上的系列广告专栏，最后，他看起来像是很不满的样子，借题发挥地把我在文学写作上的毛病揪出来好好批评了一番。

“而且，”他起初一直在吸着自己那长长的烟管，并且默默地凝视着火苗，短暂的停顿之后他接着说，“你几乎无法制造任何的轰动效应，因为在这所有的案件中，你只是善意地关注着自己感兴趣的东西，而对于案件本身却没有给予足够的重视，即使是对于从法律上来说并非犯罪的案件，你也从未给过合适的关注。就好像在我致力帮助波西米亚国王的案件中碰到的很多小事情一样，还有玛丽·萨瑟兰小姐的独特经历，以及跟那个歪唇男人案件关联的问题、贵族单身汉的遭遇，这些都不在法律规定的范围之内。但是在我说你要避免夸大其词的同时，我又担心你会不管不顾这中间的许多细节。”

“事实也确实如你所说，”我回答道，“但至少还得承认我使用的方法是独树一帜且饶有趣味的。”

“啐，我的好朋友，对大家——常常不善于观察的大家来说，他们根本不可能从一个人的牙齿看出他是一名编织工，或从一个人的左拇指推断出他是一名排字工，他们才不会去注意分析和推理有什么不同哩！但是，如果你确实写了太多细节，我也不能完全说不好，因为作大案的时代已经一去不复返了。这样子，那些至少是刑事犯罪的人，也没有了过去的那种冒险精神和创新精神。我自己的小行当，似乎也退化到一家中介机构的地步，只办理一些诸如为客户寻找遗落的铅笔，以及替寄宿学校的年轻姑娘们出出主意。我想，无论如何，我的事业已经一落千丈，而且已经是无可挽回了。今天早上我收到了一张条子，我想，它正标志着我事业的冰点。你读读这个吧！”他将皱皱的一封信扔给了我。

这是前天晚上从蒙塔格奇莱斯寄来的，内容如下：

> 亲爱的福尔摩斯先生：
>
> 我非常想就是否接受聘请而去当家庭女教师一事来征求一下您的意见。我会在明天十点三十分过来拜访您，希望不会给您带去什么不便。
>
> 你忠实的维奥莱特·亨特

“你认识这位年轻人？”我问。

“我不认识。”

“现在已经十点半了。”

“对，门铃肯定很快就要响起来了。”

“这件事带给你的兴趣也许会比你想当然得多。记得蓝宝石案件吗？刚开始的时候我们接触它不过是一时的兴致所致，但是后来却慢慢演化成了一个重要的调查案件，也许这件事也会是这样的。”

“那好吧，希望如此吧。我们马上就会有答案了，因为我们的当事人马上就要到了。”话音未落，就见房门一开，一个年轻的小姑娘走了进来。她衣着简单，但整洁干净，看上去活泼可爱、聪明伶俐，长着细小的雀斑，举止不拖沓，看上去像是个为人处世很有主见的女人。

“请你们原谅我的冒昧打扰。”我的朋友起身对她表示欢迎的时候，她这么跟我的朋友说，“但确实是这件事情太奇怪了，而我又没有可以给我意见的什么亲戚或朋友，我想也许只有你愿意告诉我该怎么办了吧？

“请坐吧，亨特小姐，能为你做些什么我会很开心。”

看得出来，这位新的当事人得体的举止和言行给福尔摩斯留下的第一印象相当不错。他例行地用自己的方式对这位委托人有了基本的审视与判断之后，便安静了下来，眼皮低垂着，指尖互相抵靠着，静静地聆听着她的故事。

“我已经做了五年家庭教师了，”她说，“就在斯彭斯·芒罗上校的家里，但是两个月以前，上校接到了到新斯科舍的哈利法克斯去任职的通知，而他的几个孩子也一并跟着他前往美洲，就这样，我的生活便开始突然空荡起来。我登过求职启事，也应征过很多报纸上的招聘启事，但都失败了。最后我卡上那可怜的积蓄开始变得越来越紧张，而我也实在是不知道该怎么办。

“在西区，有一家叫韦斯塔韦的家庭女教师介绍所，它在这方面做得比较好，我几乎每星期都要有几次到那里咨询是否有适合我的职业。韦斯塔韦是这家公司主办人的名字，但是实际上负责的经理人是一位小姐，叫斯托珀。她就是坐在自己的小办公室里，而求职的人们则在前面的接待室里等候，然后他们依次到经理办公室。而她则细心查阅登记簿，看看那里面是否登记有适合求职者的职业。

"唔，就像这个流程一样，上个星期当我被领进经理办公室时，我发现里面除了斯托珀小姐之外，还有一个黑壮的男人，他那又大又厚的下巴一直垂到了他的喉部，一层叠着一层，他一直笑容满面地坐在经理旁边，鼻子上架着眼镜，对每一个进来的妇女都仔细地观察着。当我走进去时，我明显地感觉到他在椅子上震动了一下，然后飞快地对斯托珀小姐说：'这个不错。'他说：'她简直太符合我的要求了。简直棒极了！'他看上去十分热情洋溢，并且双手并拢，态度虔诚，看上去很舒服。

"'你是在找工作吧，小姐？'他问。

"'是的，先生。'

"'想找家庭女教师方面的工作？'

"'是的，先生。'

"'你对待遇方面有什么要求呢？'

"'我以前在斯彭斯·芒罗上校那里的时候是四英镑一个月。'

"'哎哟，啧！啧！真小气啊……真够一毛不拔的，'他一边嚷，一边在空中挥舞着他那肥胖的手，好像情绪被什么点燃了一样，'怎么可以对这样一位既有魅力又有内涵的女士如此苛刻呢？'

“‘先生，也许我并不像你想象的那么有内涵，’我说，‘会一点儿法文，懂一点儿德文、音乐和绘画……’

“‘够了，够了！’他喊着，‘这些都是题外话了。我看你的关键在于你是否具备有修养的言行举止。而修养往往就是从一些琐碎的细节中体现出来的。简单地说，你如果没有修养的话，那么你就没有资格教授任何一个将来很可能会在国家的历史上起到很重要作用的孩子；但是倘若你有，那么，我简直无法想象，居然有人只给你那么微薄的薪水，怎么会有这样的人呢？小姐，我愿意提供给你一百英镑一年的工资。’

“‘你无法想象，福尔摩斯先生，对于我来说，在我如此窘迫的境遇下，这样的待遇简直就是上帝给我的恩赐了，简直好得难以置信！那个男的，可能是看出了我的怀疑，于是他打开包，拿出了一沓现金。’

“‘这也是我的传统，’他的笑容如此开心，他的眼睛眯着，在他那布满了皱纹的白脸上只剩下两条亮晶晶的细缝，‘预付一半薪金给我的家庭女教师，好让她应付旅费上的零星开支，并且能够购置些服装！’

“在我以前的经历中，我好像从来没遇到过如此考虑周全的人。尽管我明白，当时我已经欠了一些小商贩的债，这订金如果能够给我，自然会给我带来很大的方便。但是在这整个的接触中，我总觉得有些不对劲儿的地方，于是我尝试着想要在表态之前了解更多的具体事项。

“‘请允许我询问一下，你们住在哪里呢，先生？’

“‘汉普郡一个有魅力的乡村——铜山毛榉，离温切斯特五英里的距离。我亲爱的小姐，它是一个非常可爱的乡村，并且还有一座很可爱的古老的乡村房子。’

“‘那么我的职责又是什么呢，先生？我想，了解一下工作是十分必要的。’

“‘一个小孩子——刚满六岁的小淘气。哟，真希望你能够亲眼看见他是怎样用拖鞋打死蟑螂的！啪哒！啪哒！啪哒！他就已经消灭了三个！’他靠在椅背上，眼睛又笑得只剩一条缝了。

“孩子天生贪玩的特点让我有些小小的吃惊，但是这父亲的笑，却使我在想他会不会只是在开玩笑。

“‘那么，我所有的工作，’我问道，‘就是去照顾这一个小孩子吗？’

“‘不，不，并不是所有的工作，也不是唯一的工作，我亲爱的小姐，’他嚷道，‘我想也许你聪明的头脑已经感受到了，你的任务应该是听候我妻子的任何指令，而这些指令往往都是一位小姐理应遵从的合理的话。你看，没什么大不了的困难，是吗？’

“‘如果能不给你们添麻烦，我将会十分开心。’

“‘那就这样，我们拿服装来举个例子。我们是一些爱好时尚的人，同时也是心地善良的人。如果我们给你一件服装让你

穿上的话，那么你就应该老老实实地穿上。这个会不喜欢吗？’

“‘不。’尽管我对他说的话感到十分的意外和吃惊，但还是可以接受的。

“‘或者说她会让你坐在这里，或者坐在那里，这样会使你感到不开心吗？’

“‘哦，不会。’

“‘或者我们还会要求你在来我们家之前把头发剪短一些。’

“我对我所听到的简直难以置信。你应该也发现了吧，福尔摩斯先生，我的头发稠密而且散发出栗子般的特殊色泽，简直就类似于艺术品的颜色，我怎么也没有想到居然有人要我这样随随便便地把它牺牲掉。

“‘这个恕我不能做到。’我说。而他一直用他那豆状的小眼睛很急切地注视着我，甚至我还发现在我说这个的时候，他的脸上掠过了一丝不易察觉的阴影。

“‘我恐怕这个要求是必须的，’他说，‘这是我妻子的一种癖好，夫人们的癖好，也许你明白，无论是小姐，还是夫人们的嗜好都是必须考虑的，现在看来，你是不打算剪掉你的头发了？’

“‘是的，先生，我真的做不到。’我立场坚定。

“‘啊，很好，那我就不勉强你了。很可惜，因为其他方面你实在都是不二人选。既然如此的话，斯托珀小姐，我还是继续多挑挑吧。’

“那位女经理一直坐在那里忙着批阅文件，自始至终没有和我们任何人说过话。但是在听到我的拒绝之后，她抬起头来扫了我一眼，显得十分厌烦，好像是因此而失去了一笔可观的中介费用一般。

“‘那么你想让你的名字继续留在登记簿上面吗？’她问我。

“‘当然，如果你乐意的话，斯托珀小姐。’

“‘很好！那么其实再怎么登记也已经无济于事了，因为你居然不识好歹地拒绝了别人给你提供的如此优越的机会。’她尖酸地说道，‘我们还敢介绍什么工作给你呢，实在是无能为力了，那么再见，亨特小姐。’她按了一下桌面上的铃，然后我就被带出来了。

“唉，福尔摩斯先生，当我回到住的地方，打开已经没多少存粮了的食橱，看到桌子上的那几张催款单时，我就开始怀疑是不是自己做了一个很傻的决定。毕竟，即使这些人有着奇怪的爱好，并且希望所有的人都迁就他们那些怪癖，但是至少他们也准备好了为他们的怪癖而付出代价。在英国，家庭女教师要想拿到一年一百英镑几乎是不可能的。除此之外，我这头发留着对我又有什么用处呢？更何况听说把头发剪短会显得人更为精神呢，我想，我应该也是这样子的吧。第二天我就认定我确实是做了一个相当错误的决定，而且我开始相当后悔。我几乎差点儿就决定放下我所有的骄傲，折回那个中介所去询问自己是否还有机会了。但就在这时候，我突然收到了一封信，是那位先生亲自写给我的。我把它带来了，我这就念给你们听。

亲爱的亨特小姐：

托斯托珀小姐的福，让我获知了你的地址，所以我回到家即写信问你是否愿意重新考虑你的决定。通过我对你的描述，我的妻子对你留下了很深的印象，并且十分盼望着你能来。甚至我们愿意每个季度给你三十英镑，也就是一百二十英镑一年，这样做是为了能够对我们的癖好给你带来的不便做出力所能及的弥补。而且事实上，我们并不会对你过分地苛责。我的妻子尤其钟爱特别深的铁蓝色，并希望你每天早晨在房子里时能够穿着这种颜色的服装。这些衣服我们都会为你准备好，而不需要你自己花钱购置。因为我们给亲爱的女儿艾丽丝（现在美国费城）做了很多这样的衣服，这些衣服同时也是十分适合你的。另外，至于要你坐在这里还是那里，或者要求你按照指定的方式来消遣，这都不致使你感到太多不便的。至于你的头发，我实在是要为此感到惋惜的，虽然在我们短暂的会面中，我不得不承认它的美丽给我留下了很美好的印象，然而我却有更强大的理由坚持让你必须把它剪掉，我唯一希望的是能通过给你增加薪水的方式让你的这份舍弃获得一定的弥补。而你的职责，就是照顾那个小朋友，其实是非常轻松的。现在真的很希望你能来，我将驱赶马车到温切斯特去接你。你只需要告诉我你的车次即可。

你真诚的杰夫罗·鲁卡斯尔

“这封信就是这样，福尔摩斯先生，我想接受这个邀请。然而，我心里仍然没有底，我想我最好还是在做最终的决定之前把所有的一切原原本本地告诉你，并指望你给我一点意见。”

“但是，亨特小姐，如果你自己已经决定了，那么问题不就已经解决了嘛！”福尔摩斯笑着说。

“但是难道你不会建议我拒绝吗？”

“我承认如果是我自己的姐妹碰到这样的情况，我是不会让她贸然前往的。”

“福尔摩斯先生，那你的意见到底是怎样的？”

“啊，具体我也说不上来，所有最终的决定还是有赖于你自己去完成的。”

“那么，我觉得事情好像只剩下一种可能的解释。鲁卡斯尔看起来本性善良，而且始终是一副很友好的样子，会不会他的妻子是个疯子？而他并不想让外界知道这件事情，以免她被送入精神病院，所以为了控制不让老婆的神经病发作，他决定采取所有一切可能的手段。”

“这听起来是一种十分有说服力的解释，而且看上去好像也只有这种情况是最可能的了。但是无论如何，对于一个年轻的女士来说，这不会是一户很好的人家。”

“但是想想钱吧，福尔摩斯先生，那钱是多么吸引人啊！”

“嗯，确实如此，这个报酬是很高的——特别高。这也正是令我担心的。即使是四十英镑一年，已经是十分不错的待遇了，他们没有理由要给你一百二十英镑一年，因此这里面肯定有些其他什么不足为外人道的隐情。”

“我原本的想法就是把我所有的境遇告诉你，那么如果以后我有什么问题需要帮忙的话，你也能很快明白发生的事情。尤其在我感觉到你好像是反对我的决定时，我的不安全感来得更为强烈一些。”

“哦，你大可不必考虑我的决定。我可以实事求是地说，你遇到的这个小问题在接下来几个月的时间内都将成为我关注的对象。单从你说的这些，我就能感觉到它的奇怪了。等你过去之后，如果你发现自己有疑惑或者危险……”

“危险？你觉得会有什么危险呢？”

福尔摩斯面无表情地摇摇他的头。“如果我们能够预见到的话，那它就不称其为危险了。”他说，“但是任何时候，无论是白天还是夜晚，只要能收到你的电报，我就火速赶去帮你。”

“你这么说，我就放心了。”她神态轻松地从坐椅上站起来，面部的忧容一扫而光，“我想我现在可以安心地到汉普郡去了。我立即回去复信给鲁卡斯尔先生，今天晚上就去把我可怜的头发处理掉，明天早晨就启程到温切斯特去。”在对福尔摩斯说了几句感谢的话并向我们俩说晚安之后，她匆匆忙忙地走了。

“至少,”当我听到她敏捷、坚定的脚步声一直到了楼下时，我说,“她看起来是一位很会打理自己的年轻姑娘。”

“她正需要这样,”福尔摩斯依旧面无表情地说,“如果很长一段时间过后，我们仍然听不到她丝毫消息的话，我就是大错特错了。”

没过多久，事情果然朝着我朋友曾经预言的方向发展着。两个星期过去了，在这段时间里，我经常无意识地会联想到她，思想总是围着这个年轻姑娘打转。我们担心这个孤立无援的女人是否误入人生的歧途。不寻常的薪酬待遇、奇怪的条件、轻松的职务……所有的这一切都暗示着不正常，我也总是情不自禁地思考这件事情究竟是一时的巧合还是预谋已久的计划。而那个男的既有可能是慈善家，也有可能是个恶徒。至于福尔摩斯，我经常看到他待在一个地方一坐就是大半个小时，紧蹙着眉头，一副心神不宁的样子。但每次我稍稍提及这件事情的时候,他总是大手一挥表示无能为力。“线索！资料！或者数据！”他不耐烦地嚷道,“黏土都不给我，我怎么做出砖头来啊。”可是最后他又会独自喃喃地说，他不应该把自己的任何一个姐妹置于那样的处境中。直到有一天晚上我们终于接到了她发过来的电报。那时候我正打算回家睡觉，而福尔摩斯刚把所有的事情办妥，准备通宵达旦地去做那令他已着了迷的化学研究。没有那封电报的话，我想我离开的时候，他肯定是弓着腰在那里摆弄着手上的仪器，而等第二天早上我来看他的时候，他绝对还是昨天离开时的样子，仿佛丝毫没有发生变化一般。正在这时候，电报被递到了我们的手上，他打开那个黄色的信封，然后粗略地看过信件的内容之后，就把它交给了我。

“快去查一下去布雷德肖的火车信息吧。”他说，接着就又投身到他的化学研究中去了，这封电报既简短又紧急：

明天中午请到温切斯特黑天鹅旅馆。一定要来！我已经无计可施了。亨特

“你会跟我一起去吗？”福尔摩斯看了我一眼然后说。

“我当然愿意去。”

“那么就查一下火车的情况吧。”

“九点半就有一班车，”我一边努力地在火车时刻表上扫视着查找布雷德肖，一边说，“十一点半到达温切斯特。”

“这趟就很好，那么，看来我最好还是要把我的丙酮分析推迟一下，以保持明天的精力才行。”

第二天早上十一点钟，我们已经顺利地在前往英国旧都的火车上了。福尔摩斯一路上埋头于那些晨报当中，但是当我们过了汉普郡的边界之后，他便放下报纸，开始欣赏起外面的风景。这真是春季中相当美好的一天，天空是蔚蓝的，还有几朵

棉花状的白云自东向西地在天空中飘浮着。阳光明媚，空气也令人心旷神怡。在乡村中间，远离奥尔德肖特的重峦叠嶂，有一片迷人的乡村景色，那些小巧的红的或者是灰色的屋顶不时地在那些绿绿的树叶中间隐没。

“多么清新，多么美好啊！”我感觉自己离开烟雾笼罩的都市，而感受到了一种清新自然的力量。

但是福尔摩斯只是严肃地摇了摇头。

“你知道吧，华生，”他说，“我会很容易将我所探讨的所有问题跟我身边的每一件事情都联系起来，这或许是很该死的一个毛病。因此，当你目睹到这些零落在树林间的房屋时，你是感叹那些给你留下美好印象的景色。但是，当我目睹到这一切时，心里唯一的想法却是这些房子彼此之间如此隔离的状态，会使可能发生的许多犯罪行为得不到应有的惩罚。”

“天哪！”我大声地叫了出来，“有谁会将这么美好的景色跟犯罪行为联系起来呢？”

“他们经常会给我一种固定的恐怖感。我经常有这样一种信念，华生，而且这一切都是在我的经历之上建立起来的。那就是我常认为即使是在伦敦市内最深远、最破旧的巷子里发生的罪行，也远远不及这些风景迷人的乡村里发生的罪行来得毛骨悚然。”

“你是在吓我吧！”

“但原因是十分确凿的。公众的舆论是不可忽视的，有时候它甚至能达到令法律也无法企及的一种程度。在都市中，任何一个遭虐待的孩童发出的惨叫声，或者是一个醉汉发酒疯的行为都可能会被人们听到，这样的话，不可能没有一个人挺身而出，对弱者表示同情和义愤填膺。那时候，只要有人提出控诉，整个公正的机器就会立即开始运转起来。也就是说在都市中，所有的恶行与司法机构依法的惩处之间只有一步之遥。但是我们再来看看这些独立的房子，每一栋都在自己所属的田地周围，这里的村民几乎对法律一无所知。试想，在这种地方，无论多么令人无法接受的残暴行为都有可能发生，那些潜藏的罪恶会日复一日地不断发生，在这样一个完全封闭的地方，年年如此。如果那位向我们求助的小姐是住在温切斯特的话，我丝毫不会为她感到担忧，但偏偏她是住在五英里之外的农村，在那里，充满了险恶。同时，我也相信，她个人暂时还没有遭受什么危险。”

“是的，如果她有危险了的话，她就不能离开那里而到温切斯特来和我们会面了。”

“诚然如此。至少现在她还是个自由之身。”

“既然这样的话，那么究竟会是什么事情需要她向我们求救呢？你有任何线索吗？”

“我设想过七种独立的解释，每一种都能说得过去。但是这其中的哪一种是正确的，只能等见到这位小姐，获知新的消息之后才能够做出决定了。你看，那里就是教堂里的塔，我们很快就会从亨特小姐嘴里知道一切了。”

“黑天鹅”是这条大路上一家小有名气的客栈，离火车站不远。但当我们到那里的时候，我们发现那位年轻的小姐已经等候多时了，她已经给我们订好了房间，午餐也已经摆好了。

“你们来了，我真是高兴极了，”她激动地说，“你们两人来了真是太好了。我已经完全不知道接下来应该怎么做了，能够得到你们的指教的话，我会有许多选择的。”

“请告诉我们在你身上发生的一切吧。”

“我会这么做的，而且我必须长话短说，因为我已经跟鲁卡斯尔先生说会在三点钟以前赶回去，我今天早上是跟他请假说到城里来的，不过他并不知道我所为何事。”

“那么就按顺序一件一件地说发生在你身上的故事吧。”福尔摩斯将颀长而消瘦的腿拿出来伸到火炉边，镇定自若地做出一副倾听的姿态。

“首先，我要说的是，总的来说，在这里，鲁卡斯尔先生和夫人都对我很好，从来没有对我起过坏心眼。我这样讲他们是公平、公正的。但是我无法理解他们的所作所为，使得我心里对他们总有一种潜在的恐惧。”

“你无法理解的是什么？”

“他们的所作所为，在我看来简直是莫名其妙的。让我从头说起吧，那样你就可以知道所有的情况了。当我下了火车，鲁卡斯尔先生也是在这里接的我，并用他的单马车把我载到了铜山毛榉。这里，正如他曾经描述过的那样，房子四周的环境很幽美，但是房子本身却难看极了。因为它是一幢大大的、方形的房子，墙体外面被刷成了白色，但是由于气候潮湿等原因，墙上已经出现了斑斑点点的污渍。房子的四周都很空旷，而且三面都有树，另一面是一块倾斜的平地，从房子的大门前约一百码处一直延伸到了南安普敦公路上。屋前的这块场地是归这个房东所有的，至于周围所有的树林，则是萨瑟顿领主的部分私人财产。一丛铜山毛榉正长在房子大门的正对面，这地方因此而得名铜山毛榉。

"我的雇主在前面赶着马车，他还是像以前见到的那样亲切和蔼，那天晚上他对他的妻子和孩子介绍了一下我的情况。福尔摩斯先生，我们上次在贝克街那所房子里预测的情况完全不属实。鲁卡斯尔太太没有什么毛病，相反她是一位恬静安详的女人，脸色苍白，但是比她的丈夫年轻得多。看上去她还不到三十岁；至于他，估计至少都有四十五岁了。从他们的交谈中，我了解到他们已经结婚大概七年了。他原来是个鳏夫，他前妻为他生的唯一的女儿已经到美国费城去了。鲁卡斯尔私下告诉我，他的女儿之所以去费城是因为她对她后母有一种毫无道理的反感情绪。你看，他女儿的年龄肯定都已经二十多岁了，那么我完全可以理解要是她和她年轻的后妈生活在一起，处境该有多么难了。

"鲁卡斯尔太太，在我看来，无论是她的外表还是心灵，都很普通如常，我对她既没有什么很好的印象，也没有什么很糟糕的感觉。她似乎就是一个无足轻重的人。但是看得出来，她对她的丈夫和她的儿子是全身心付出的。她淡灰色的眼睛不时地在他们两个人之间游移着，这样就能发现他们是否有何需求，一旦察觉到，她就会立刻努力去满足他们。他对她很好，但同时也很粗鲁和野蛮。总的来说，他们看上去是幸福的两口子。但是这个女人经常躲在旁边偷偷地哭泣，有时候还会突然陷入深深的沉思当中，她脸上的表情看上去有莫名的悲伤，很多次我都对她眼里的泪水感到很惊讶。有时候我在想可能是因为她的小孩做错事了才会让她如此心事重重，因为她的小孩本身就是一个被溺爱坏了的小破坏分子。尽管他年纪还很小，但是脑袋却出奇地大，跟整个身体很不协调。他整天不是闷闷不乐，就是大发脾气。他唯一的乐趣似乎就是荼毒那些比他弱小的生物，而且在捕捉老鼠、小鸟和其他昆虫方面他似乎总是熟门熟路。但是我并不想多说些关于他的事，因为事实上他跟我的这个故事根本没有多大的牵连。”

“我对所有的细节都感兴趣，”我的朋友说，“无论它们看上去跟你是否有关联。”

“我尽量不遗漏任何重要的细节。最初的时候，是这个房子的外表给我留下了很不好的印象，此外就是这个屋子里仆人们和行为也使我感到不安。他们家里只有两个仆人，一个男仆和他的妻子。男的叫托勒，他是一个笨拙且粗俗的莽汉，头发已经灰白，胡须也是这样，总是一副酒气熏天。有两次我就碰到他醉得很厉害的样子，但是鲁卡斯尔先生却仿佛视若无睹，满不在乎。托勒老婆的个子很高，而且整个身体都很壮实，面目可憎，她和鲁卡斯尔太太一样不常说话，但远远不及太太客气与亲切。他们夫妻俩真让我觉得是最讨厌的一对。但幸运的是，我大部分时间都是待在保育室和我自己的房间里，而这两间房是彼此连着的，就在同一个角落里面。

“我到铜山毛榉后的头两天，生活很平淡。到了第三天的早餐后，鲁卡斯尔太太下楼来，并且跟她的丈夫窃窃私语，说了一些什么。

“‘啊，是的，’他转过来对着我说，‘我们十分感谢你，亨特小姐，因为你把头发剪掉了，如此地迁就了我们的癖好。我可以肯定地跟你说这丝毫无损于你的相貌。现在就让我们来试试看铁蓝色服装穿在你身上是否合适吧！这件衣服就放在你房间的床上，如果你能够把它穿上的话，我们会更加感激你的。’

“放在那里的裙子正是那种特殊的暗蓝色，质地很好，是用一种上好的哔叽料子缝制而成的，但是一眼就能看出那是穿过的旧衣服。这件衣服在我身上显得十分合身，好像是特意为我定制的一样。鲁卡斯尔先生和夫人看到我穿上它，都异常高兴，高兴得甚至有些过分夸张了。他们都在客厅里等我，客厅很大，几乎占据了整个房子的前半部，客厅边上有三扇落地窗，一张椅子正好放在正中间那扇窗子前面，椅子的靠背正对着窗户，那张椅子是特意为我准备的。他们要我坐在这张椅子上，然后鲁卡斯尔先生在房间的另一边来来回回地走，开始给我讲许许多多我从来没有听到过的笑话。你简直无法想象他有多么滑稽，我一直笑一直笑，都笑累了。鲁卡斯尔夫人显然没有什么幽默细胞，甚至她连嘴角都没有动一下，只是把双手放在膝盖上定定地坐着，脸上露出既愁苦又担心的样子。大约过了一小时，鲁卡斯尔先生忽然说我要开始今天的工作了，于是我就换上原来的衣服，去保育室找小爱德华了。

“两天以后我们又在完全相同的情况下重复了上述的内容，丝毫不差，同样让我换上那件衣服，也是坐在同一个地方，然后听着雇主说的一连串的笑话一直笑到脸抽筋，而雇主的笑话似乎总是说不完的样子，并且都是我没怎么听过的。后来，他拿了一本黄色封面的小说给我，并且把我的座椅向旁边挪了一下，这样我自己的影子就不会挡住光线，他要求我大声地读书上的内容给他听。我是从书中的一个章节开始读的，读了大概十分钟左右，而且在一个句子还没有读完的时候，他突然命令我停了下来，然后去换衣服了。

“你可以想象，福尔摩斯先生，这超乎常理的表演对于我来说是多么难于理解，我压根儿不明白这究竟有何用意。后来我发现，他们总是小心翼翼地让我把脸背对着窗户，这也就使得我没有办法看到后面究竟发生了什么，不过也因此而激起了我强烈的好奇心。起初我不知道我要用什么办法才能看到后面发生的事情，但是后来我心生一计：我有一面打破了的小镜子，于是一个灵感突然在我的脑海里闪现，我偷偷地藏了一块碎片在我的手绢里面。又在一次重复上述行为的过程中，当我正在大笑的时候，我把手绢举到了眼睛边上，这样就可以通过那片小小的镜片看到我身后的东西。我不得不承认，事实让我失望了，因为我看到空无一物，至少我第一眼看过去是这样。但是当我看第二眼的时候，我察觉到在南安普敦路那边，站着一个男人，他身着灰色服装，蓄着长长的小胡子，正往我这个方向张望。这条公路是十分重要的，平常总是人来人往的。但是这个人就斜斜地靠在场地旁边的栏杆上，极其认真地看着我们这边。当我放下手绢的时候，我发现鲁卡斯尔夫人正以一种极其锐利的目光盯着我。她一言不发，但是我相信她已经发现我手中的镜子了，并且也已经相信我一定发现身后的情况了，她迅速地站了起来。

"'杰夫罗'，她说，'那边路上正有一个不三不四的家伙盯着这边呢。'

"'是你认识的人吗，亨特小姐？'她问我。

"'不是，在这里我谁也不认识。'

"'天哪，这个人也太不懂礼貌了！就麻烦你转过身去把他赶走吧。'

"'我们别理他不就好了。'

"'不，不，纵容的话会让他总在这儿闲逛的。就辛苦你转

过去，像我这样挥手让他离开吧！’

“我效仿着她的样子做了，而且很快地，鲁卡斯尔夫人也将窗帘拉了下来。那件事过去已经一个星期了，自那之后，我再也没有坐在那个窗户旁边，也再也没穿过那套蓝色的裙子了，同样地，也再也没有见过路边上的那个男的了。”

“请继续吧，”福尔摩斯说，“你所说的一切听上去像是一个很有意思的故事。”

“但是我担心接下来你可能会觉得事情有点儿琐碎了，因为我说的这一系列事情看起来几乎都不存在什么很微妙的联系。就在第一天，也就是我刚到铜山毛榉的时候，鲁卡斯尔先生把我带到了厨房附近的一间小屋子前面。当还有一段距离的时候，我听见了当啷当啷的链条声音，还有一些声音听起来像是有一只巨型动物在那里走来走去。

“‘朝里看看！’鲁卡斯尔先生指着两块木板中的缝隙示意我去看看，‘觉得它漂亮吗？’

“我照他说的看进去，发现了两只闪闪发光的眼睛，和一个蜷缩在黑暗之中的模模糊糊的身躯。

“‘别害怕，’我的雇主发现我惊恐的样子时开始大笑起来，‘那不过是我养的一只藏獒，叫作卡罗。尽管我说这是我养的，但事实上它只听我的饲养员老托勒的话，只有他发指令它才会听。我们每天喂它一次，而且也不会喂很多食物给它，这样就能永远保持它的凶猛。托勒每天晚上都会带它出去兜一圈，如果这时候有哪个不要命的人胆敢来冒犯的话，那么他只能祈求上帝保佑了。因此，我奉劝你晚上不要以任何借口跨过那条门栏，不然的话，除非你不怕死。’

“这警告并不是空穴来风。两天过后的一个早上，大约是在两点钟的时候，我碰巧站在卧室的窗口往外望过去，天空的月色很吸引人，就连屋前的草坪也被清冷的月光附上了一层银色的边，亮如白昼一般。当时我正好是站立着的，完全沉浸在这片美好而安宁的月色当中，突然我发现有什么影子在铜山毛榉树的阴影下晃动着，当影子出现在月光下面的时候，我分明看见了它的模样。原来它是一只大狗，体型快赶上一头黄牛了，棕黄色，颚骨宽厚下垂，嘴巴是黑色的，大大的骨骼看上去不可撼动。它慢慢地从草坪上面踱步而过，在另一边又重新没入了黑暗之中不见了。我当时吓得魂都快没了，我敢发誓，即使是小偷强盗都从来没有把我吓成那个样子，我不禁在心底打了一个寒战。

“现在我再跟你讲一个非常奇怪的发现。我在伦敦把我的头发给剪了，这是你也知道的事实，而且我还把剪下来的头发收藏了一大绺，把它卷了起来就放在我行李箱的下面。有一天晚上，当我把孩子哄睡着了之后，我没事找事，开始观察我房间里的所有家具，寻找合适的地方来放置我随身带来的一些小东西，同时也用来打发时间。我发现在这个房子里面有一个很旧的柜子，上面的两个抽屉都是打开的，但是里面什么也没有，下面的那个是上了锁的。我把我的一些简单的衣物放置在上面的两个抽屉里，但是还是有很多东西无处摆放，因此我不免对那个上锁的抽屉埋怨起来，因为它锁上了，所以无法为我所用。懊恼之余，我猜想它可能是无意之中被锁上的，于是我拿出自己的那串钥匙，开始试着去打开它。刚试到第一把钥匙就成功了，我拉开那个抽屉。那里面只有一件东西，而且我敢说你们绝对猜不到那是什么东西，它居然是我的那绺头发。准确地说，是跟我那绺头发一模一样的头发，我把它拿出来仔细分辨着，无论是色泽还是密度，都像如出一辙。我觉得这简直就像天方夜谭，但它确实摆在我面前。我的头发怎么会被锁到抽屉里去的呢？我双手颤抖着，慢慢地打开了自己的行李箱，把里面所有的东西都倒了出来，同时在箱子最下面拿出了我自己的那绺头发。我把这两绺头发摆在一块比较，发现两者简直就是完全一样。这不是太奇怪了吗？我疑惑不解，而且对发生的这件事情丝毫理不出头绪。我重新把这绺头发放回抽屉里面，只字都不曾对鲁卡斯尔夫妇提起，毕竟我未经别人允许就去开别人的抽屉，这也不是什么很光彩的事情。

“我天生就是一个好奇心比较强的人，这点你可能也已经注意到了，福尔摩斯先生，后来在我的脑海中很快对这整个房子形成了一个整体的印象。房子一边有一处厢房，但是似乎从来就没有人住过。它正对着的那扇门可以一直通到托勒家里，但是这扇门长年累月是锁着的。有一天，正当我下楼的时候，正碰见鲁卡斯尔先生从这扇门里走出来，钥匙就在他手中。当时他脸上的神情跟我平时见到的快活样子完全判若两人。他的两颊红红的，眉毛也紧紧地凑在一起呈现出一个角度，甚至两鬓的太阳穴旁也因为过于激动而青筋暴起。他把门重新锁上，一言不发地从我身边走过去了，甚至连看也没看我一眼。

"所有的这一切激发了我的好奇心，于是当我跟我负责的小孩一起来到草坪里散步的时候，我就从旁边兜过去，躲在一个可以看到房子部分窗户的地方。那里一排一共四个窗户，其中有三个已经脏得不成样子了，而第四个窗户是合起来的。很明显，这些都是已经被废弃不用了的。正当我上上下下不停地观察，想看个分明的时候，鲁卡斯尔先生来到我面前，仍然表现得一如既往地愉快与高兴。

"'啊，'他说，'我亲爱的年轻小姐，如果我一声不响地从你身边走过去，你可千万不要认定我是一个粗鲁无知的人啊！我刚刚正忙自己业务上的一些问题。'

"我向他解释说我并没有被冒犯。'顺便问一句，'我说，'你在这个上面好像有许多房间还没怎么住过啊，而且还有一间锁上了，是吗？'

"他看上去一副很惊讶的样子，而且我估计他可能都被我的话给吓到了。

"'我是一位摄影爱好者，'他说，'所以我在上面匀了几间房子出来做暗房。哦，天哪，看不出这么年轻的小姐居然是一个心思如此细腻的人。谁能看出来这样的事实呢？我估计没有人会相信吧。’他用一种开玩笑的口吻说着，但是从他看着我的眼神来分析，却一点儿开玩笑的意思都没有了。我在那里只读出了怀疑和担忧，绝不像是在开玩笑。

“唔，福尔摩斯先生，自从我意识到在这些房间里面有些不为人知的隐情的时候，我开始对他们产生了强烈的好奇心，热切地想探个究竟，也许这不仅仅只是像我说的好奇心那么简单。它更多像是一种责任——催着我彻底去把这个地方弄个明白。人们普遍认为女人是有直觉的，也许我的这种感觉正是这样一种直觉。不管怎么来说，事实确实如此，我急切地寻找着所有的机会去挖掘那个禁闭的空房子里的所有内幕。

“直到昨天，机会来了。我可以直言不讳地告诉你，除了鲁卡斯尔先生之外，还有托勒和他的妻子都曾经跟这间房子发生过一些关联。曾经有一次，我目睹托勒抱着一个大大的黑色衣柜穿过了那扇门。最近一段时间，他总是恣意酗酒，昨天晚上他就再次酩酊大醉了。当我上楼的时候，我意外地发现钥匙被留在了门上面，那毫无疑问是他醉后遗落在那里的。鲁卡斯尔先生和太太当时都在楼下，孩子也正和他们待在一起，真是千载难逢的好机会。我轻轻地把钥匙一转，门就被打开了，然后我悄无声息地溜了进去。

“在我前面是一条小小的过道，这条过道既没有糊纸也没有铺地毯之类，并且在它遥远尽头的右边是一个拐弯。在这个角落附近，一排有三间房子，第一间房子和第三间房子都是敞开着的，且每一间房子都是空荡荡的，布满灰尘，而且阴沉灰暗，每间房里的两边上分别有一扇窗户，透过那些灰蒙蒙的灯光，我看见窗户上也积满了厚厚的灰尘。中间的那扇门是紧闭着的，而且在门的外面紧紧地固定着一个门闩，横着一根粗铁棍子，一端绑在外面的墙壁上，一起捆绑的还有一个铃铛，另一端用一根粗壮的绳子紧紧地绑着。门看上去锁得十分严密，而且我也没有钥匙。显而易见，我从外面看到的那扇紧闭的窗户也是这间房子里面的。通过那些下面透上来的昏暗灯光我发觉那间房子并不是黑房子，而且毫无疑问，里面应该是有天窗的，因为有光线从上面照了下来。就在我站在过道那里往这间房里使劲儿张望，想发现这里面究竟有什么秘密的时候，我突然听到了脚步声，而且就在这个房间里面。与此同时，还有一个在里面走来走去的影子，那些微弱的灯光把影子照射到了门外面。我的心里突然产生了一种近乎疯狂，而且是毫无理由的恐慌。福尔摩斯先生，当时我那紧张的神经差点儿就让我崩溃了。突然，我飞快地转过身，并且狂奔起来，就好像后面有一只可怕的手在拉扯着我的衣裙一般。我飞快地跑过过道，穿过那扇门，然后直直地冲进了一直等候在外面的鲁卡斯尔先生的手臂里。

"'果然，'他微笑着说，'当我发现门是开着的时候，果然是你，我就猜想一定是你。'

"'哦，天哪，我被吓死了！'我大口地喘着气说。

“‘我亲爱的小姐！我亲爱的小姐！’你简直就无法想象他当时的态度对我多么具有抚慰作用，‘是什么吓到你了，我亲爱的小姐？’

“但是他当时的声音真是太具有欺骗性了，他做得太过分了，事实上我一直是在警戒地提防着他。

“‘我真是蠢到头了，居然走进了这间空房子。’我回答说。但是他在这样昏暗的光线下显得如地孤单和可怕，我被吓到了，就马上跑出来了：‘哦，那里面简直就是死一般的寂静呢！’

“‘只是那样子吗？’他说，并且急切地看着我。

“‘为什么要这么问啊，你认为还有什么呢？’我问道。

“‘你知道我为什么要把门给锁上吗？’

“‘我确实猜不出原因。’

“‘就是为了不让无所事事的人走进去。你明白了吗？’他仍然带着他那招牌式的微笑亲切地说。

“‘要是我早知道的话，我肯定——’

“‘那么，你现在知道了吧？而且如果你再次踏过这个门槛的话，’当他说到这里的时候，他那招牌式的笑容突然就没了踪影，取而代之的是一张恶魔式的狰狞面孔，‘我就把你扔给我的藏獒。’

“我当时完全被吓得六神无主了，以至于后来自己做了什么，一点儿都回想不起来了。我想我肯定是飞速地离开他跑到自己的房间里面。我什么都回想不起来，直到我发觉自己躺在床上，浑身颤抖不已。然后我就想起了你，福尔摩斯先生。如果没有任何人给我建议的话，我想我连多留在那里一秒钟的勇气都没有了。我害怕那栋房子，害怕那个男的，包括他的夫人，我还害怕那里的仆人，甚至对那个小孩都感到很害怕。他们对于我来说像是全部变成了恶魔一般。如果你们要是能够跟我一块去一趟那里就好了。当然，我可以随时逃离那间房子，但是与此同时我的好奇心也无以复加地陡增了，跟我的恐惧不相上下。我很快做出了决定，我必须给你发一封电报。于是我戴上帽子，披上我的大衣，就来到了距房子半里之遥的邮局，给你发了电报之后我就感觉轻松多了，于是就回到了自己的房间。但是在靠近房子大门的时候，我又开始莫名地恐慌起来，突然有点儿担心那只狗已经被松开了。但是我突然想起托勒因为烂醉，现在还在不省人事，而在这家中，除了他之外，没有任何人敢去对付那只粗鲁的动物，所以它应该是不会在这个时候被放出来的。于是我放下心来，回到自己的房间。晚上，由于想到马上就要跟你见面，我开心地躺在床上，一直都很难入睡。今天早上，我顺利地跟他们请了假，来到了温切斯特。但是我又必须在三点钟之前赶回去，因为鲁卡斯尔先生和太太晚上要出去做客，今天晚上都不在家，所以我必须早点儿回去照看孩子。现在，关于我所有这段时间发生的和经历的都已经如实告诉你了。福尔摩斯先生，如果你能告诉我这一切到底是怎么回事的话，我会十分感激你的，更重要的是，下一步我应该怎么办？”

福尔摩斯和我都完全被这个出奇怪异的故事给迷惑了。我的朋友突然站了起来，并且在房间里来回地踱着步，手一直插在口袋里，脸上的表情看起来出奇的肃穆。

“托勒是不是还没醒酒？”他问。

“是的。我听见他的老婆跟鲁卡斯尔太太说，她对他简直一点儿办法也没有。”

“那么很好，而且鲁卡斯尔夫妇今天晚上是要出去的，是吗？”

“是的。”

“他那里有没有一间上了大锁的地窖？”

“嗯，对，是个酒窖。”

“自始至终，你在这件事情上始终表现得很勇敢和成熟，亨特小姐，那么你愿不愿意多做一些有成就感的事情呢？当然如果你认为自己无法继续做到勇敢和卓越的话，我是不会勉强你去做任何事情的。”

“我会尽力的，你要我做什么呢？”

“我们，也就是我和我的这位朋友今天晚上七点左右会到铜山毛榉去，那个时候鲁卡斯尔夫妇已经出去，而托勒，我们希望他在那时候仍然是酒醉未醒的。那么现在就只剩下托勒太太了，她很可能会报警。那么如果你能够采取一定策略把她叫到地窖中去，然后把她反锁在里面的话，这对事情的进展就会大大有利了。”

“好，我就这么干！”

“太棒了！那么就让我们来对这件奇怪的事情来调查个究竟吧。当然这里应该只存在一种说得通的解释。你被带到那里是去替代某个人的，而那个被你所替代的人应该就是被囚禁在那间暗房里的人。当然如果要猜那个被关起来的人是谁的话，很明显就是他们的女儿艾丽丝·鲁卡斯尔小姐。如果我没有记错的话，他们说她到美国去了。毫无疑问，你所以被选中是因为无论是你的高度、身材还是头发的色泽都与她的是如出一辙的。也许是因为她曾经生过什么病，不得不把头发给剪掉了，因此，你的头发自然也要被牺牲掉，而你瞧见的那绺头发完全是巧合。你看到的那个在公路上的男人毫无疑问应该就是她的男朋友，甚至是未婚夫。你的着装、笑声、容貌以及后来通过你的肢体动作，他都认定你就是鲁卡斯尔小姐，鲁卡斯尔夫妇利用手段让他觉得鲁卡斯尔小姐过得十分幸福，并且已经不再需要他的照料了。而那只狗会在晚上放出来，也是为了阻止他来和鲁卡斯尔小姐幽会。所有的一切都很清楚了，现在这个案子最严重的一个地方就在于那个小孩的个性。”

“这跟小孩有什么关系呢？”我突然插了一句。

“我亲爱的华生，你作为一个医生应该明白：要了解一个孩子的性格特征必须从研究他的父母亲的性格特征入手，但是反过来这个道理同样是成立的。我就经常通过研究一些父母亲的孩子的个性特征来最终获得对其父母的真实了解。这个孩子的性格是超乎寻常的残忍，而且是毫无理由的残忍，那么无论他这种性格因素是来源于他那带着招牌式笑容的父亲还是受其母亲的影响，这对于那个还在他们掌控之中的女子都是十分可怕的。”

“我想你说得很有道理，福尔摩斯先生。”我们的当事人大声叫了出来，“所有的事情连贯想起来可以证明你说的恰如其分。哦，让我们赶快折回去救救那个可怜的女孩子吧。”

“我们不能贸然行事，因为我们面对的是一个非常狡猾的家伙，在七点之前我们什么行动都采取不了。等七点一到，我们就会去跟你会合，到时候我们很快就可以解开这个谜团了。”

我们正如所说的那样，七点整准时到达了铜山毛榉，并把双轮马车寄放在路旁的一家小客栈里。那树上黑黑的叶子，在太阳的照耀下就像擦亮了的金属器皿一般闪闪发光，使得我们认定，即使没有亨特小姐站在台阶上笑意盎然地迎接我们，我们也能很快找到那幢房子的。

“事情做得怎么样了？”福尔摩斯问道。

这时，响亮的东西碰撞的声音从楼底下的什么地方传了出来。“那是托勒太太正在地窖里挣扎，”她说，“她的丈夫还在厨房的地上打着鼾。这里是从他身上拿下来的钥匙，跟鲁卡斯尔的那串钥匙是同样的。”

“你干得实在是太漂亮了！”福尔摩斯充满赞赏地说道，“现在请你带路吧，我们很快就可以看到那间暗房里的真实面目了。”

我们一块儿上了楼，打开门，沿着前面的走道一直走了下去，并且来到了亨特小姐曾经描绘过的那间布满障碍的房子面前。福尔摩斯砍断了门上的绳索，并且移开那个横着的门闩。然后我们把所有的钥匙都试遍了，却没有一片钥匙能打得开。里面自始至终也没有任何声音，正是在这种寂静之中，福尔摩斯的脸上开始阴云密布起来。

“我想我们肯定是来晚了，”他说，“亨特小姐，你最好别跟我们一块儿进去。现在，华生，让我们用肩膀来把这个门撞开，看我们能不能想办法进去吧。”

那扇门已经年久失修，一碰就摇摇晃晃的，在我们还没用力之前，自己就先崩塌了。我们一起冲进了房间，却发现房间已经空空如也了，里面除了一张简陋的床、一张小小的桌子以及一篮衣服之外，已经没有其他任何家具了。头顶上的天窗是打开的，而被囚禁在里面的人也已经无影无踪了。

“这里面肯定有些不可告人的秘密，”福尔摩斯说，“这个恶棍八九不离十已经猜到了亨特小姐的意图，已经抢先一步把受害者给移走了。”

“但是怎么弄出去的呢？”

“通过这个天窗。我们出去看看他是怎么做到的吧！”他爬到房顶上面，“啊，就是这样，”他惊叫出声，“这里是长长的楼梯的一端，另外一头靠在那边的屋檐上面。他原来是这样做到的。”

“但这是不可能的啊，”亨特小姐说，“当鲁卡斯尔夫妇离开的时候那里还没有楼梯啊。”

“他中途折回来并且完成了这一切。我告诉你，他是一个聪明而且极具危险性的人物，我相信楼下传来的脚步声就是他的。我想，华生，你也应该把手枪给准备好了。”

话音刚落，我们就看见在房子的门口出现了一个男人，一个很壮实的男人，手中拿着一根重重的木棒。亨特小姐一看到他就情不自禁地大叫了一声，并且靠着墙壁蜷缩成一团，但福尔摩斯则果断地走上前去跟他交涉。

“你这个恶棍！”他说，“你把你的女儿弄到哪里去了？”

这个壮实的男人用眼睛往四周打量了一番，然后抬头望了望上面的天窗。

“这个问题应该是我来问你们，”他尖叫着，“你们这些窃贼、探子和小偷！这回让我抓住你们了吧，你们现在无路可走了。我要把你们碎尸万段！”

“他把狗放出来了！”亨特小姐惊慌失措了。

“我有左轮手枪。”我说。

“最好把前面的门关起来。”福尔摩斯大声喊道，然后我们集体向楼梯冲了过去。我们还没有赶到大厅之前，就听到了狗吠声，然后是一阵痛苦的尖叫声，伴随着的还有许多听起来令人毛骨悚然的声音。一个红着脸蛋，并且上了年纪的人跌跌撞撞地出现在了门边上，晃动着他的胳膊。

“我的天啊！”他惊叫着，“谁把狗给放出来了，它已经两天没有吃东西了。快，快，否则就晚了。”

福尔摩斯和我冲出去，飞快地穿过房屋的转角，托勒跟在我们身后狂奔着。然后我们看到了那只庞然大物，它黑色的嘴巴咬住了鲁卡斯尔先生的喉咙，他不断地在地上打着滚，并且发出凄厉的尖叫声。我跑上去，对着那只狗的脑袋就是一枪，它很快倒了下去，锋利的白牙仍然留在他脖子的折痕处。我们用了很大的力气才把他们分开，然后把他抬到了房子里，人还有气，但是已经血肉模糊了。我们让他平躺在客厅的沙发上，并吩咐吓醒过来的托勒赶快去通知他的太太。我竭尽全力地缓解他的痛苦，我们都集中在他的周围，这时候房门开了，一个瘦高个的女人走了进来。

“托勒夫人！”亨特小姐叫着。

“是的，小姐。鲁卡斯尔先生回来之后就把我放出来了，然后他才上去找你们的。啊，小姐，遗憾的是你没有事先让我知道你的计划，不然的话，我还可以帮你的忙，让你不必费那么大劲儿。”

“哈！”福尔摩斯敏锐地注视着她，然后说，“看来托勒夫人比谁都了解这件事情的始末。”

“是的，先生，我确实知道，而且我已经准备好了将我所知道的一切告诉你们。”

“那么，就请坐下来说吧，我承认这里仍然有些我不明白的地方需要你来帮我解答。”

“我很快就会为你解答的，”她说，“其实我要是能早点儿从地窖里出来的话，我早就这么做了。要知道如果这件事情闹到法院上去的话，我始终是以朋友的立场站在你们这边的。我也是艾丽丝小姐的朋友。

“她在家里总是闷闷不乐的。艾丽丝小姐自从她的父亲再婚之后，就再也没有开心地笑过。她在家里的地位也开始下降，总是受到怠慢，而且对待任何事情都渐渐丧失了话语权，但是境况在她在一个朋友家里邂逅福勒先生之前还称不上很糟糕。就我所知，艾丽丝小姐内心非常渴望能够主宰自己的命运，但是她总是表现得那么安静和忍耐，以至于她从来不对他们说一句恶语，而只是任由鲁卡斯尔先生决定一切。他知道只要有她在，他的所有财产就是安全的，但是一旦出现了一个未婚夫的时候，那么那个人一定会合法地获得一些东西，于是她的父亲认为他必须想尽一切办法制止这一切的发生。他要艾丽丝小姐签署一纸协议，那样无论她是否结婚，他都能够使用她的钱。当她拒绝签署这样的协议之后，他一直都小心地防备着她，直到她得了脑炎，有将近六个星期的时间一直在生死线上打转。后来她慢慢地恢复了健康，却已经瘦得只剩皮包骨了，并且剪掉了她那美丽的头发。但是所有的这一切都没有改变那个年轻男子，他始终保持着对她的忠诚与纯情的爱。”

“啊，”福尔摩斯说，“我想你好心的叙述已经让我们对这件事情有了更清晰的认识，现在我已经可以推断出接下来发生的事情了，我可以肯定鲁卡斯尔先生后来就采取了最极端的囚禁的办法。”

“是这样的，先生。”

“而且他把亨特小姐从伦敦请来正是为了摆脱福勒先生那令他不快的纠缠。”

“确实是这样，先生。”

“但是福勒先生是一个坚持不懈的人，他就像一名坚定的守护者那样，封锁了这间房子，并且在遇见你之后，就成功地用金钱或者是其他的方式收买了你，让你的利益与他的利益最终保持一致。”福尔摩斯继续说。

“福勒先生是一个很好说话，并且出手阔绰的绅士。”托勒先生镇定地说。

“于是，正是利用这种方式，他设法让你的男人不缺酒喝，而且也让你在主人一出去就为他准备好了楼梯。”

“是的，先生，正是这么回事。”托勒太太答道。

“我想我们欠你一句致谢，托勒太太。”福尔摩斯说，“因为你是如此好心地为我们答疑解惑。现在村里的外科医生和鲁卡斯尔夫人马上就要回来了，因此我想，华生，我们最好是跟亨特小姐一起尽快赶回温切斯特去，因为我想我们在这里的合法地位是很成问题的。”

于是我们完全弄清楚了前面有铜山毛榉的那所房子的所有谜团。鲁卡斯尔先生侥幸地活过来了，但精神已经崩溃了，只是在他那忠心耿耿的妻子的精心照料下，他的生命方才得以延续。他们的老仆人还跟他们住在一起，因为他们了解太多跟鲁卡斯尔有关的事情，以致他们很难彼此分割开来。福勒先生和鲁卡斯尔小姐公证结婚了，就在他们离开后的第二天，在南安普敦领取了结婚证。福勒先生现在毛里求斯岛的政府部门任职。至于维奥莱特·亨特小姐，我的朋友福尔摩斯简直让我失望透顶，由于她不再是他所感兴趣的问题中的重要人物，于是他对她的兴趣就消失殆尽了。只听说她目前是沃尔索尔地区一家私立学校的校长，我相信她在这方面一定可以取得很大的成就。

图书在版编目（CIP）数据

冒险史 /（英）柯南·道尔（Conan Doyle）著；隗静秋译.
—南京：译林出版社，2017.1
（福尔摩斯探案集）
ISBN 978-7-5447-6683-8

Ⅰ.①冒… Ⅱ.①柯… ②隗… Ⅲ.①侦探小说－小说集－英国－现代 Ⅳ.①I561.45

中国版本图书馆CIP数据核字（2016）第249796号

书　　名　冒险史
作　　者　〔英国〕亚瑟·柯南·道尔
译　　者　隗静秋
责任编辑　王振华
特约编辑　苏雪莹
出版发行　凤凰出版传媒股份有限公司
　　　　　　译林出版社
出版社地址　南京市湖南路1号A楼，邮编：210009
电子信箱　yilin@yilin.com
出版社网址　http://www.yilin.com
印　　刷　北京天恒嘉业印刷有限公司
开　　本　960×640毫米　1/16
印　　张　25.5
字　　数　240千字
版　　次　2017年1月第1版　2023年10月第4次印刷
书　　号　ISBN 978-7-5447-6683-8
定　　价　52.00元